DROEMER ✪

CLAIRE STIHLÉ

Der Ort der verlorenen Herzen

Roman

Besuchen Sie uns im Internet:
www.droemer.de

Aus Verantwortung für die Umwelt hat sich die Verlagsgruppe Droemer Knaur zu einer nachhaltigen Buchproduktion verpflichtet. Der bewusste Umgang mit unseren Ressourcen, der Schutz unseres Klimas und der Natur gehören zu unseren obersten Unternehmenszielen.
Gemeinsam mit unseren Partnern und Lieferanten setzen wir uns für eine klimaneutrale Buchproduktion ein, die den Erwerb von Klimazertifikaten zur Kompensation des CO_2-Ausstoßes einschließt. Weitere Informationen finden Sie unter:
www.klimaneutralerverlag.de

Originalausgabe September 2021
Droemer Paperback
© 2021 Droemer Verlag
Ein Imprint der Verlagsgruppe
Droemer Knaur GmbH & Co. KG, München
Alle Rechte vorbehalten. Das Werk darf – auch teilweise – nur mit Genehmigung des Verlags wiedergegeben werden.
Textauszug aus: Friederike Mayröcker, Cahier.
© Suhrkamp Verlag Berlin 2014.
DIE EINSAMKEIT, DIE GIBT ES NICHT
Orig.: LA SOLITUDE ÇA N'EXISTE PAS
Musik: Gilbert Bécaud, Text: Gilbert Bécaud,
Pierre Delanoe, dt. Text: Francopolus
© Soc. Le Rideau Rouge / Universal Music Publishing
MGB France / Musik Ed. Discoton GmbH
WAS WIRD AUS MIR
Orig.: ET MAINTENANT
Musik: Gilbert Becaud, Text: Pierre Delanoe, dt. Text: Hans Bradtke
© Soc. Le Rideau Rouge / Universal Music Publishing
MGB France / Musik Ed. Discoton GmbH
Covergestaltung: Zero Media
Coverabbildung: FinePic®, München
Satz: Adobe InDesign im Verlag
Druck und Bindung: CPI books GmbH, Leck
ISBN 978-3-426-30814-1

Für Annette und alle Liebenden

ERSTER TEIL

Auf der Hütte, 10. September 1976

Mein liebes Kind,

ich weiß nicht, wie Du heißen wirst, wenn Du diese Zeilen liest. Ich weiß nicht, wie Du aussehen wirst. Ich weiß nicht, wie Deine Stimme klingen wird. Nicht einmal, ob Du diese Zeilen überhaupt je lesen wirst. Ich weiß nur, dass ich Dich liebe, mehr, als ich irgendjemanden je geliebt habe, und mehr, als ich je selbst geliebt worden bin.

Ich wünschte, ich könnte immer bei Dir sein und Dich aufwachsen sehen. Ich wünschte, ich könnte Dir beibringen, stark zu sein und Dich nicht einschüchtern zu lassen. Von nichts und niemandem. Ich wünschte, ich könnte Dich in den Armen halten und Dir die Geborgenheit geben, nach der ich mich selbst sehne. Doch das kann ich nicht. Es schmerzt mich, das zu schreiben. Und es tut mir unendlich leid.

Ich spüre Dich, wie Du Dich in mir bewegst. Ich lege die Hand auf meinen Bauch und rede mit Dir. Ich weiß, Du hörst mir zu. Ich weiß, Du magst es, wenn ich singe. Vor allem auf die hohen Töne reagierst Du. Dann wirst Du still, egal, wie arg Du Dich zuvor in mir bewegt hast.

Ich nenne Dich Inès, wie meine Großmutter, die gutmütigste Frau, die ich je kannte. Ich hoffe, Du wirst ihr ähnlich sein, ähnlicher als mir.

Ich möchte, dass Du weißt, wie sehr ich Dich liebe. Immer. Auch dann, wenn ich nicht für Dich da bin. Auch dann, wenn Du glaubst, ich hätte Dich im Stich gelassen.

Deine Mama

1

Früher war Weihnachten für mich die schlimmste Zeit des Jahres. Sie begann, sobald mich in den Supermärkten zig Nikoläuse im Stanniolgewand angrinsten, was meistens schon im Herbst der Fall war. Das verdarb mir die Laune. Ich wollte weder ihre Rauschebärte sehen noch ihre o-förmigen Münder, die mich zu verhöhnen schienen, weil es weder einen Mann in meinem Leben gab, dem ich in nostalgischer Manier einen von ihnen auf den Teller stellen konnte, noch ein Kind, das sich über die Schokolade freuen würde. Ich war allein. Sehr allein. Zu lange schon.

Ich ertrug auch die Werbung nicht, die überall hing oder aufpoppte. An Litfaßsäulen und Plakatwänden oder auf dem Bildschirm meines Fernsehers, Smartphones, Laptops. Es war unmöglich, sich den anheimelnden Botschaften zu entziehen. Wo immer ich hinsah, wurde mir vor Augen geführt, was ich nicht hatte: eine goldwarme Wohnung mit ausgelegten Schafsfellen, auf denen in familiärer Harmonie vor einem offenen Kamin gekuschelt wurde, während sich unter einem perfekt geschmückten Christbaum hübsch verpackte Geschenke türmten, die nicht nur Freude versprachen, sondern auch ein leichtes, sorgloses Leben. Da konnte ich nicht mithalten, obwohl ich mir insgeheim nichts sehnlicher wünschte, als Teil dieser Bildwelten zu sein.

Also tat ich mit Beginn der Weihnachtszeit das, worin ich gut war. Ich igelte mich ein und verließ meine Wohnung nur noch, wenn nötig. Meine Arbeit als Übersetzerin machte es mir leicht. Niemand merkte, ob ich zu Hause saß oder nicht. Ich musste nirgends hin. In kein Büro. Nicht einmal zur Post. Alles, was ich übersetzte, verschickte ich per E-Mail an den Verlag, von dem ich den Auftrag erhalten hatte. Ein Klick – das war mein Kontakt zur Außenwelt. Nicht nur im Winter. Oft das ganze Jahr über. Aber im Winter, wenn draußen die leuchtenden Rentiere, die Schlittenattrappen und die Christbäume aufgestellt wurden und die Lichterketten vielerorts die Straßen erhellten, besonders.

Gelegentlich ging ich noch zum Einkaufen. Wobei, wenn ich ehrlich bin, stattete ich überwiegend dem Chocolatier um die Ecke einen Besuch ab. Seitdem ich dort die Gugelhupfpralinés im Sortiment entdeckt hatte, ging kein Weg mehr an ihm vorbei. Alle anderen Einkäufe ließ ich mir bringen – meistens jedenfalls. Onlinebestellung im Supermarkt war die perfekte Erfindung für jemanden wie mich, der niemanden sehen und selbst nicht gesehen werden wollte.

Ich war süchtig nach diesen kleinen, süßen, in Kakaopulver gewälzten Pralinen, die hübsch drapiert und zu einer Pyramide gestapelt in der Vitrine auslagen. Sobald ich den Laden betrat, schienen sie mich anzuflehen: Nimm mich! Nimm mich! Und ich erbarmte mich ihrer jedes Mal. Ich konnte nicht anders. Ich hatte das Gefühl, mir etwas Gutes tun zu müssen, wenn mir schon niemand anderes Gutes tat. Gewissermaßen belohnte ich mich mit diesen Pralinen für alles Mögliche: dafür, dass ich gerade eine Übersetzung abgeschlossen oder eben erst mit einer neuen begonnen hatte; dafür, dass ich meine Wohnung einen Tag früher geputzt hatte als geplant oder dass ich endlich die Steuererklärung in Angriff nehmen wollte. Manchmal belohnte ich mich auch einfach nur dafür, zu meinen beiden Tanten nett gewesen zu sein, obwohl sie mich regelmäßig zum Joggen im Park überreden wollten. Meistens jedoch war die eigentliche Motivation, mich mit den Gugelhupfpralinés einzudecken, recht banal: Es war die Lust auf äußerst leckere sechshunderteinunddreißig Kilokalorien pro hundert Gramm.

In der dunkelsten Zeit des Jahres verschlang ich Unmengen von ihnen. Es kam sogar vor, dass ich mir gleich nach dem Aufstehen eine Praline auf die Zunge legte, während die Kaffeemaschine noch vor sich hin röchelte. Ich war wie besessen von dem Naschwerk, ertappte mich manchmal dabei, wie mir regelrecht das Wasser im Mund zusammenlief, wenn ich nur daran dachte, gleich den Kühlschrank zu öffnen und mir eine aus der goldenen Schachtel zu nehmen.

Stand ich öfter als gewohnt im Laden, sah mich der Chocolatier mitleidig an. Einmal, es war ein besonders grauer Tag und meine Laune verlangte dringend nach Zucker, meinte er, er habe wirklich nichts dagegen, Geld an mir zu verdienen, aber er habe kein gutes Gefühl dabei, an meiner Einsamkeit reich zu werden. Und dann legte er auch noch zwei Schachteln extra in die Tüte, gratis natürlich.

An jenem Tag, an dem sich die einzige Aufmerksamkeit, die ich seit längerer Zeit von einem Mann bekommen hatte, in Mitleid äußerte und darin, durchschaut worden zu sein, ärgerte ich mich maßlos über mich selbst. Es kam mir vor, als erfüllte ich mit meiner Angewohnheit das Klischee von einer Frau, die ihre Einsamkeit mit Schokolade zu verdrängen versuchte. Und das sichtbar für jeden, was das Allerschlimmste war. So hatte ich nie sein wollen. Das passte nicht zu mir. Andererseits: Wen interessierte es schon? Gut, ganz offensichtlich den Chocolatier. Und auch meine Tanten, die mir ständig mit ihrem Du-musst-etwas-tun in den Ohren lagen. Aber sonst? Es gab niemanden in meinem Leben, für den es sich gelohnt hätte, etwas zu ändern. Und dafür gab es Gründe. Diese hatte ich zwar noch lange nicht verarbeitet, aber zumindest akzeptiert. Jedenfalls glaubte ich das – bis zu dem Zeitpunkt, an dem ich in ausgerechnet jener Hütte festsaß, in der ich zur Welt gekommen war.

2

Ich hatte einige Einsamkeiten durchgemacht. So nannte ich die Phasen in meinem Leben, in denen ich mich zurückzog und niemanden an mich heranließ.

Meine erste Einsamkeit begann, als meine Eltern starben. Damals hatte ich gerade die Schule abgeschlossen und einen Plan fürs Leben gefasst. Es war ein bescheidener Plan und einer, der für mein Alter ungewöhnlich war. Die meisten meiner wenigen Freunde, die ebenso wie ich auf dem Land aufgewachsen waren, zog es nach Paris oder Marseille oder sonst wohin, Hauptsache, weg aus der Provinz. Sie belächelten meine Zukunftsvorstellungen allesamt als rückwärtsgewandt und spießbürgerlich. Ich wollte nämlich rasch einen Mann finden, heiraten, früh Kinder kriegen und irgendwann das Weingut meiner Eltern übernehmen. Ich wollte nicht weg aus meiner Heimat. Zumindest damals nicht, als alles noch in Ordnung war und mir die Welt zu Füßen lag.

Schon als junges Mädchen stellte ich mir oft vor, wie ich meinen Vater auf seinen Geschäftsreisen begleiten würde. Ich sah uns in ausgewählte Restaurants gehen, die besten im ganzen Elsass, um dort die neuesten Weinkreationen meiner Eltern zu vertreiben. Ich schloss die Augen und träumte davon, bei einer dieser Reisen würde irgendwann einmal ein besonders gut aussehender Sommelier auf mich aufmerksam werden und um meine Hand anhalten.

Ich war jung. Ich war naiv. Ich kannte nur den Weiler, in dem ich mit meinen Eltern lebte, und eine Menge romantischer Filme, in denen die Liebe auf diese Weise möglich war. Nie hatte mich jemand darauf hingewiesen, bei meinen Plänen auch ein Scheitern in Betracht zu ziehen. Wahrscheinlich hätte ich diesen Hinweis auch nicht verstanden. Ich hatte bis dahin in einer Idylle gelebt: behütet, umsorgt, geliebt. Und genau das wollte ich mir auch für meine Zukunft vorstellen.

Der Weiler, in dem ich mit meinen Eltern wohnte, lag vierzehn Kilometer vom nächsten Dorf entfernt, in dem es wenigstens einen kleinen Supermarkt gab. Bei uns gab es nichts. Nur Weinberge, wohin man auch sah. Eine kleine Kirche, nicht größer als eine Kapelle, samt Friedhof. Und ein paar Kornfelder mit Klatschmohn, den ich Jahr für Jahr in meinem Herbarium presste.

Neben uns in Vogelthal wohnten noch zwei weitere Winzer. Sie waren verwitwet und nicht mehr die Jüngsten und lebten sehr zurückgezogen. Wir sahen sie nicht allzu oft. Vage erinnere ich mich noch an eine Tochter, aber auch nur, weil sie zur gleichen Zeit von zu Hause auszog wie meine Zwillingstanten Camille und Ludivine, die weitaus jüngeren Schwestern meiner Mutter, die bei uns lebten, seit meine Großeltern in knappem Abstand ihren Krebsleiden erlegen waren.

Damals, als meine Tanten zum Studieren von Vogelthal nach Paris zogen, war ich gerade acht geworden und freute mich darauf, in Zukunft auch ihre Zimmer zum Spielen zu haben. Ich war schon immer speziell gewesen, hing weniger an Menschen als daran, etwas mein Eigen nennen zu können.

Kurzum: Für mich lief es gut. Ich fühlte mich wohl. Ich war glücklich. Ich hatte mein eigenes Reich unterm Dach.

Dort las ich viel. Besonders gerne nachts mit meiner Taschenlampe. Ich hatte auch meinen persönlichen kleinen Garten, den ich bepflanzte. Ansonsten half ich meinen Eltern bei der Weinlese, sagte den Erntehelfern an, was sie zu tun hatten. Das gefiel mir.

Ich denke, ich war ein genügsames Kind ohne große Ansprüche. Es machte mir nichts aus, keine Spielgefährten in unserem Weiler zu haben. Die Schule dauerte lange, bis zum Nachmittag. Das reichte mir aus. Ich kannte es nicht anders. Auch später, als viele meiner Klassenkameraden anfingen auszugehen und von ihren Erlebnissen in der Bar hier und dem Klub dort redeten, beschwerte ich mich nicht über die Abgeschiedenheit, in der ich aufwuchs. Ich war zufrieden mit meiner Situation in diesem verschlafenen Ort inmitten der Weinberge. Es fehlte mir an nichts.

Dann kam der Abend, der mein Leben veränderte und mich in die erste meiner vielen Einsamkeiten schickte, die darauf noch folgen sollten.

Ich saß draußen vor dem Haus meiner Eltern auf der Holzbank und las *Die Blumen des Bösen* von Baudelaire – ein Geschenk meiner Tanten zu meinem Schulabschluss. Ein kühler Wind wehte, obwohl es den Tag über sehr heiß gewesen war. Er kündigte an, was ich im Radio zuvor gehört hatte: dass ein Sturm aufkommen würde, dem man sich lieber nicht in den Weg stellen sollte.

Meine Eltern traten vor mich, um sich zu verabschieden. Ihre Köpfe vor der Abendsonne nahmen mir das Licht. Ich fröstelte im Schatten, während ich in ihre wie gegerbt wirkenden Gesichter blickte. Händchen haltend standen sie vor mir. Der Wind fuhr ihnen von hinten durchs Haar, und ich nahm zum ersten Mal die Jahre harter Arbeit wahr, die sich in ihre Gesichter eingegraben hatten.

Wie jeden Abend um diese Zeit machten sich meine Eltern zu ihrem gemeinsamen Spaziergang auf. Es war ein festes Ritual in ihrem Leben, nach getaner Arbeit zu ihrer Hütte zu wandern, die etwa eine gute Stunde Fußmarsch von Vogelthal entfernt lag. Vor meiner Geburt war sie das sogenannte Arbeiterhäuschen gewesen und hatte in der Hochsaison bis zu fünfzehn Erntehelfer beherbergt. Seit meiner Geburt stand sie leer. Die Anforderungen an die Unterkünfte der Erntehelfer hatte sich geändert. So jedenfalls hatte es mir mein Vater erklärt, als ich ihn einmal danach fragte.

Der Weg dorthin führte steil bergauf und durch einen dichten Mischwald, der einen einfing und mit seinem würzigen Duft betörte. Dann, ganz plötzlich, wenn man gar nicht damit rechnete, trat man vom Dunkel des Waldes ins Helle, und die Lichtung lag vor einem.

Die Hütte stand in ihrer Mitte, auf einer großen, saftigen Hangwiese. Es war ein schöner Ort. Friedlich und sonnenbeschienen. Wenn die Dämmerung anbrach, konnte man die Fledermäuse fliegen sehen und beobachten, wie die Lichter unten im Tal angingen. Im Hintergrund erhoben sich die Vogesen in den sanften Farben der Erde.

Auf der Lichtung war ich oft gewesen, hatte gespielt, gesungen und gelesen oder mich am Brunnenwasser erfrischt, während meine Eltern die Sense auf der abschüssigen Wiese schwangen oder irgendwelche Reparaturen an der Hütte vornahmen, in der ich geboren worden war. Über einen Monat zu früh, an einem winterlich-verschneiten Nachmittag, mitten im Herbst. Es hatte keine Möglichkeit mehr gegeben, rechtzeitig für die Geburt ins Tal zu gelangen.

Das war am 20. Oktober 1976 gewesen.

Meine Eltern kamen nicht von ihrem Spaziergang zurück. Ich sehe sie noch heute vor mir stehen, die Abendsonne im Rücken. Ich sehe meinen Vater mit seinem dichten grauen Haar und meine Mutter, wie sie die Hand meines Vaters hielt und sich noch einmal nach mir umdrehte, ehe die beiden die erste Biegung des schmalen Schotterwegs nahmen und hinter den Bäumen verschwanden, deren Kronen sich im Wind beugten, als schrieben sie bereits das Unglück in die Luft, das bald darauf geschehen sollte.

Ich hatte meine Eltern an jenem Abend darum gebeten, nicht zu gehen, sondern bei mir zu bleiben, wegen der Sturmwarnung, die für unsere Region ausgerufen worden war. Doch sie hatten nicht auf mich hören wollen. Mein Vater hatte nur in den sich zuziehenden Himmel geblickt, seinen Zeigefinger angeleckt, in die Luft gehoben und dem Wind nachgespürt.

»Wir sind längst zurück, wenn das Unwetter losgeht«, hatte er mir versichert und dabei die Stirn gerunzelt. »Versprochen, mein Schatz!«

Er hatte sich getäuscht.

Meine Eltern bezahlten für ihre Sturheit mit ihrem Leben. Hand in Hand, die Köpfe einander zugeneigt, löschte der lange schwere Ast des Bergahorns, der oben auf der Lichtung hinter der Hütte stand und den ich schon so oft hinaufgeklettert war, ihr Licht aus. Sie starben mit einem Lächeln auf den Lippen, ihre Herzen für immer miteinander vereint.

3

Meine Tanten Ludivine und Camille kamen in den frühen Morgenstunden aus Paris an. Sie stiegen fast gleichzeitig aus den Autos, die Mädchen auf dem Arm, sahen sich um, atmeten tief durch, die tränennassen Gesichter abgewandt vom Wind, der zwischenzeitlich abgeflaut war und nur noch als Hauch der Erinnerung an den Sturm vom Vorabend über die Landschaft wehte.

Meine Zwillingstanten waren kaum zu unterscheiden. Gleiche Größe, gleiche Statur. Lang fiel beiden das schwarze Haar auf die schwarzen Kleider. Ich hatte meine Tanten immer sehr gemocht, auch dafür, dass es sie nur im Doppelpack gab. Nach ihrem Weggang aus Vogelthal hatten wir uns allerdings nur noch selten gesehen. Gelegentlich waren sie in den Semesterferien zu uns aufs Land gekommen, um Urlaub von der hektischen Großstadt zu nehmen, auch Weihnachten hatten wir das eine oder andere Mal gemeinsam verbracht. Doch als Ludivine und Camille ihre Männer kennenlernten (etwa zur gleichen Zeit) und wenig später meine Cousinen zur Welt brachten (ebenfalls etwa zur gleichen Zeit), änderte sich das. Plötzlich war die Fahrt von Paris bis nach Vogelthal zu weit geworden, und sie waren nur noch selten bereit, diese Anstrengung auf sich nehmen.

Die Wolkendecke riss auf, ließ ein paar Sonnenstrahlen durch. Wie gemalt beschienen sie den Kies im Hof vor dem Gut.

Ich stand im Wohnzimmer, sah durch das Fenster hinaus und glaubte, in der plötzlichen Öffnung des Himmels ein Zeichen meiner Eltern zu erkennen. Du bist nicht allein. Mach dir keine Sorgen.

Im Nachhinein vermute ich, dass ich in jenen Tagen unter Schock gestanden hatte. Was kein Wunder gewesen wäre. Schließlich hatte ich meine Eltern selbst gefunden.

Nachdem sie vier Stunden nach ihrem Aufstieg immer noch nicht zurückgekehrt waren, hatte ich mich mit einer Taschenlampe und einer enormen Angst im Bauch auf die Suche nach ihnen gemacht. Meine Rufe verschluckte der Wind oder trug sie zumindest an einen Ort, wo sie niemand hören konnte. Mama, Papa – nur zwei Worte und doch eine ganze Welt für sich, vom Sturm zerrissen, für immer weggefegt. Noch nie war ich so schnell bei der Hütte gewesen wie in der Nacht ihres Todes. Hoffnung und Sorge verliehen mir einen übermenschlichen Antrieb.

Es gibt Bilder im Leben, die man nie vergisst. Eines dieser Bilder, das sich mir unauslöschlich einprägte, sind die seligen Gesichter meiner Eltern im Lichtkegel der Taschenlampe, gefleckt von dem weinroten Blut, das auch den erdigen Boden um ihre Köpfe tränkte.

Ich weiß nicht, was geschehen wäre, wenn meine Eltern nicht so glücklich ausgesehen hätten, fast so, als könnte selbst der Tod ihnen und ihrer Liebe nichts anhaben. Manchmal denke ich, ich wäre vielleicht über den Rand des Felsens ins Tal hinuntergesprungen, um nicht so furchtbar allein zu sein. Ich war zu jung, um sie zu verlieren. Siebzehn – fast noch ein Kind. Allein die Tatsache, dass sie so glücklich aussahen, half mir, zurück zum Haus zu rennen und den Notarzt zu rufen. Er kam zusammen mit der Bergwacht.

Ein Trupp leuchtend roter Männer.
Meine Eltern wurden in billigen Plastiksärgen davongefahren. Mir legte man eine Decke über die Schultern. Wie von weit her hörte ich die Nachbarn reden. Sie waren gekommen, um für mich da zu sein und um dem Arzt die Telefonnummern meiner Tanten zu geben. All das geschah innerhalb von ein paar Stunden. Stunden, in denen ich wie in Trance gewesen war und dennoch vernünftig gehandelt hatte.

Meine Tanten standen noch immer vor ihren Autos, die Kinder auf dem Arm, rührten sich nicht von der Stelle. Unsere Blicke trafen sich.
Ich war froh, dass sie so rasch von Paris nach Vogelthal gekommen waren. Immerhin waren sie neben meinen Eltern die einzigen Menschen, zu denen ich so etwas wie eine familiäre Bindung hatte. Um nicht zu sagen, die Einzigen, zu denen ich überhaupt eine Bindung hatte, auch wenn mir das bis dahin nicht einmal richtig bewusst gewesen war.
Ich hoffte, meine Tanten würden mich auffangen. Ich stellte mir vor, sie würden meine Tränen trocknen, gemeinsam mit mir trauern. Ich glaubte, wir könnten uns gegenseitig Halt geben und dass sie gekommen waren, um hier bei mir in Vogelthal zu bleiben. Ich dachte, sie würden mir helfen, das Weingut meiner Eltern weiterzuführen. So naiv war ich damals, ohne jegliche Ahnung vom Leben und mit viel zu hohen Erwartungen. Außerdem vergaß ich völlig, dass es nicht nur mich gab.
Meine Tanten hatten in einer Tour mit ihren Kindern zu tun. Meine Cousinen waren noch klein, ein, zwei und vier Jahre alt. Ständig musste man aufpassen, dass sie nicht ge-

gen Tischkanten stießen und sich verletzten oder irgendwelche scharfen Messer aus den Schubladen zogen und an der Klinge leckten.

Abends, wenn wir zusammensaßen, drehten sich die Gespräche meist um alles Mögliche, um Windeln und Schnuller und darum, wie man Kinder am besten an eine gesunde Ernährung heranführte oder wie man es anstellte, das Kind zum Schlafen im eigenen Bett zu bewegen, ohne unnötig Druck aufzubauen. Um meine Eltern ging es kaum. Lediglich ihre Beerdigung wurde thematisiert, was für Särge sie bekommen sollten und welche Farbe der Stein, in den ihre Namen eingraviert würden: Lorianne & Gaspard Goldwein. Oft war auch Geld ein Thema. Insbesondere das Weingut, unser aller Erbe, und in diesem Zusammenhang, dass ich noch nicht volljährig war. Doch meine Eltern als Menschen, wer sie waren, wie sie gewesen waren und warum sie so früh hatten gehen müssen, all das, was mich beschäftigte, kam in den Gesprächen am Tisch nicht vor. Das stimmte mich unendlich traurig. Vor allem verstand ich die Gründe dafür nicht. Und mir fehlten die Erfahrung und die Kraft, die Art Gespräche einzufordern, die mir geholfen hätten, einen Weg aus dem Dunkel zu wagen, das mich in jenen Tagen umgab.

Ich unterstellte Ludivine und Camille nicht, der Tod meiner Eltern würde ihnen nicht nahegehen. Ich sah sie oft weinen, sobald meine Cousinen schliefen. Ich sah sie sich auch umarmen und gegenseitig hin und her wiegen, ihre langen schwarzen Haare wie miteinander verwoben. Aber in ihrem Umgang mit mir spürte ich weder ihre Trauer noch den ersehnten Trost. Zumindest nicht in dem Maße, wie ich beides benötigt hätte, um mich nicht ausgeschlossen zu fühlen von einer Familie, zu der ich doch gehörte, auch wenn sich der Kontakt in den vergangenen Jahren auf ein paar kurze Besuche beschränkt hatte.

Ich liebte meine Tanten. Ich brauchte sie auch. Doch zugleich waren sie mir fremd, fremder, als ich geglaubt und mir selbst gegenüber eingestanden hätte. Ebenso wie ihre Männer und Töchter, die all jene Aufmerksamkeit bekamen, die ich mir für mich gewünscht hätte.

Ich war selbst noch ein Kind.

Ich zog mich zurück.

4

Tagelang lag ich im Bett und wollte nicht aufstehen. Nur noch schlafen. Nicht da sein. Nichts sehen. Nichts hören.

Sobald ich die Augen aufmachte, schloss ich sie wieder. Einfach weiterschlafen, ermahnte ich mich, als könnte ich dadurch das Geschehene ungeschehen machen. Doch nicht einmal meine Träume ließen mich der Realität entfliehen. Immer wieder sah ich den Ast des Bergahorns vor mir, wie er auf meine Eltern zu schwang. Ich konzentrierte mich darauf, diese endlos wiederkehrende Sequenz zu verändern, den Ast zu stoppen, bevor er meine Eltern treffen konnte. Ich spürte, wie sich meine Muskeln anspannten, wie ich meine Stirn in Falten legte und so fest zubiss, dass mein Kiefer schmerzte. Verzweifelt wollte ich meine Eltern vor der Gefahr warnen, ihnen zurufen, sie sollten einander loslassen und beiseitespringen, damit der Ast ins Leere schlüge. Doch dazu kam es nicht. Egal, wie sehr ich mich anstrengte, egal, wie laut ich rief, ich konnte meine Eltern nicht retten. Jedes Mal wachte ich schweißgebadet auf, im Mund den bitteren Geschmack, versagt zu haben. Schuldgefühle plagten mich, weil ich meine Eltern trotz Sturmwarnung hatte gehen lassen.

Meine Tanten versuchten es mit Struktur. Sie riefen mich zum Frühstück, zum Mittag- und zum Abendessen. Sie baten mich darum zu duschen, mich anzuziehen und ihnen bei den vielen Dingen zu helfen, die es zu erledigen galt. Der Tod brachte eine Menge Formalitäten mit sich.

Letztlich waren es Ludivine und Camille, die entschieden, das Weingut zu verkaufen und das Erbe untereinander aufzuteilen, so wie es meine Eltern in ihrem Testament vorgesehen hatten, falls niemand von uns bereit wäre, das Anwesen zu übernehmen. Ich war dagegen, alles aufzugeben. Ich wollte nicht, dass das, was sich meine Eltern aufgebaut hatten, abgelegt wurde wie ein altes, ausgedientes Kleidungsstück. Doch mir fehlte die Kraft, mich gegen ihre Entscheidung zu stellen. Es war, als hätte mir jemand den Stecker gezogen. Die Welt, so glaubte ich, hatte sich gegen mich verschworen – und diese Überzeugung wog schwer. Ich zog den Kopf ein wie eine Schildkröte, die Schutz in ihrem Panzer sucht. Ich sah nicht mehr nach links, nicht mehr nach rechts, noch nicht einmal mehr geradeaus. Ich sah nur noch dorthin, wo es wehtat – auf mich selbst. Und ich unterschätzte die zerstörerische Kraft von Selbstmitleid.

Meinen Tanten entging mein Zustand nicht. Sie machten sich Sorgen um mich. Ich sah sie ihnen an, wenn sie mir mit flehendem Blick ein Tablett mit Brot, Suppe oder Eintopf ans Bett brachten.

Bevor sie ihre Sachen packten, um in ihr Leben zurückzukehren, beschlossen sie, ich müsse raus aus dem Kaff, das meine Heimat war. Sie entschieden, ich solle mit ihnen nach Paris kommen. Es täte mir gut, endlich etwas anderes zu sehen als meine Zimmerdecke oder die Weite der Natur. In Vogelthal, so sagten sie, würde ich versauern, eingehen wie eine Blume, die nicht gegossen wurde. Hier könne man nur leben, wenn man bereit dazu sei. Diese Bereitschaft jedoch sähen sie bei mir nicht, vielmehr eine vorübergehende Unfähigkeit, mich um mich selbst zu kümmern. Abgesehen davon würde ich erst in einem Monat volljährig werden. Sie meinten das nicht böse. Vermutlich wählten sie auch nettere Worte als die, die ich jetzt verwende. Aber im Grunde lief es auf dasselbe hinaus.

Am Tag meiner Abreise schien die Sonne gelb und weich. Ich ging ein letztes Mal zu den Weinstöcken, streckte beim Gehen die Hand aus und streifte die Blätter der Pflanzen. Einzelne Fäden von Spinnweben, die mit dem Wind durch die Luft wehten, kitzelten mein Gesicht, verfingen sich in meinem Haar. Der Altweibersommer war angebrochen, kühl war der Boden. Die Luft jedoch war warm. Plötzlich sah ich am Ende der Anhöhe meinen Vater, und neben ihm meine Mutter. Beide lächelten mich an, eingerahmt von den Strahlen der hoch über ihnen stehenden Sonne. Wie von fremder Hand festgehalten, blieb ich stehen und betrachtete sie aus der Ferne. Sie sahen so glücklich aus, in Liebe vereint, wie ich sie stets erlebt hatte. Streit oder Eifersucht hatte es nie gegeben. Nur diese unendliche Zuneigung bis über ihren Tod hinaus.

Dann spürte ich die Tränen auf meinen Wangen, sah, wie sie hinabtropften und den trockenen Boden mit meiner Trauer tränkten. Meine Eltern schüttelten den Kopf, weine nicht, winkten mir noch rasch zu und verschwanden im nächsten Augenblick. Ich blieb zurück mit dem sicheren Wissen, dass sie sich mir nicht noch einmal zeigen würden. Auch dieses Bild ist bis heute geblieben. Es gehört zu den schönen, angenehmen, die ich mir gerne ins Gedächtnis rufe, ohne mich vor ihnen zu fürchten.

Von da an änderte sich etwas bei mir. Ich kann nicht sagen, was genau es war. Nach wie vor verging kaum ein Tag, an dem ich nicht um meine Eltern weinte und mir vorstellte, wie wir jetzt zusammensitzen, lachen und reden könnten. Doch ich versuchte nicht länger krampfhaft, gegen meinen Verlust anzukämpfen und meine Eltern wieder ins Leben zurückzurufen. Stattdessen schloss ich mit Vogelthal ab. Dieser Schlussstrich half mir, nach vorne zu sehen, zumindest bis in die Gegenwart, denn mit der Zukunft wollte ich mich noch nicht beschäftigen.

Auf der Hütte, 19. September 1976

Mein liebes Kind,

ich stelle mir vor, wie ich in Dein Gesicht blicke, in Deine blauen Augen, die ihre Farbe noch verändern werden, irgendwann, bald, wie es bei jedem Kind passiert, das hat mir die Frau gesagt, die bald Deine Mutter sein wird. Sie ist eine gute Frau, voller Wärme und Zuversicht. Sie hat einen guten Mann, der bald Dein Vater sein wird. Sie werden Dich beschützen, auch in meinem Namen. Das versichern sie mir jedes Mal, wenn ich sie danach frage. Sie sagen, ich solle mir keine Sorgen machen. Sie werden Dir ein Heim geben, Geborgenheit und Liebe. Ich kann sie spüren. Das beruhigt mich.

Trotzdem wünsche ich mir manchmal, ich hätte mich anders entschieden und mich nicht darauf eingelassen, Dich für sie zu bekommen. Noch im selben Moment verabscheue ich meine Gedanken, weil Du das Beste bist, das es gibt. Weil du das Beste bist, das ich je in meinem Leben vollbracht habe. Jetzt, da ich Dich spüre, kann ich mir nicht vorstellen, Dich jemals wegzugeben. Du bist ein Teil von mir und wirst es immer sein.

Ich bin erst siebzehn, ein Kind der Straße, seit mehr als zwei Jahren nun schon. Niemand sucht nach mir. Oft hat mich das traurig gestimmt. Doch jetzt, mit Dir, ist es mir egal. Es geht mir gut.

Vielleicht ist es nur dieses Gefühl, das ich nicht mehr verlieren möchte: geliebt zu werden und gebraucht zu sein. Ich weiß es nicht. Ich denke oft darüber nach. Tagelang. Nächtelang. Hier oben habe ich viel Zeit zum Grübeln, und doch komme ich nicht weiter. Aber eines fühle ich ganz gewiss: Ich liebe Dich mehr, als ich je gedacht hätte, lieben zu können.

Deine Mama

5

In Paris bezog ich ein Chambre de Bonne in der Rue Sainte-Apolline. Ludivine und Camille hatten es für mich aufgetrieben. Ein Bett, eine Dusche, eine Küchenzeile. Wenig Platz, dafür mitten in der Stadt, nicht allzu weit von der Sorbonne entfernt und dennoch einigermaßen ruhig dank des Hinterhauses, in dem sich das kleine, klaustrophobische Zimmer befand. Nachts hörte ich die Ratten über das Eternitdach laufen. Kleine, schnelle Schritte. Ludivine und Camille wechselten sich mit ihren Besuchen bei mir ab. Es war offensichtlich, dass sie sich einen Plan dafür gemacht hatten, wer an welchem Tag nach mir sehen sollte. Jedes Mal brachten sie mir etwas zu essen mit. Dazu eine Menge guter Ratschläge, gelegentlich ein Buch und jede Woche eines der kleinen Kioskheftchen, in denen alle aktuellen Veranstaltungen der Stadt verzeichnet waren. Die Heftchen sichteten meine Tanten zuvor und markierten in Neonfarben jene Veranstaltungen, von denen sie annahmen, sie würden mir guttun: Sport, Festivals, Ausstellungen, Konzerte – all das, was junge Menschen ihrer Meinung nach neugierig machte.

Ludivine und Camille waren davon ausgegangen, es würde sich von ganz allein etwas ändern, wenn ich Vogelthal erst einmal verlassen hatte und die Vorzüge der Großstadt zum Greifen nah waren. Nicht im Traum hätten sie damit gerechnet, dass ich mich in meinem Zimmer unter dem Dach einbunkern und keinerlei Interesse am Pariser Leben zeigen würde. Doch genau so war es. Das, was sich vor meinem Appartement abspielte, war mir egal. Ich wollte nur meine Ruhe haben. Im Prinzip lebte ich seit meiner Ankunft in Paris so, wie ich in Vogelthal gelebt hatte, als alles noch in Ordnung gewesen war: für mich allein, oft mit einem Buch in der Hand. Allerdings erkannte ich inzwischen mein Alleinsein als solches und konnte mein eigenes Verhalten benennen, als wäre ich eine Außenstehende, während ich früher nie darüber nachgedacht hatte, dass meine Art zu leben im Grunde eine einsame war. Und ich fand Gefallen an meiner Zurückgezogenheit. Es mag absurd klingen, aber ich glaube, tief in meinem Unterbewusstsein wollte ich mich bestrafen und ebenso diejenigen, die für mich da waren. Mich selbst, weil ich meine Eltern nicht davon abgehalten hatte, zur Hütte zu gehen. Ludivine und Camille, weil sie sich um mich bemühten, ohne mir meine Eltern ersetzen zu können.

Es fühlte sich richtig gut an, mir auf diese Weise wehzutun.

Irgendwann, es war ein besonders heißer Morgen – ich erinnere mich noch genau, wie bereits um neun Uhr die Luft unterm Dach kochte –, klopfte Benoît an meine Tür, der Ehemann von Ludivine. Ich wusste sofort, als ich ihn im Türrahmen stehen sah, im Gesicht diesen offiziellen Ausdruck, dass meine Tanten ihn zu mir geschickt hatten, weil er Arzt war. Ein Chirurg zwar, aber immerhin ein Mediziner und damit jemand, der mir hoffentlich würde helfen können, einen Weg aus meinem Tief zu finden, wie Ludivine und Camille meine Gemütslage bezeichneten.

Es war das erste und einzige Mal, dass ich länger als nur ein paar Minuten mit Benoît redete. Doch es wurde das beste Gespräch seit Langem. Benoît erreichte mehr bei mir, als meinen Tanten je möglich gewesen wäre. Vor Benoît hatte ich nicht das Gefühl, mein Gesicht zu verlieren, wenn ich mich anders verhielt, als von mir erwartet wurde. Und erst diese Tatsache machte es mir möglich, in eine neue Richtung zu sehen.

»Guten Morgen, Anouk«, sagte er, als ich öffnete, wie immer im Pyjama. Seit meiner Ankunft in Paris trug ich nichts anderes.

»Morgen«, brummte ich, drehte mich um und steuerte auf mein Bett zu, auf dem der dicke Wälzer lag, den ich gerade begonnen hatte zu lesen.

»Was machst du?«
»Ich lese.«
»Was liest du?«
»Einen Roman.«
»Und?«
»Und was?«
»Schon gut. Ich möchte dich nicht langweilen.«
Ich sagte nichts.
»Du weißt, weshalb ich hier bin?«
»Um mich im Namen meiner Tanten dazu zu bringen, unter Leute zu gehen?«
»Ich bin gekommen, weil Ludivine und Camille sich Sorgen um dich machen.«

Wieder sagte ich nichts. Stattdessen nahm ich das Buch zur Hand, zog das Lesezeichen heraus und tat so, als läse ich weiter.

»Anouk!?«
»Ja!«, antwortete ich gespielt unschuldig und sah auf.
»Du musst mal raus. Etwas unternehmen. Freunde finden. Etwas aus dir machen. Wie lange soll das noch so weitergehen?

Ich zuckte mit den Achseln. »Es geht mir gut.«

»Schön. Das freut mich zu hören. Und wenn ich ehrlich bin, ist es mir auch egal, ob du dein Leben hier drin in diesem Kabuff verbringst, bis es zu Ende ist. Jeder soll tun, was er mag. Aber ich liebe nun mal Ludivine, und Ludivine liebt dich, und sie ist der Meinung, dass es nicht egal ist, ob du dich dein Leben lang hier einigelst. Abgesehen davon wird dein Erbe nicht ewig ausreichen, um das hier zu bezahlen. Paris ist teuer. Das Leben an sich ist teuer. Sogar dieses Loch«, Benoît streckte den Arm aus und beschrieb einen Halbkreis, »kostet ein Vermögen. Also überleg dir, was du in Zukunft tun möchtest, und dann mach es!«

Als er aufstand, sah er mich herausfordernd an. Von meinen Tanten war ich bis dahin nur sorgenvolle, mitleidige Blicke gewohnt. Benoît war nicht der Typ dafür. Und das war gut.

»Okay«, sagte ich.

»Okay was?«, fragte Benoît.

»Okay, ich werde studieren.«

»Und was wirst du studieren, wenn ich fragen darf?«

Ich ließ ihn einen Moment lang zappeln. Dann antwortete ich.

»Übersetzung.«

6

Das Studium fiel mir leicht. Meine Eltern hatten nicht nur Französisch, sondern auch Elsässisch mit mir geredet, sodass ich die deutsche Sprache so gut wie die französische beherrschte. Auf diesen Vorteil fokussierte ich mich. Abgesehen davon kamen viele Autoren, die ich verehrte, von jenseits des Rheins: Bertolt Brecht, Marieluise Fleißer, Friederike Mayröcker, um nur einige zu nennen. Bald nahm ich Kontakt zu Verlagen auf, Flammarion, Gallimard, Albin Michel, Grasset, und reichte auf gut Glück Probeübersetzungen ins Deutsche von diversen ihrer Neuerscheinungen ein, in der Hoffnung, sie würden mich engagieren. Mit diesen Übersetzungen gab ich mir riesige Mühe und zerbrach mir wochenlang den Kopf darüber, welche Wortwahl die beste sei, um die Seele des Textes zu erfassen. Dass ich wieder einmal vollkommen naiv gehandelt hatte, verstand ich erst, als ein Lektor, der entweder meine Dummheit nicht ertrug oder Mitleid mit mir hatte, mich anrief und mir erklärte: »Sie sollten sich bei einem deutschen Verlag bewerben. Wir bringen französische Titel auf den Markt. Sie könnten höchstens damit anfangen, deutsche Titel ins Französische zu übersetzen und diese dann anzubieten, wobei die Chancen auf einen Auftrag leider generell gegen null tendieren. Verstehen Sie das?« Was war ich froh, dass dieser Mann meinen hochroten Kopf durchs Telefon nicht sehen konnte!

Ich ließ mich dennoch nicht entmutigen. Die Tatsache, dass der Lektor »gegen null« gesagt hatte, spornte mich sogar an. Und so reichte ich kurz darauf meine inzwischen zahlreichen Probeübersetzungen bei einer Reihe deutscher Verlage ein – und hatte Erfolg! Bereits vor meinem Abschluss an der Uni ergatterte ich einen Auftrag, der sich als Glücksgriff herausstellen sollte. Der Roman wurde ein Bestseller in Deutschland, und mir wurde dafür ein Nachwuchsübersetzerpreis verliehen: zehntausend Mark, dazu jede Menge Anerkennung, zwei Folgeaufträge und eine nach Druckerschwärze riechende Urkunde. Mit einer derart positiven Entwicklung hätte ich niemals gerechnet. Und doch war es genau so passiert. Ich war auf dem Arbeitsmarkt angekommen, noch ehe ich mit dem Studium fertig war.

Mit meinem ersten Honorar und den Folgeaufträgen in der Tasche nahm ich mir eine kleine Wohnung in der Rue Falguière. Dort stieß ich wenigstens nicht mehr mit dem Kopf gegen die Decke. Und es war auch kein Trippeln von Ratten mehr zu hören.

Zum ersten Mal in meinem Leben war ich stolz auf mich. Ich hatte etwas erreicht, und zwar aus eigener Kraft. Diesen neuen Lebensabschnitt wollte ich unbedingt feiern, allen voran mit Benoît, der mir den nötigen Anstoß gegeben hatte, um aus meinem Schneckenhaus herauszukommen. Also reservierte ich einen Tisch in einer renommierten Weinstube im siebten Arrondissement, in der man auch fantastisch essen konnte.

Ich habe mich oft gefragt, ob es Schicksal oder Zufall war, dass ich ausgerechnet an dem Abend, an dem das Glück perfekt zu sein schien und ich mich leicht und sorgenfrei fühlte, den Mann kennenlernen sollte, der meine totgeglaubten Zukunftspläne – heiraten und früh Kinder kriegen – wieder zum Leben erweckte. Sein Name war Jérôme, ein angehender Jurist, der dreimal die Woche kellnerte, um sein Studium zu finanzieren. Gut, er war nicht der Sommelier-Prinz aus meinen Mädchenträumen, der um meine Hand anhalten würde, aber er kellnerte immerhin in einer Weinstube. Damit kam er meiner Idee von einem Mann fürs Leben schon sehr nahe.

Jérôme war ein sportlicher Kerl. Er beschrieb den Geschmack des Weines, den er uns zum Essen empfahl, auf die gleiche Art, wie ich meinen Vater hatte reden hören, wenn er den Kunden seine eigenen Weinkreationen anpries. Ich verliebte mich auf der Stelle in ihn. Und ich machte keinen Hehl daraus. Als ich die Rechnung beglich, steckte ich ihm meine Telefonnummer mit den Worten zu, er solle sich bei mir melden, er werde es nicht bereuen.

Jérôme bereute es auch nicht. Jedenfalls behauptete er das, als er mich verließ. Ich war diejenige, die es bereute, ganze neun Jahre später, kurz nach meinem dreißigsten Geburtstag. Ausgerechnet.

Vier Jahre lang hatten Jérôme und ich versucht, ein Kind zu kriegen. Am Anfang nahmen wir es noch sportlich, doch mit der Zeit spielten Ehrgeiz und Verzweiflung eine immer größere Rolle.

Unser Tag begann damit, dass wir uns direkt nach dem Aufwachen liebten. Nicht selten fuhr Jérôme auch extra in der Mittagspause aus der Kanzlei nach Hause, um mit mir ins Bett zu gehen. Und am Abend zogen wir uns sowohl vor als auch nach dem Essen ins Schlafzimmer zurück. Es war schön. Wir hatten eine gute Zeit. Besonders zu Beginn, als die Freude an unserem Vorhaben unsere Leidenschaft noch beflügelte. Doch irgendwann setzte die Anstrengung ein, und unser Liebesspiel wurde zu einem Pflichttermin. Permanent lag das Fieberthermometer für die Bestimmung der fruchtbaren Tage neben dem Bett, um ja nicht den richtigen Zeitpunkt zu verpassen.

Ein Jahr verging, ein zweites folgte, ein drittes brach an. Noch immer ohne Erfolg. Nachdem all unsere Bemühungen zu nichts geführt hatten, versuchten wir uns nun bewusst zu entspannen. Die Ärzte hatten es uns empfohlen. Bei den meisten Paaren klappt es dann, wenn sie nicht mehr daran denken und ihren Kinderwunsch gelassen angehen. Sie haben die Zeit dafür, Sie sind noch jung. Nutzen Sie die Chance zur Gelassenheit. Das ist das Beste, was ich Ihnen zum jetzigen Zeitpunkt aus medizinischer Sicht empfehlen kann.

Ich erinnere mich noch genau an die randlose Brille des Arztes, die bis zur Nasenspitze heruntergerutscht war, und wie er sie bei dem Wort Gelassenheit wieder zurückschob, als wollte er seiner Empfehlung mit dieser Geste Nachdruck verleihen.

Gelassenheit.

Das war leichter gesagt als getan. Uns gelang es nicht, denn ich hörte meine biologische Uhr ticken, Jahre bevor es nötig gewesen wäre, ihr Gehör zu schenken.

Verbissen, auch das hatte einer der vielen Ärzte gesagt, die wir aufsuchten. Zu verbissen.

Vielleicht wäre es Jérôme gelungen, mit der nötigen Gelassenheit an die Sache heranzugehen, wenn ich nicht ständig ans Kinderkriegen gedacht hätte. Auch dann, wenn ich vorgab, nicht daran zu denken, dachte ich daran. Auf der Straße sah ich nur noch Schwangere, pralle Bäuche, stolze, weiche, glückliche Gesichter von werdenden Müttern, beschützende, streichelnde Hände auf riesigen Bäuchen. Paris war plötzlich voll von Kinderwagen, Buggys und Müttern mit Tragetüchern, aus denen rosige Füßchen und Händchen herausschauten. Egal, wo ich war, irgendwo weinte oder lachte immer ein Kind. Beim Einkaufen, beim Geldabheben. Ich sah nichts anderes mehr als Babys. Was dazu führte, dass ich mehr denn je daran dachte, eines zu kriegen, was wiederum dazu führte, dass ich mich kein bisschen entspannte, was Jérôme natürlich nicht entging und zur Folge hatte, dass auch er sich nicht entspannen konnte. Es war ein Desaster.

Jérôme fand schließlich einen Weg aus dem Teufelskreis. Er ging mit der Nachbarin fremd, die bei uns im Wohnhaus neu eingezogen war, und schwängerte sie.

Françoise. Große Augen, großer Busen, selbstbewusster Gang.

In der ersten Zeit ahnte ich nichts davon. Während ich heimlich meine Temperatur maß, meine fruchtbaren Tage notierte und teure Vitamintabletten schluckte, die angeblich meine Empfängnisbereitschaft erhöhten, wuchs auf der Etage gegenüber das Kind meines Verlobten in einer anderen Frau heran.

Als ich Monate später zum ersten Mal realisierte, dass Françoise ein Kind erwartete, suchte ich Trost bei Jérôme. Ich weinte ihm die Schulter voll, schluchzte mein Leid und meine Ängste an seine Brust. Ich jammerte, wie unfair es sei, dass diese Frau, die mindestens sieben Jahre älter war als ich, wenn nicht gar mehr, ein Kind bekam und nicht ich, obwohl es ganz offensichtlich keinen Mann dazu in ihrem Leben gab. Ich fürchtete, ich würde es nicht ertragen, ihren Bauch und ihre Brüste wachsen zu sehen oder gar in Bälde die Schreie des Neugeborenen zu hören, die mit Sicherheit durch die dünnen Wände bis in unsere Wohnung herüberdringen würden.

Irgendwann stand Jérôme auf. Er war blass und unruhig. Unter seinen Achseln hatten sich kreisrunde Flecken auf dem T-Shirt gebildet, und dieser Schweiß vermischte sich nun mit den Tränen, die ich auf dem Stoff hinterlassen hatte. Es war exakt diese Beobachtung, die ich machte, als er es aussprach: »Anouk, ich weiß, das ist jetzt hart für dich. Aber es ist besser so, glaube mir. Ich verlasse dich. Ich bin der Vater dieses Kindes.«

Erst verstand ich es gar nicht. Ich starrte ihn an, als hätte er in einer fremden Sprache mit mir geredet. Erst, als ich die Erleichterung in seinen Augen entdeckte, gepaart mit der Vorfreude auf das, was ihn erwartete, wurde mir klar, was er gerade gesagt hatte. Ich legte die Hand auf meine Brust. Ein Schmerz, als würde Jérôme mich erstechen. Für einen Moment blieb die Zeit stehen. Und mitten in die Stille hinein fing ich an, ihn anzuschreien, ihm meinen unendlichen Schmerz entgegenzuschleudern. Ich tat ihm mit Worten weh, die zu wiederholen ich heute nicht mehr wage.

Die dicken Schneeflocken, die im Fenster hinter Jérôme wie in Zeitlupe herabsegelten, habe ich noch genau vor Augen. Doch nicht einmal ihre unschuldige Zartheit vermochte es, die Härte meiner verletzenden Worte zu dämpfen.

Den Bauch meiner Nachbarin sah ich nicht mehr wachsen. Jérôme zog mit ihr aus, noch im gleichen Monat, kurz vor Weihnachten.

Wenigstens so viel Anstand bewies er.

Auf der Hütte, 19. September 1976

Es ist Nacht.
Ich habe Angst.
Ich bin allein.
Kein Wind.
Kein Rauschen.
Nur die Stille. Zu still, um zur Ruhe zu kommen.
Ich muss Dich beschützen, aber ich weiß nicht, wie.
Lieber Gott, falls es dich gibt, hilf mir!
Nur ein einziges Mal.

7

Das Tal, in das ich fiel, war ähnlich dunkel und tief wie jenes, das dem Tod meiner Eltern gefolgt war. Nur war ich älter geworden und noch anfälliger dafür, mich mit meiner Konzentration auf mich selbst und meinen Schmerz zu begnügen.

Ich saß gerade an der Neuübersetzung eines französischen Klassikers, der in Deutschland wieder aufgelegt werden sollte. Die Arbeit stapelte sich bis unters Dach, da der Abgabetermin um drei Monate vorgezogen worden war. Aber ich hatte keinerlei Muße. Sobald ich den Computer hochfuhr, sah ich Jérôme auf dem Bildschirm, wie er mich anlachte, im Rücken die Sonne, die einen Heiligenschein um seinen Kopf zeichnete. Das Foto hatte ich im Jardin des Plantes aufgenommen, zu einer Zeit, als ich unsere Beziehung noch für glücklich gehalten hatte.

Natürlich hätte ich das Bild einfach in den Papierkorb schieben können, doch das tat ich nicht. Ich wollte weinen und leiden. Zu tief saß der Schmerz, als dass ich mich von ihm so leicht hätte lösen können.

Ich öffnete den Ordner mit allen Fotos, die wir in den Jahren unserer Beziehung aufgenommen hatten, und klickte mich durch unsere gemeinsame Zeit, den bitteren Geschmack von Sehnsucht im Mund. Insgeheim, so denke ich rückblickend, wartete ich wohl darauf, dass die Wut käme, um meine Trauer zu vertreiben und den Schmerz zu tilgen. Doch sie kam nicht, war nicht stark genug, das sperrige Dickicht meiner Enttäuschung zu durchdringen.

Wieder igelte ich mich ein, wollte niemanden sehen. Ich schämte mich, Jérôme an eine andere verloren zu haben, ebenso sehr wie ich mich schämte, mit meinem Wunsch gescheitert zu sein, Mutter zu werden. Manchmal hielt ich mir den Bauch und stellte mir vor, ich sei schwanger. Ich glaubte zu spüren, wie kleine Füßchen gegen meine Bauchdecke stießen, und redete mit dem Kind, das es nur in meiner Vorstellung gab. Verzweifelt beschützte ich einen Wunsch, der sich aufzulösen drohte. Es war nicht etwa so, dass ich verrückt wurde. Ich war schlichtweg krank vor Liebe und krank vor Schmerz – eine äußerst destruktive Mischung, die mich innerlich aushöhlte.

Die Zeit nach Jérôme fühlte sich bleiern an.

Ich arbeitete viel. Das half wenigstens ein bisschen, um mich abzulenken. Stoisch übersetzte ich einen Roman nach dem anderen. Zigtausende Seiten, beschrieben mit meinen Worten, die doch nicht meine eigenen waren.

Im Rückblick verschmelzen diese Jahre zu einer undefinierbaren Masse, aus der, abgesehen von meiner Arbeit, kein Ereignis als nennenswert hervorsticht.

Meine Tanten waren neben den Verlagen meine einzigen Konstanten und Kontakte. Wie schon nach dem Tod meiner Eltern wurden sie nicht müde, mir die Vorteile eines sozial aktiven Lebens aufzuzählen. Und auch diesmal brachten sie mir Essen nach Hause. Nicht, dass es nötig gewesen wäre, ich war beileibe nicht dünn, doch darum ging es nicht. Sie zeigten auf diese Weise ihre Anteilnahme und besuchten mich häufiger als sonst.

Gelegentlich standen sie auch mit einer Flasche Crémant vor der Tür, im Schlepptau einen Mann, einen Kollegen oder Freund eines Freundes, der auf der Suche nach einer festen Beziehung war und von dem sie glaubten, er könnte mir gefallen oder mich zumindest von Jérôme ablenken. Ludivine und Camille bemühten sich wirklich sehr um mich. Trotzdem oder gerade deshalb gingen sie mir kolossal auf die Nerven. Ich wollte nichts wissen von dem, was sie mir als die beste Therapie vorschlugen, nachdem die erste große Liebe gescheitert war.

Irgendwann ignorierte ich ihre Anrufe ebenso wie ihr Klopfen an meiner Wohnungstür. Ich gab vor, mit Projekten eingedeckt zu sein, die keinen zeitlichen Aufschub duldeten. Und das war nicht einmal gelogen.

Es ist nicht unwahrscheinlich, dass ich bis heute nichts anderes tun würde, als vor meinem Laptop zu sitzen und geeignete deutsche Worte für französische Schriftsteller zu finden, wenn mich nicht an einem besonders dunklen Tag Mitte Dezember eine E-Mail erreicht hätte, die so merkwürdig war, dass ich gar nicht anders konnte, als mich darauf einzulassen.

Betreff: Der Ort der verlorenen Herzen
15.12.2020, 13:58

Sehr geehrte Frau Goldwein,
mein Name ist Antoine, und ich habe viele Monate nach Ihnen gesucht. Ich bin der Bruder von Cédric, der damals das Weingut Ihrer Eltern kaufte.

Mein Bruder ist inzwischen verstorben. Heute schreibe ich Ihnen aus Vogelthal. Es ist mir ein Anliegen, Ihnen mitzuteilen, dass ich die Hütte oben auf der Lichtung wiederhergerichtet habe. Sie ist jetzt ein Chalet mit sechs Zimmern, die gemietet werden können.

Es würde mich freuen, Sie im Chalet beherbergen zu dürfen. Natürlich kostenlos! Bitte melden Sie sich bei Interesse.

Hochachtungsvoll
Ihr Antoine Baraboulé

8

Ich las die Nachricht mehrmals. Am Anfang argwöhnte ich, jemand erlaube sich einen blöden Scherz oder es handle sich um eine besonders perfide Spam-Mail, die aus Versehen in meinem Posteingang gelandet war. Doch die paar Zeilen ließen mich nicht los. Zu viele Informationen, die darin enthalten waren, trafen zu, als dass es sich um eine Zufallsnachricht oder gar um Betrug handeln konnte.

Ich fing an zu recherchieren und gab die Hütte, in der ich geboren war, in das Suchfeld der Suchmaschine ein, drückte dann auf »Enter«. Und tatsächlich, es gab einen Treffer mit den Begriffen Chalet und Vogelthal: den Link zu einer Internetseite, deren Name dem Betreff der E-Mail entsprach: Der Ort der verlorenen Herzen. Meine Hand zitterte leicht, als ich darauf klickte.

Als Erstes ertönte Klaviermusik, der Bildschirm jedoch blieb schwarz. Ich erkannte die Winter-Wind-Étude von Frédéric Chopin, die meine Mutter so geliebt hatte. Ich lauschte den melancholisch-dramatischen Klängen, während ich mir ihr Gesicht vor Augen führte und mich die angenehme Erinnerung an sie warm durchfuhr. Dann erhellte sich der Bildschirm und gab den mir vertrauten Blick auf die Lichtung frei, wo die Hütte stand. Langsam und viel bedächtiger als die Klaviertöne flog eine Kameradrohne zunächst über das Dach des Chalets, dann über die Lichtung und fing mit ihrem Auge schließlich das gesamte Tal ein, das einst meine Heimat gewesen war.

Sanfte Hügel. Weinberge. Ein blauer Horizont. Erdige Farben in allen Schattierungen.

In meinem Magen begann es zu brennen, als hätte ich etwas zu Scharfes gegessen. Ich hielt mir den Bauch, während ich weiter dem Kameraflug folgte, bis sich der Bildschirm erneut verdunkelte und ein weiteres Klavierstück begann, ruhiger als das vorherige. Tonfolgen, die an tänzelnde Schneeflocken erinnerten. Ich kannte das Stück nicht, aber was ich hörte, gefiel mir. Von beiden Seiten des Bildschirms öffnete sich nun eine Reihe von Fotos, um sich kurz darauf untereinander anzuordnen. Sie zeigten das Chalet von außen und von innen. Ich klickte das erste Foto an.

Die Hütte auf der Lichtung war kaum wiederzuerkennen. Lediglich das Giebeldach und das kleine Rundfenster unterhalb davon schienen noch original zu sein. Auch an dem Brunnen auf dem weiß gekiesten Vorplatz war nichts verändert worden. Dafür umso mehr am restlichen Bau. Ohne einen Hinweis darauf, um welches Gebäude es sich handelte, hätte ich die Hütte wohl nicht mehr als den Lieblingsort meiner Eltern wiedererkannt. Doch im Hintergrund stand unverkennbar der große, kräftige Bergahorn, unter dem meine Eltern gelegen hatten. Tot, erschlagen.

Das Brennen im Bauch war unerträglich geworden. Rasch stand ich auf, holte Milch aus dem Kühlschrank und trank ein ganzes Glas davon in einem Zug aus. Dann setzte ich mich erneut an den Schreibtisch, in meiner Brust ein Gefühl, als zöge sich mein Herz zusammen.

Das Chalet gefiel mir. Beinahe verwunschen wirkte es, wie es da auf der Lichtung stand, mit dem dichten Mischwald ringsum und dem weiten Ausblick über das Tal der Weinberge. Einsam, ruhig und eins mit dem Grün, das es umgab.

Ich klickte auf die anderen Fotos. Im Inneren waren die Wände zum Teil mit Holz verkleidet, dann wieder war die nackte Steinwand zu sehen, was einen urigen Gesamteindruck vermittelte. Ein offener Kamin in der großen Stube lud ein, davor Platz zu nehmen und sich am lodernden Feuer aufzuwärmen, über dem ein großer Kupferkessel vor sich hin dampfte. Da war eindeutig jemand am Werk gewesen, der genau wusste, wie man ein heimeliges Ambiente schuf oder zumindest: wie man es durch gute Aufnahmen präsentierte.

Oberhalb der großen Stube war eine Fensterfront-Galerie mit Blick auf die Vogesen errichtet worden. Über einen Button unter jedem Bild konnte man einen virtuellen Rundgang durch die einzelnen Appartements machen. Sie hießen Morgenröte und Abendsonne, Heukammer und Schwalbennest, Große Weinkammer und Kleine Weinkammer und waren je mit einem Bad, einer kleinen Küchenzeile und einem gemütlich aussehenden Schlafzimmer ausgestattet. Rechts von der großen Stube befand sich zusätzlich eine Gemeinschaftsküche. Auf der Rückseite des Chalets gab es jetzt eine Weinfass-Sauna, und an einem Ast des Bergahorns war eine große gemütliche Schaukel mit Rückenlehne angebracht worden, auf der mindestens drei Personen sitzen und den Wolken am Himmel beim Vorbeiziehen zuschauen konnten.

Die Musik hörte auf, und ich klappte den Deckel meines Laptops herunter.

Was sollte das? Ziellos begann ich, in meiner Wohnung auf und ab zu laufen. Wieso hatte mich dieser Antoine angeschrieben? Und warum sagte er, er habe mich gesucht?

Wie war er auf mich gekommen? Und was wollte er wirklich von mir? Lauter Fragen, auf die ich keine Antwort wusste.

Ich erinnerte mich vage an den Mann, der das Weingut meiner Eltern einst übernommen hatte. Dunkles Haar, Brille, ein passionierter Hobby-Winzer, wie er betont hatte. Aus Colmar war er gekommen, so viel wusste ich noch, und dass er seit geraumer Zeit damit geliebäugelt hatte, aufs Land zu ziehen und seiner Leidenschaft nachzugehen. Mehr war mir über ihn nicht im Gedächtnis geblieben.

Ludivine und Camille hatten sich damals um den Verkauf gekümmert. Ich hatte nur zugesehen und irgendwann zugestimmt, dass sie den Kaufvertrag auch in meinem Namen unterschrieben, obwohl ich eigentlich dagegen gewesen war.

Vieles, was kurz nach dem Tod meiner Eltern geschehen war, erschien mir im Nachhinein wie ein nebulöser Film, der an mir vorbeigezogen war, ohne dass es mir bewusst gewesen wäre. Ich war nie wieder nach Vogelthal zurückgekehrt. Ich hatte es nicht gewollt. Zwar hatte ich darüber nachgedacht, vor allem, als Jérôme und ich beschlossen hatten zu heiraten, weil er wissen wollte, wo ich aufgewachsen war. Er hatte mich immer für meine Fähigkeit bewundert, ohne Anstrengung vom Französischen ins Elsässische zu wechseln. Und er hatte sich gewünscht, das Grab meiner Eltern zu sehen. Wenn ich schon nicht um deine Hand bei ihnen anhalten kann, möchte ich ihnen wenigstens die Ehre erweisen, so hatte er sich ausgedrückt.

Sein Interesse an meiner Herkunft hatte mich zutiefst gerührt. Trotzdem redete ich ihm aus, gemeinsam mit mir in meine Heimat zu fahren. Ich hatte zu viel Angst. Unter keinen Umständen wollte ich an jenen Ort zurückkehren, der mich erneut würde spüren lassen, was ich dort, ganz gleich, wie sehr sich meine Tanten um mich gekümmert hatten, verloren hatte: bedingungslose Liebe und Geborgenheit.

Zwar gab es immer wieder Momente, in denen ich mich fragte, was meine Eltern wohl dazu sagen würden, wenn sie wüssten, dass ich ihr Grab nach der Beerdigung nie wieder besucht hatte. Doch sobald mich derartige Gedanken einholten, appellierte ich an meine Vernunft und redete mir ein, es ginge nicht darum, wo ich meiner Eltern gedachte, sondern dass ich sie in meinem Herzen trug. Und das tat ich pausenlos. Tag für Tag, Nacht für Nacht.

»Ort der verlorenen Herzen«, sagte ich laut zu mir und las dann noch einmal die beiden letzten Zeilen der ominösen Nachricht: Es würde mich freuen, Sie im Chalet beherbergen zu dürfen. Natürlich kostenlos! Bitte melden Sie sich bei Interesse.

Was hielt mich eigentlich davon ab, zuzusagen?, fragte ich mich. Ich atmete tief durch, dann klickte ich auf »Antworten«. Ohne lang nachzudenken, schrieb ich zurück, dass ich seine Einladung annähme und nach Vogelthal käme, schon am kommenden Montag, wenn es ihm recht sei.

»Wunderbar«, kam es postwendend zurück. Dazu eine Mobilnummer und die Bitte, ich solle mich einfach zwei Stunden vor meiner Ankunft bei ihm melden, er würde mich dann bei der Kirche in Vogelthal abholen.

Auf der Hütte, 25. September 1976

Mein liebes Kind,

ich möchte Dir von mir erzählen, damit Du weißt, wer ich bin. Ich glaube, es ist wichtig zu wissen, woher man kommt, auch wenn ich mir für Dich eine bessere Herkunft gewünscht hätte. Doch es ist so, wie es ist. Ich kann nichts erfinden, das schöner klingt. Es wäre eine Lüge. Und wer will schon mit einer Lüge aufwachsen? Du sollst es nicht, so schwer es mir auch fällt, die Wahrheit zu schreiben.

Ich habe nichts erreicht. Ich habe kein Zuhause und kein Geld. Und das, was ich habe, Dich, werde ich verlieren. Mein Vater sagte immer, ich sei ein dünnes dummes Kind. Manchmal glaube ich, es stimmt, was er sagte. Doch dann denke ich wieder, es stimmt nicht. Dünn bin ich, ja. Sehr sogar. Aber nicht dumm. Denn wäre ich dumm, wäre ich zu Hause geblieben und zerbrochen. So wie meine Mutter.

Mein Vater hat alles kaputt gemacht, was ihm im Weg stand. Ich habe mich ihm trotzdem oft in den Weg gestellt, wenn er auf meine Mutter losging. Ich konnte es nicht ertragen. Es hat nie etwas gebracht. Erst kam ich dran, dann sie. Manchmal auch umgekehrt. Zum Schluss waren wir beide voller blauer Flecke. Dünnes dummes Kind.

Ich habe Jahre gebraucht, um zu verstehen, dass ich meiner Mutter nicht helfen kann. Ich habe sie angefleht, mit mir zu kommen. Sie hat nur den Kopf geschüttelt und gesagt, er würde sie suchen und finden, wenn sie ginge. Sie wusste von meinen Plänen, zu fliehen, und hielt mich nicht davon ab. Vielleicht war das ihre Art, mir zu zeigen, wie viel ich ihr bedeute.

Ich bin müde. Meine Briefe an Dich erschöpfen mich. Es kommt mir vor, als schriebe ich ein Testament, als würde es nicht mehr lange dauern, bis von mir nur noch meine Briefe an Dich übrig sind, wie ein Letzter Wille, den auszuschlagen ratsam wäre.

Ich werde jetzt schlafen und von Dir träumen.

Deine Mama

9

Ein roséfarbener Streifen schwebte hauchzart am Horizont, verflüchtigte sich aber bereits in ein eiskaltes Grau. Es war früher Nachmittag, und das Außenthermometer zeigte minus sieben Grad an, als ich drei Tage nach Eintreffen von Antoines E-Mail in Vogelthal ankam und das Auto vor der kleinen Kirche parkte.

Über eine Stunde blieb ich erst einmal so sitzen, lauschte der warmen Stimme Gilbert Bécauds aus dem Radio und schaute durch die halb vereiste Windschutzscheibe hinaus auf das rotsteinige Mäuerchen vor der Kirche, hinter der sich das Grab meiner Eltern befand.

Ich konnte nicht fassen, dass ich es tatsächlich getan hatte. Dass ich am Gare du Montparnasse ein Auto gemietet hatte und einer Einladung gefolgt war, die mindestens so aufregend wie dubios klang. Es wäre viel vernünftiger gewesen, sie zu löschen und auf der Stelle zu vergessen. Stattdessen war ich zum Schrank gegangen und hatte ein paar Klamotten zusammengesucht. Meinen Tanten erzählte ich, ich würde Weihnachten in Gesellschaft verbringen. Das war nicht einmal gelogen. Lediglich die Details meiner Geschichte entsprachen nicht ganz der Wahrheit und klangen nach einem Plan, von dem ich glaubte, er würde ihnen gefallen. Ich behauptete, das Alleinsein sattzuhaben und daher endlich ihrem Rat folgen zu wollen, mich mit Gleichgesinnten abzulenken. Und zwar bei Winterwanderungen für Singles, einem Weihnachts-Sonderangebot für Kurzentschlossene. Etwas Besseres war mir auf die Schnelle nicht eingefallen.

Ludivine und Camille hatten große Augen gemacht und dann simultan in die Hände geklatscht, wie sie es oft taten, wenn sie sich spontan über etwas freuten. Ich bekam sofort ein schlechtes Gewissen. Andererseits freute ich mich darüber, wie sehr sie meine Geschichte glücklich stimmte. Ich wollte unter keinen Umständen, dass sie sich Sorgen machten und genau die Fragen stellten, die ich Antoine nicht gestellt hatte: Wie Antoine auf mich gekommen sei. Wieso er mich angeschrieben habe. Was er mit der Einladung bezwecke. Und so schob ich mein schlechtes Gewissen weg. Weit weg.

Natürlich verschwieg ich ihnen auch das wahre Ziel meiner Reise. Sonst wären sie sicherlich stutzig geworden. Ich erwähnte nur beiläufig die Gegend um den Rouge Gazon, das erstbeste Schneegebiet, das mir eingefallen war, da ich gerade mit einer komplizierten Stelle in meiner aktuellen Übersetzung zu kämpfen hatte, in der der 1188 Meter hohe Berggipfel eine Rolle spielte.

Meine Tanten riefen »Wie wunderbar!« und »Toll!« und fragten nicht weiter nach. Offenbar begnügten sie sich damit, zu glauben, ich hätte endlich verstanden, wie wichtig es sei, selbst aktiv zu werden, um mein Einsiedlerdasein hinter mir lassen zu können. Ich konnte ihnen nicht einmal böse sein. Ihre permanenten Ratschläge, wie ich mich zu verhalten habe, damit sich meine Lebenssituation ändere, war letztendlich nur ein Ausdruck ihrer Sorge um mich. Außerdem ahnten sie nicht, wie unerträglich für mich die Weihnachtsfeiertage der letzten Jahre bei ihnen zu Hause gewesen waren und welch enormen Kraftakt es für mich bedeutet hatte, diese Zeit einigermaßen unbeschadet durchzustehen. Es war nicht etwa so, dass ich ihnen ihr familiäres Glück missgönnte. Dennoch tat mir die unmittelbare Konfrontation damit in der Seele weh. Ihr Glück hielt mir all das vor Augen, was ich nicht erreicht hatte und offensichtlich auch niemals erreichen würde.

Während Gilbert Bécaud gerade einen seiner berühmtesten Songs auf Deutsch anstimmte, landeten große, leichte Flocken auf der Windschutzscheibe, wo sie nur langsam ihre Gestalt verloren. Ich hatte bis dahin nur die französische Version dieses Songs gekannt und war überrascht, wie sehr mich seine Worte berührten.

Was wird aus mir /
was soll nun werden /
Was fang ich nun /
mit dem Leben an /

Was fang ich an /
mit fremden Menschen /
die mein Herz /
nicht verstehen kann /

Es kommt die Nacht /
und du bist fort /
ich glaub, es bleibt /
mir das Herz fast stehen /

Ich frag, warum /
mein Herz noch schlägt /
wenn es nicht weiß /
für wen /

Was wird aus mir /
was soll nun werden /
Was mir noch bleibt /
ist kein Leben mehr /

Die Welt für mich /
bist du gewesen /
diese Welt ist /
auf einmal leer /

Leer ist bei Nacht /
das Firmament /
es zeigt kein Stern /
mir den Weg zu dir/

Es trägt am Tag /
kein Sonnenschein /
kein Sonnenstrahl /
zu mir /

Was wird aus mir /
was soll nun werden /
Soll ich dich nie /
niemals wiedersehen /

Als Gilbert Bécauds warme, rauchige Stimme verklang, schaltete ich das Radio aus, strich mit dem Handrücken über meine tränennassen Wangen und sah auf die dünne Schneeschicht, die mir allmählich den Blick nach draußen versperrte.

Mittlerweile fror ich und spürte meine Finger kaum noch. Ich begann, sie zu reiben, anzuhauchen, doch es half nicht. Nur mein Atem kondensierte in kleinen weißen Wölkchen vor meinem Mund. Die wenigen Tränen lagen wie dünne Eissplitter auf meinen Wangen.

Es war an der Zeit, auszusteigen und mein Abenteuer dort zu beginnen, wo meine Unbeschwertheit vor vielen Jahren geendet hatte: am Grab meiner Eltern.

10

Die Luft roch nach Schnee und feuchter Erde – ein Duft, der Niedergang und Aufbruch zugleich verhieß. Ich atmete tief durch, schloss die Augen und öffnete sie wieder. Gleißend durchdrang mich das Licht, das vom Boden reflektiert wurde.

Als würde mich jemand von hinten anschieben, stieg ich das Treppchen zum Friedhof hoch. Der Kies unter meinen Füßen knirschte, während ich den schmalen Pfad entlangging. Das Geräusch der Steine erinnerte mich an den Tag der Beerdigung. Ununterbrochen hatte ich auf meine Schuhe geschaut und auf die Kiesel, die mit jedem Schritt unter ihren Sohlen verschwanden. Ich hatte mir fest vorgenommen, auf keinen Fall aufzublicken. Ich wollte nicht mitansehen müssen, wie meine Eltern in die Erde gelassen wurden. Noch nicht einmal ihre Särge wollte ich sehen. Allein die Vorstellung, dass sie da drinnen lagen, ohne Licht und Luft zum Atmen, so absurd das auch klingt, hatte mich derart gequält, dass ich die Augen einfach auf den Boden richten musste.

Eine Krähe landete neben mir und folgte mit hüpfenden Bewegungen meinem Gang. Nachdenklich betrachtete ich ihr schwarzes Gefieder, ihre schwarzen Augen, den schwarz glänzenden Schnabel, die schwarzen Füße und fragte mich, ob das Tier mir womöglich ein Zeichen geben wollte, eine Art Warnung, besser umzukehren und das Ganze abzubrechen, bevor mich die Erinnerung an die sorgenfreie Zeit meiner Kindheit einholte, vor deren Schönheit ich mich insgeheim fürchtete. Warte mit der Erinnerung, bis sie dir guttut, hatten meine Tanten mir geraten, als meine Eltern gerade zwei Tage tot waren. Meide die Rückschau, solange sie dich schmerzt, hole sie erst zu dir, wenn sie deine Gedanken erhellt.

Ich hatte viele gut gemeinte Ratschläge von ihnen bekommen, ich bekomme sie bis heute, aber nur diesen einen hatte ich mir gerne gemerkt – und stets befolgt.

Die Krähe erhob sich mit lauten Krakra-Rufen vor mir in die Lüfte und war im nächsten Moment hinter dem schmalen Kirchturm verschwunden. Kurz hielt ich inne und sah ihr nach. Der roséfarbene Streifen am Himmel, der einzige Farbtupfer an diesem klirrend kalten Tag, hatte sich inzwischen in Luft aufgelöst.

Noch war es nicht zu spät, umzukehren, noch konnte ich beschließen, all das hier nicht an mich heranzulassen. Während ich das dachte, spürte ich mit einem Mal deutlich das Gewicht des Autoschlüssels in meiner Hand. Eine kleine Bewegung mit dem Daumen, überlegte ich, und die Türen wären offen. In knapp sechs Stunden wäre ich wieder zurück in Paris und könnte mich in meiner Wohnung verkriechen – bis ins neue Jahr, ohne von jemandem gestört zu werden. Inkognito. Ohne Ludivine und Camille, die etwas von mir wollten ...

Aber noch bevor ich den Gedanken zu Ende gedacht hatte, stand ich vor dem Grab meiner Eltern. Abrupt hielt ich die Luft an und nahm im nächsten Moment einen inneren Abgrund wahr, wie ein Sog, der all meine Gefühle in sich aufnahm.

Ich hatte mir immer vorgestellt, wie ich an diesem Ort sofort in Tränen ausbrechen würde. Doch nun blieben meine Augen ebenso trocken und leer, wie ich mich fühlte, wie zufällig hier abgestellt, ohne Bezug zu dem, was ich vor mir sah.

Ich beugte die Knie, berührte die harte, gefrorene Erde. Erst da fiel mir auf, wie gepflegt das Grab meiner Eltern war. Kein einziges vertrocknetes Blatt lag herum, und nicht einer der Steine, die die Grabfläche einfriedeten, war bemoost. Ganz anders als bei den benachbarten Gräbern. Als ich mich wieder erhob, hörte ich meinen Namen.

»Anouk?«

Ich drehte mich um und blickte in das freundliche Gesicht eines Mannes.

»Hallo. Ich bin Antoine. Ich bin der, der Ihnen geschrieben hat. Ich freue mich, dass Sie meine Einladung angenommen haben. Hatten Sie denn trotz des eisigen Wetters eine gute Fahrt?«

Ich nickte, brachte nur verhalten ein »Guten Tag« heraus. Ich hatte Antoine von unterwegs eine Nachricht geschickt, wann ich in etwa in Vogelthal ankäme. Ich hatte ihm dabei extra einen späteren Zeitpunkt genannt, um einen Moment allein auf dem Friedhof zu haben und um notfalls, sollte ich doch noch Zweifel an meiner Aktion bekommen, ungesehen wieder abzufahren.

»Schön, dass Sie da sind.«

»Danke.«

»Ist etwas mit Ihnen? Sie wirken so ... überrascht.«

»Kümmern Sie sich um das Grab meiner Eltern?«, fragte ich ihn geradeheraus, ohne eine Erklärung für meine Vermutung zu haben.

Antoine musterte mich. »Ich habe mir erlaubt, es von dem Laub zu befreien, das sich über die Jahre hier angesammelt hat. Es sah recht verwegen aus«, antwortete er und lächelte verschmitzt.

Wie er sich ausdrückte! Diese gestelzten Worte passten überhaupt nicht zu seiner lässigen Erscheinung. Groß war er, größer als Jérôme, mindestens einen Meter fünfundachtzig. Er trug eine dunkelblaue Daunenjacke, Jeans und Wanderstiefel. Die dunkelblaue Wollmütze, genau im Ton der Jacke, hatte er tief in die Stirn gezogen. Dennoch blitzten an den Seiten ein paar Strähnen grau melierten Haars hervor. Er sah gut aus. Gebildet. Und wie einer, der das Leben auf dem Land dem Leben in der Stadt vorzog. Zugleich hatte er aber auch etwas Sportliches, beinahe Jugendliches an sich, obwohl er sicher schon über fünfzig war. Vor allem aber war er von einer geheimnisvollen Aura umgeben.

»Mein Bruder liegt eine Reihe hinter Ihren Eltern«, fuhr er fort und zeigte in Richtung Kirche. »Da bot es sich an, gelegentlich auch das Grab Ihrer Eltern mitzupflegen.«

»Das mit Ihrem Bruder tut mir leid«, sagte ich.

Antoine senkte das Kinn, blickte zu Boden. Ich konnte seinen schnellen Atem sehen, gräuliche Gespenster, die sich auflösten, noch bevor sie ihre vollständige Form erreicht hatten. Endlich hob Antoine das Kinn wieder an, schaute mir direkt in die Augen und sagte: »Lassen Sie mich wissen, wenn Sie so weit sind. Nehmen Sie sich ruhig alle Zeit, die Sie brauchen. Anschließend führe ich Sie hinauf zum Chalet.«

Er hob den Arm an. Zwischen Daumen und Zeigefinger baumelte an einem Band ein großer messingfarbener Schlüssel.

11

Antoine bot mir an, das Haus meiner Eltern zu besuchen und mich dort umzusehen. Ich dankte ihm für das Angebot, lehnte aber ab. Es war nicht mehr das Haus meiner Eltern, schon seit langer Zeit nicht mehr, und ich wollte es lieber so in Erinnerung behalten, wie ich es verlassen hatte. Antoine verstand das.

»Am besten machen wir uns dann gleich auf den Weg«, sagte er. »Es dämmert schon, und der Pfad durch den Wald ist düster.«

Seit meiner Ankunft schneite es große, leichte Flocken. Im Schein der Taschenlampe wirkte es, als landeten sie nicht auf der Erde, sondern wehten kurz vor ihrem Aufkommen wieder hoch in den Himmel. Mir gefiel dieser Tanz der Kristalle im künstlichen Licht. Ich hatte lange nicht mehr im Schnee gestanden – reiner, weißer Schnee, unverschmutzt, ganz anders als in der Stadt, wo er sich sofort mit dem Dreck der Menschen mischte.

Ich spürte, wie die Kälte mein Gesicht einfasste. Es fühlte sich gut an. Auch den Duft des Schnees einzuatmen, gefiel mir. Die Luft war erfüllt von ihm, ein herrlich frischer und doch so vergänglicher Geruch.

Antoine ging links von mir, schlug einen schnellen Schritt an. Ich versuchte, mit seiner Geschwindigkeit mitzuhalten, und war dankbar, dass er für mich den großen Rucksack trug, der mit Kleidung für mindestens eine Woche vollgestopft war. Neben uns trottete sein Hund. Antoine erwähnte, dass er für einen Airedale Terrier schon sehr alt sei. Ich wusste nichts darauf zu sagen. Mit Hunden kannte ich mich nicht aus. Abgesehen davon hatte ich keinen Bezug zu Tieren.

Der Aufstieg zog sich hin. Ich hatte ihn kürzer in Erinnerung, was mich verunsicherte. Nach den ersten drei Biegungen konnte ich nicht einmal mehr sagen, ob wir noch auf dem richtigen Weg waren oder ob mich Antoine vielleicht ganz woandershin führte, an einen Ort, den ich nicht kannte und an dem mich niemand jemals finden würde, sollte man mich irgendwann einmal suchen. Eine Welle der Angst durchfuhr mich. Obwohl Antoine alles andere als unsympathisch und vertrauensunwürdig auf mich wirkte, hatte ich plötzlich einen Film im Kopf: Aus der Vogelperspektive sah ich mich selbst darin neben Antoine und seinem Hund herlaufen und konnte beobachten, wie sie mich immer tiefer in den Wald hineindrängten. Als Nächstes sah ich mich in den Schnee hinter einer Reihe großer, feuchter Baumstämme fallen und mich dann mit der Hand an die Stirn fassen, die Finger voller Blut, der Mann mit dem Hund über mich gebeugt. Diese Vorstellung ließ mich abrupt in ein undefinierbares Schwarz stürzen, immer tiefer, bis am Rand meiner Wahrnehmung ein Hubschrauber über Vogelthal zu kreisen begann und ich mich im nächsten Moment vor einer mir unbekannten Wohnung schweben und durch ein Fenster blicken sah. Ein Fernseher flimmerte, die Nachrichten liefen, und da wurde ein Foto von mir eingeblendet. Schaudernd erkannte ich mein rundes, volles Gesicht, das lange braune Haar, das Muttermal neben dem rechten Auge – und unter dem Foto in großen weißen Buchstaben die Frage: Wer kennt diese Frau?

Unwillkürlich stieß ich einen Schrei aus.

»Alles klar bei Ihnen?« Antoine war stehen geblieben, leuchtete mit der Taschenlampe in mein Gesicht. Irritiert sah er mich an.

Ich versuchte ein Lächeln, spürte sogleich den leisen Schmerz der Kälte, die sich auf meine Haut gelegt hatte.

»Alles in Ordnung«, antwortete ich, selbst davon überrascht, wie souverän ich klang und wie fest meine Stimme war, während die Angst in meinem Bauch rumorte.

»Warum haben Sie geschrien?«

Ich hob die Schultern, wusste auf die Schnelle keine vernünftige Antwort.

»Wir sind bald da«, sagte Antoine sanft. »Es gibt hier übrigens keine wilden Tiere. Auch keine Geister, Monster oder böse Hexen. Und von mir haben Sie auch nichts zu befürchten.«

Antoine lenkte die Taschenlampe wieder in Richtung Anstieg, stapfte weiter durch den Schnee, der mit zunehmender Höhe deutlich angewachsen war.

Ich atmete auf, seufzte dann leise. Der Hund stand vor mir, wedelte mit dem Schwanz. Ich schüttelte über mich selbst den Kopf. Was tat ich hier eigentlich?, fragte ich mich einmal mehr. Warum steigerte ich mich derart hinein? Was sollte das alles?

Ich blickte Antoine nach, der routiniert ein Bein vor das andere setzte. Das Knirschen des Schnees drang an mein Ohr. Viele Male musste Antoine diesen Weg schon gegangen sein. Man konnte es sehen. Ich konnte es sehen, an der Art, wie er sich bewegte.

»Was ist mit Ihnen?« Wieder war Antoine stehen geblieben, leuchtete mich an. »Wenn Sie noch länger Wurzeln schlagen, frieren Sie am Ende noch am Boden fest. Die Nacht hier draußen wird nicht wärmer werden.«

Das wäre ein geeigneter Moment gewesen, um ihn zu fragen, weshalb er mich angeschrieben hatte und warum ich nun mit ihm hier war. Doch meine Zunge war wie gelähmt, und so nickte ich nur wie ein Kind, das endlich beschlossen hatte, sich nicht weiter zu sträuben, sondern den Anweisungen der Erwachsenen zu folgen.

»Noch etwa eine halbe Stunde, dann sind wir da.«

Der Hund lief zwischen uns hin und her, dazu bellte er, wie um die Ankunftszeit zu bestätigen, die sein Herrchen genannt hatte.

12

Sobald wir aus dem Wald und auf die Lichtung traten, erhob sich der schwarze Himmel über uns. Keine Wolke war mehr zu sehen, dafür unzählige Sterne.

Ich legte den Kopf in den Nacken, streckte die Arme zur Seite aus, ließ mich rücklings in den noch unberührten Schnee fallen und machte einen Engel, indem ich mit Armen und Beinen über die Schneedecke ruderte. Das hatte ich als Kind oft getan. Genau an dieser Stelle auf der Lichtung, unweit der Hütte. Meinen Engeln hatte ich Namen gegeben und meine Eltern gebeten, um sie herumzulaufen, ja nicht über sie hinweg.

Engel zerstört man nicht, hatte ich gesagt, Engel lässt man fliegen. Meine Mutter hatte gelacht und mich fest an sich gedrückt. Und mein Vater hatte seine Arme von hinten um uns beide gelegt und erklärt, wir seien seine beiden Engel, aber sobald wir davonflögen, würde er versuchen, uns einzufangen.

Es gibt wohl für jeden Menschen einen Moment, in dem Freiheit greifbar wird. Für mich war das dieser Moment im Schnee: an dem Ort zu sein, den meine Mutter und mein Vater so sehr geliebt hatten, dass sie sogar ihr Leben dort gelassen hatten, und in die Sterne zu blicken, die mir zuzublinzeln schienen, als wollten sie mir Grüße von meinen Eltern senden. Endlich war ich angekommen, fühlte mich glücklich. Zum ersten Mal seit langer, langer Zeit.

Diesmal drängte mich Antoine nicht, aufzustehen und

die Hütte zu betreten, das Chalet. Er ließ mir die Zeit, die ich brauchte, um das Glück zu genießen, das mich durchfloss. Ich weiß nicht mehr, wie lange ich da draußen lag und in den Himmel starrte. Die Tränen, die mir über die Wangen rannen, fühlten sich warm an. Ich konnte die Glanzlichter von Perseus und Kassiopeia sehen, etwas weiter weg erkannte ich das Schmuckkästchen der Plejaden. Mein Vater hatte mir die Sternbilder gezeigt. Ich hatte mir nicht alle gemerkt, nur die, deren Namen mir gefielen.

Bevor ich das Chalet betrat, klopfte ich mir den Schnee ab. Eine angenehme Wärme strömte mir entgegen. Antoine hatte Feuer gemacht, orangewarm leuchtete es aus der großen Stube. Zwei Gläser Wein standen auf einem kleinen Tischchen vor dem Kamin. Aus der Küche, die bei meinem virtuellen Rundgang durch das Chalet als Gemeinschaftsküche bezeichnet gewesen war, hörte ich Antoine mit Töpfen klappern. Der Hund lag in einem geräumigen Korb, die Schnauze auf die Pfoten gelegt, und sah mich mit einem Auge an.

Ich zog Jacke und Mütze aus, hängte beides zum Trocknen in die Nähe der Feuerstelle. Von der ehemaligen Hütte war nicht viel übrig geblieben. Ich befand mich in einem Chalet de luxe, das noch besser aussah als auf den Bildern, die ich mir im Netz angesehen hatte. Man konnte riechen, wie neu alles war. Der Duft von gehobeltem Holz lag in der Luft, angenehm, anheimelnd. Er mischte sich mit dem Aroma von frischem Salbei, das aus der Küche hereinwehte.

Ich sah mich um. Das gesamte Interieur war stilvoll; einerseits rustikal und urig, andererseits modern. Die Hütte meiner Eltern war dagegen eher karg gewesen. Zwar groß für eine Hütte, dabei aber äußerst einfach gehalten.

Mein Blick fiel auf meinen Rucksack. Antoine hatte ihn an eine Tür mit der Aufschrift Heukammer gelehnt.

»Schauen Sie sich ruhig Ihr Zimmer an«, hörte ich Antoine aus der Küche rufen. »Ich habe Ihnen die Heukammer hergerichtet.«

Ich öffnete die Tür und trat ein. Das Zimmer war einst der Schlafraum meiner Eltern gewesen. Früher hatten hier lediglich ein gusseisernes Bett mit einer in den Wintermonaten durchweg klammen Matratze gestanden, daneben ein Nachtkästchen samt einer Lampe, deren ausladender Schirm eine Schwarz-Weiß-Fotografie von der Hütte aus dem Jahr ihrer Entstehung verdeckt hatte. Außerdem war ein großer, alter, von Würmern befallener Schrank Teil des Inventars gewesen, vor dem jedes Mal, wenn ich das Zimmer betrat, frisches Holzmehl gelegen hatte.

Ich hatte diesen Raum nie gemocht. Er hatte etwas Beklemmendes ausgestrahlt, als sei er einst von jemandem verlassen worden, der irgendwann wieder an diesen Ort zurückkehren würde. Trotzdem oder gerade deswegen hatte ich das Zimmer als Kind oft besucht und stets als Erstes hinter die Tür geschaut, um zu überprüfen, ob dieser Jemand vielleicht schon zurückgekehrt war und sich dort versteckte, um sich zu rächen – an wem und warum auch immer.

In der Heukammer erinnerte kaum noch etwas an das Zimmer meiner Eltern. Der Boden war erneuert worden, die Wände verputzt und das wenige Mobiliar ausgetauscht. Auch die Fenster waren modernisiert worden, sodass der Wind nicht mehr hereinpfiff wie früher. Von der Decke hingen kugelförmige Lampen, die den Raum in ein warmes Licht tauchten. Lediglich die Schwarz-Weiß-Fotografie war geblieben. Sie hing eingerahmt an der Wand, wo einst das

Bett gestanden hatte, und vermittelte jene Art von Nostalgie, der man nachhängen konnte, ohne wehmütig zu werden.

Ich zog mich um und verstaute meine Sachen aus dem Rucksack in der Ablage. Es war ein komisches Gefühl, wieder hier zu sein. Ein gewagtes Experiment. Einerseits fühlte ich mich wie zu Hause, weil mir alles hier bekannt vorkam. Zugleich war mir dieser Ort aber auch fremd. Er hatte nichts mehr mit meiner Vergangenheit zu tun, wenngleich ich mich meinen Eltern hier sehr nahe fühlte.

13

Antoine wartete schon vor dem Kamin auf mich, als ich wieder in die gute Stube trat.

»Ich habe Pasta mit frischem Salbei gemacht«, sagte er und deutete auf zwei großzügig gefüllten Teller, von denen ein herrlicher Duft aufstieg. »Sie haben sicherlich Hunger nach unserer Nachtwanderung.«

Ich schenkte ihm ein Lächeln und setzte mich zu ihm.

»Danke fürs Kochen«, sagte ich.

Die Pasta schmeckte hervorragend, und ich begann mich immer wohler zu fühlen, nicht nur in dem heimeligen Chalet, sondern vor allem neben diesem fremden, attraktiven Mann mit dem vollen, grau melierten Haar und dem Hund, der uns aufmerksam beäugte und gelegentlich ein leises Fiepen von sich gab.

»Wollen Sie gar nicht wissen, weshalb ich Sie hierher eingeladen habe?«, fragte Antoine nach einer Weile, in der wir uns schweigend auf das Essen konzentriert hatten.

Ich sah ihm in die Augen. Grün waren sie wie meine eigenen, mit vereinzelten roten Sprenkeln. In ihnen lag eine Tiefe, die man für gewöhnlich nur bei traurigen, einsamen Menschen vorfand.

Natürlich interessierte mich brennend, weshalb er mich gesucht und angeschrieben hatte. Welchen Grund es für jemanden wie Antoine gab, eine ihm unbekannte Frau aus ihrem Alltagstrott zu reißen und sie ausgerechnet über die Weihnachtszeit in sein Luxus-Chalet einzuladen. Aber ich wollte ihn nicht danach fragen. Ich fürchtete, seine Antwort könnte das wohlige Gefühl zerstören, das ich verspürte, seit ich hier angekommen war.

»Nein«, antwortete ich. »Ich bin hierhergekommen, weil Ihre Einladung eine willkommene Abwechslung in meinem sonst eher trostlosen Leben ist. Und weil ich dadurch eine gute Ausrede habe, Weihnachten nicht mit meinen Tanten zu verbringen, die die Feiertage sicher dazu nutzen würden, mich mit irgendwelchen weiß Gott wo aufgegabelten Junggesellen verkuppeln zu wollen.«

»Verstehe«, antwortete Antoine, zog dabei jedoch fragend die Augenbrauen hoch.

»So wie Sie gucken, glaube ich nicht, dass Sie das verstehen.«

Nun grinste er schelmisch. »Ich mag Ihre direkte Art«, sagte er. »Und ja, Sie haben mich ertappt! Ich verstehe es nicht. Aber es klingt zu traurig, als dass ich es wagen würde, weiter nachzufragen.« Antoine stand auf. »Noch einen Nachschlag?«

Ich nickte, denn ich war hungrig, und das Essen schmeckte fantastisch. Außerdem hatte ich nur eine belegte Baguette und eine kleine Schachtel meiner Lieblingspralinen mit auf die Reise genommen. Es war Stunden her, dass ich etwas Vernünftiges gegessen hatte.

Ich griff nach dem Weinglas, nahm einen Schluck – und staunte. Die Wahl, die Antoine getroffen hatte, passte sehr gut zum Salbei. Kirsche und Karamell, eine exzellente Mischung. Ich sah mir die Flasche an – ein trockener Spätburgunder aus Hunawihr, wie mir das Etikett verriet. Das Weingut kannte ich sogar. Mein Vater hatte mich einst dorthin mitgenommen. Warme Erinnerungen. Ich nahm einen weiteren Schluck.

»Auf Ihrer Homepage haben Sie geschrieben, Sie würden

das Chalet nur an einsame Menschen vermieten. Das ist recht ...«

»... ungewöhnlich«, beendete Antoine den Satz für mich.

»Warum nur an einsame Menschen?«, fragte ich.

Eine Pause entstand, in der Antoine den Kopf senkte. Er schien einen Moment nachzudenken. Dann sagte er: »Zum einen, weil dieser Ort wie geschaffen dafür ist. Zum anderen, weil ich es meinem Bruder Cédric schuldig bin.«

»Wieso das?«, fragte ich.

»Cédric und ich hatten nie ein gutes Verhältnis. Eigentlich ist das noch untertrieben. Unser Verhältnis war miserabel. Wir waren uns sehr lange fremd. Erst als klar war, dass er bald sterben würde, haben wir uns richtig kennengelernt.

Ich zog zu ihm nach Vogelthal, als es ihm noch einigermaßen gut ging. Ich brachte es nicht übers Herz, ihn im Stich zu lassen, obwohl wir bis zu diesem Zeitpunkt nichts füreinander übriggehabt hatten außer Unverständnis. Mein Bruder war ein narzisstischer Egoist, müssen Sie wissen, völlig auf sich bezogen, ohne Empathie. So jedenfalls hatte ich ihn immer gesehen – und auch erlebt. Als er mir dann schrieb, er hätte nur noch ein paar Monate hier auf Erden und bräuchte Hilfe, sagte ich nicht Nein. Ich wusste ja, wie er lebte und dass es niemand anderen gab, der sich um ihn kümmern würde. Und so packte ich meinen Koffer und fuhr hierher. Es war nicht ganz uneigennützig, wenn ich ehrlich bin, denn auch mir ging es nicht gut in dieser Zeit. Meine Frau hatte sich gerade von mir getrennt, um sich, wie sie sich ausdrückte, ein neues Leben aufzubauen, das sie glücklicher machen würde als das alte. Da war es nur verlockend, von zu Hause wegzukommen und etwas anderes zu sehen als meine gescheiterte Ehe.

Cédric und ich unternahmen in der Anfangszeit alles

Mögliche miteinander. Vor allem machten wir lange Spaziergänge, redeten über Gott und die Welt, auch über den Tod und seine Angst davor. Immer wieder zog es uns hierher. Cédric liebte es, zum Bergahorn hinter der Hütte zu wandern, sich vor ihm auf den Boden zu setzen, den Rücken an seinen Stamm zu lehnen und um ein Wunder zu bitten. Dieser Baum war für ihn beinahe heilig, sein Ruhestifter und Sorgenschwamm. Für ihn gab es keinen passenderen Flecken Erde als diesen hier, um in Frieden zu gehen.

Oft saßen wir auch auf der Bank vor der Hütte oder mitten auf der Lichtung mit ihrem Ausblick über das gesamte idyllische Tal. Es mag merkwürdig klingen in Anbetracht der Tatsache, dass mein Bruder todkrank war, aber die Zeit mit ihm war auf ihre Weise eine sehr unbeschwerte, vielleicht sogar die beste, die ich je hatte. Noch immer bereue ich es, meinem Bruder erst so spät nahegekommen zu sein. Ich wünschte, es wäre anders gewesen.«

Ein Holzscheit fiel knackend um, und der Hund spitzte die Ohren, sah uns fragend an. Antoine stand auf und ging vor der Feuerstelle in die Knie. Mit der rechten Hand kraulte er den Hund am Kopf, mit der linken legte er ein neues Holzscheit ins schwach lodernde Feuer. Ich beobachtete ihn. Seine runden, leicht nach vorne geneigten Schultern und die Ruhe, die er ausstrahlte. Selbst von hinten wirkte Antoine traurig auf mich. Ich verspürte das Bedürfnis, ihm etwas Gutes zu tun und ihm so ein wenig von der Traurigkeit zu nehmen, die seine Schultern gebeugt hatte. Insgeheim bewunderte ich ihn für seine schonungslose Offenheit mir gegenüber. Dass er mich so nahe an sich heranließ, ohne mich zu kennen, schmeichelte mir. Ich fühlte mich geehrt, derart ins Vertrauen gezogen zu werden. Und es kam mir vor, als würden wir uns schon ewig kennen, gerade so, als wären wir miteinander aufgewachsen und hätten uns lediglich eine Weile nicht gesehen.

»Es tut mir leid, dass Sie nicht mehr Momente mit Ihrem Bruder teilen konnten«, sagte ich in seinen Rücken. »Woran ist er denn gestorben?«

Antoine drehte sich zu mir um. »Bauchspeicheldrüsenkrebs. Aber wenn mein Bruder nicht daran gestorben wäre, dann sicherlich an seiner Einsamkeit.«

Ich nahm das Weinglas zur Hand, schwenkte den Kelch. »Kommt daher Ihre Idee, in dem Chalet nur einsame Menschen als Gäste aufnehmen zu wollen?«

Er ließ vom Hund ab, der wieder eingeschlafen war. »Kurz bevor mein Bruder starb, sagte er zu mir, er habe sich immer gewünscht, es hätte wenigstens einmal für eine kurze Zeit einen Ort gegeben, an dem er seine Einsamkeit hätte vergessen können.«

»Und Sie glauben, das Chalet könnte so ein Ort sein?«

»Ich weiß es nicht. Aber ich hoffe es. Der Wunsch meines Bruders ist zumindest ein guter Grund, zu versuchen, einen solchen Ort zu schaffen. Und die Hütte bot sich geradezu an, finden Sie nicht?«

Ich zuckte mit den Achseln. »Hatte Ihr Bruder denn gar keine Freunde? Familie?«

»Nein, nichts dergleichen. Ich bin mir nicht einmal sicher, ob er Menschen überhaupt mochte. Lange Zeit war ich überzeugt, so, wie er lebte, als ländlicher Eremit, sei er glücklich, auch wenn ich selbst nie nachvollziehen konnte, wie man sich der Welt derart verschließen kann. Mir wurde erst klar, dass all das, was ich über ihn dachte, nicht zutraf, als ich ihn endlich richtig kennenlernte. In Wirklichkeit litt mein Bruder nämlich sehr darunter, allein zu sein. Er wünschte sich ein anderes Leben. Doch er konnte nicht aus seiner Haut, ihm fehlten die Kraft, der Glaube und der Wille, etwas an seinem Einsiedlerdasein zu ändern.«

»Das ist traurig.«

»Ja, das ist es.«

Antoine erhob sich, kam wieder zu mir.

»Aber woher wollen Sie wissen, ob diejenigen, die das Chalet buchen, auch wirklich einsam sind?«

»Das kann ich nicht, aber ich gehe davon aus.«

Ich sah ihn fragend an.

»Es ist ganz einfach: Ich kann mir nicht vorstellen, dass jemand, der nicht einsam ist, ein Zimmer in einem Chalet mietet, dessen Hausherr extra darauf hinweist, dass er nur einsame Gäste wünscht. Das wäre doch recht erstaunlich.«

Ich trank einen Schluck und dachte über Antoines Worte nach.

»Morgen treffen übrigens die ersten Gäste ein«, fuhr er fort, während er mir nachschenkte. »Zwei Männer und zwei Frauen. Zusammen sind wir dann sechs.«

»Morgen?«, fragte ich und spürte, wie die wärmende Decke des Vertrauens, die mich während unserer Unterhaltung eingehüllt hatte, abrupt von meinen Schultern glitt. Keine Sekunde hatte ich in Erwägung gezogen, dass Antoines Einladung womöglich weitere Personen einschloss.

»Wie, andere Gäste, und schon morgen?«, stammelte ich enttäuscht und zugleich verärgert. »Das haben Sie mir gar nicht gesagt. Ich wäre nicht gekommen, wenn ich davon gewusst hätte.«

»Doch, das wären Sie!«

»Ach ja?«

»Ja.«

»Wie kommen Sie denn darauf?«

Antoine hob die Schultern und lächelte wieder verschmitzt. »Ich weiß es eben.«

Ich schloss die Augen, atmete tief durch und merkte mit einem Mal den Alkohol – alles schien sich zu drehen. Rasch sah ich wieder in den Raum und fokussierte mich auf den Hund, um dem Schwindelgefühl ein Ende zu bereiten, dann fragte ich vorsichtig: »Und wer sind die anderen?«

Antoine überlegte einen Moment. »Sagen wir es so: Es handelt sich um eine bunte Mischung unterschiedlicher Menschen, die eines verbindet: Mein Bruder mochte sie, ohne sie gekannt zu haben. Und ich fand, es gäbe keine bessere Auswahl, um das Chalet einzuweihen. Wobei mir einer zuvorkam, der sich selbst um einen Platz hier beworben hat, noch bevor ich ihn einladen konnte.«

»Ich dachte, Ihr Bruder mochte keine Menschen.«

»Er mochte keine Menschen, die er kannte. Das ist ein Unterschied.«

»Wir sind dann also Ihre Testgruppe für dieses Projekt, verstehe ich das richtig?«, fragte ich, ohne das Zittern in meiner Stimme verbergen zu können.

»Das ist allerdings ein Ausdruck, den ich für mein Vorhaben so nicht verwenden würde, nein. Sie sind meine erlesenen Gäste.«

Antoine griff nach meiner Hand, ließ sie aber sogleich wieder los. Es war nur eine kurze Berührung, doch sie reichte aus, um die Enge in meinem Brustkorb zu lockern.

»Was zeichnet die Menschen aus, die Ihr Bruder mochte, obwohl er sie nicht kannte?«, wollte ich wissen.

Antoine überlegte wieder, ließ sich Zeit mit der Antwort. Dann sagte er schließlich: »Dass er das Gefühl hatte, sie zu kennen.«

Auf der Hütte, 26. September 1976

Mein liebes Kind,

ich bin in der Nacht weggerannt. Nicht nur vor meinem Vater. Letztlich auch vor meiner Mutter, weil sie nichts gegen meinen Vater unternahm. Ich habe nur eine Tasche mitgenommen und den festen Willen, etwas aus meinem Leben zu machen, das besser ist als das Leben, das mir meine Eltern boten.

Bislang habe ich nichts aus mir gemacht. Ich wünschte, ich könnte Dir hier etwas anderes schreiben. Etwas, das Dich stolz auf mich macht, wozu Du sagen würdest: Schaut her, das war meine Mutter! Aber es wäre gelogen.

Ich wurde am 12. Mai 1959 in Straßburg geboren. Es gibt nur ein Foto von mir, das ich immer bei mir trage, jeden Tag. Ich lege es Dir in diesen Brief. Meine Mutter ist darauf zu sehen. Auch mein Vater. Ich stelle mir vor, dass sie damals glücklich waren. Aber um ehrlich zu sein, ich weiß es nicht. Ich habe sie nie zusammen glücklich gesehen. Ich habe keine Ahnung, wie es ihnen erging, als sie mich zum ersten Mal in den Armen hielten. In den Augen meiner Mutter auf dem Foto erkenne ich jene Freude und jenes Glück, die ich verspüre, seit Du in mir heranwächst. Die gleiche Freude und das gleiche Glück meine ich auch in den Augen meines Vaters zu erkennen. Sie blicken zu mir herab, liebevoll. Ich kann nicht verstehen, wann und warum und wohin ihre Wärme gegangen ist.

Ich hatte nicht nur Pech in meinem Leben, sondern auch viel Glück. Vor allem, wenn ich daran denke, wo ich gelandet bin, als ich mein Elternhaus verließ. Auf der Straße, unweit des Bahnhofs, wo es eine Überdachung gibt. Hätte ich kein Glück gehabt, wäre ich wohl immer noch dort und nicht hier, mit Dir. Ich müsste weiterhin Angst haben vor dem, was einem Straßenmädchen wie mir alles passieren kann.

In der Hütte ist es einsam, aber dafür sicher. Ich habe nicht nur ein Dach über dem Kopf, ich kriege auch zu essen. Gutes, nicht nur den Abfall, den ich sonst hatte. Es ist warm. Ich habe sogar ein Radio, kann Musik hören. Und ich habe Bücher. Ich lese sehr langsam, aber ich lese gern. So vertreibe ich mir die Zeit. Manchmal gehe ich auch spazieren. Eigentlich soll ich das erst tun, wenn es dämmert. Doch in der Dämmerung fürchte ich mich.

Heute hast Du Dich nicht viel bewegt. Wahrscheinlich schläfst Du. Es ist das richtige Wetter dafür. Dauerregen. Ich glaube, Du bist mir sehr ähnlich.

Deine Mama

14

Ich erwachte früh am nächsten Morgen. Fahl und schwach schien die Sonne durch das kleine Fenster unweit des Betts, malte ein helles Quadrat auf den Holzboden. Mein Kopf brummte, die Zunge klebte an meinem Gaumen. Ich hatte am Abend zuvor eindeutig zu viel getrunken. Auch wenn der Wein sehr gut gewesen war – ein paar Gläser weniger, und ich hätte mich nicht so elend gefühlt, so viel war sicher.

Lange waren Antoine und ich noch vor dem Kamin gesessen, nachdem er mir eröffnet hatte, dass noch weitere Gäste kämen und wer sie waren. Da gebe es Guillaume, der eine Bar führte, in die Antoine mit seinem Bruder oft gegangen war, als Cédrics Gesundheit es noch zuließ. Der junge Mann hinter dem Tresen habe Cédric fasziniert. Immer gut gelaunt, immer ein offenes Ohr und doch einsam inmitten des allabendlichen Trubels, der ihn umgab. So jedenfalls habe Cédric ihn gesehen und ihm mehr Trinkgeld gegeben, als üblich war.

In Clémentine wiederum habe sich Cédric Hals über Kopf verliebt, als er sie nach einem Arztbesuch in Colmar in einem Schaufenster hatte stehen sehen, das sie gerade mit überdimensional großen, goldenen Laubblättern dekorierte. Er sei nicht der Einzige gewesen, der diese Frau hinter der Glasscheibe beobachtet hatte. Clémentine sei wie eine Erscheinung gewesen, einer Fata Morgana gleich. Cédric, sagte Antoine, habe bis zu seinem Tod nicht aufgehört, von ihr zu schwärmen. Er habe immer behauptet, dass er, wenn er nicht schon mit einem Bein im Sarg stünde, augenblicklich ins Geschäft gehen und um ihre Hand anhalten würde.

Bei Yvette handele es sich um eine Kassiererin, bei der sich Cédric auch dann stets angestellt hatte, wenn die Schlange vor ihrer Kasse am längsten gewesen war. Cédric, erzählte Antoine, habe behauptet, allein Yvettes warme Ausstrahlung beim Ziehen der Waren über den Scanner habe ihn jedes Mal zu einem besseren Menschen gemacht.

Romarin habe Cédric nur aus den Büchern gekannt, die zwei seiner Regalfächer gefüllt hatten und die er Antoine vermachte, weil sie ihm etwas bedeuteten.

Ich hatte Antoine schweigend zugehört und dabei auf das Flammenspiel geblickt, das mich hypnotisierte. Meine Gedanken waren um alles Mögliche gekreist. Wieso mich Antoine so enttäuschen musste? Warum es mich so traurig stimmte, nicht allein mit ihm hier oben im Chalet zu sein? Und weshalb ich mich eigentlich hintergangen fühlte? Antoine hatte nie von Exklusivität geredet. Oder doch? Irgendwann, ich muss schon recht betrunken gewesen sein, verbat ich mir, weiter darüber nachzudenken, und konzentrierte mich stattdessen auf die ständigen sich rasch verändernden Formationen und Farben des Feuers. Ich fragte mich, wieso dieses Feuer eine dermaßen beruhigende Wirkung auf mich hatte, dass ich kaum mehr die Augen offen halten konnte, je länger ich hineinsah. Warum machte mich sein Flackern nicht nervös?

Gerne hätte ich Antoine mit meinen Gedanken konfrontiert. Doch sie erschienen mir banal, und ich befürchtete, mich vor ihm lächerlich zu machen. Außerdem konnte ich nicht ausschließen, dass ich lallen würde, sobald ich den Mund aufmachte. Zwei, drei, gar vier Flaschen mussten wir geöffnet haben. Ich hatte nicht mitgezählt.

Ich ging zum Waschbecken, hielt mein Gesicht unter kaltes Wasser, putzte mir die Zähne und bürstete das Haar, ohne einen Blick in den Spiegel zu werfen. Ich vermied es, in meine glasigen Augen zu schauen, die mich sicherlich anblicken würden, wie immer nach zu viel Alkohol. Augen wie Murmeln, hatte Jérôme stets gesagt, wenn er mich nach einer langen Nacht mit einem Kaffee in der Hand weckte. Es war nicht oft vorgekommen, dass er mir Kaffee ans Bett gebracht hatte. Ich vertrug kaum etwas und war auch während unserer Beziehung selten ausgegangen.

Ich durchwühlte meinen Kulturbeutel nach einer Packung Schmerztabletten. Als Nächstes machte ich mich über meinen Rucksack her. Irgendwo mussten noch die restlichen Gugelhupfpralinés sein, die ich mir auf meiner Reise hierher extra aufgespart hatte. Sie würden den fahlen Geschmack aus meinem Mund vertreiben, den ich trotz Zahnpasta und Gurgeln mit scharfer Spülung verspürte, und mir zudem die Energie geben, um zu entscheiden, was ich tun sollte: hierbleiben oder abreisen.

Schwer waren meine Glieder, schwer war auch mein Gemüt. In meinem Kopf tobte ein Sturm aus enttäuschter Erwartung, naiver Hoffnung und verdrängter Erinnerung.

Ich fand die Pralinenschachtel in einer der Seitentaschen, vollkommen eingedrückt. Auch die Pralinés hatten ihre hübsche Form verloren. Ich legte sie in den kleinen Kühlschrank in der Küchenzeile und suchte nach einer Möglichkeit, mir einen Kaffee zu machen. Ohne Kaffee am Morgen ging bei mir nichts.

In einer der Schubladen entdeckte ich einen Espressokocher, aber kein Pulver dazu. Chalet de luxe, dachte ich mit einem Anflug von Spott, aber Kaffee sucht man hier vergeblich.

15

In der guten Stube brannte wieder Feuer im Kamin. Funken flogen auf, und die Scheite knackten, als sie den Windzug zu spüren bekamen, der von meinem Zimmer zu ihnen hinüberwehte. Ich hörte, wie in der großen Küche ein Schrank geöffnet und eine Schublade geschlossen wurde. Leise lief das Radio. Jingle Bells in einer Rap-Version. Es roch nach Kaffee und warmer Milch. Meine Laune hob sich augenblicklich.

Trotzdem beließ ich es bei einem mürrischen »Morgen« zur Begrüßung. Irgendwie musste ich mich ja bemerkbar machen, aber ein »Guten« vorne dranzuhängen, verbat ich mir. Antoine sollte durchaus merken, dass es ein paar Stunden später immer noch nicht in Ordnung war, mich unter falschen Vorgaben hierhergelockt zu haben.

»Guten Morgen«, kam es aus der Küche, als wäre nichts gewesen. Antoine erschien mit zwei Tassen Kaffee in der Hand und reichte mir eine. »Ich hoffe, Sie haben gut geschlafen und sich Ihre Träume gemerkt. Es heißt, dass das, was man in diesem Chalet träumt, auch irgendwann einmal wahr wird.«

»Sagt wer?«, fragte ich.

»Sage ich.«

»Und was ist, wenn ich einen besonders schrecklichen Albtraum hatte?«

»Nun, das täte mir sehr leid. Aber es hätte keine Auswirkungen. Nur die guten Träume werden wahr, nicht die schlechten.« Er lächelte mich mit diesem unverschämt verschmitzten Grinsen an, das mich, sosehr ich mich auch dagegen wehrte, einfach nicht kaltließ.

Ich nahm einen Schluck vom Kaffee, schloss die Augen und genoss das warme, wohlige Gefühl, das sich in mir ausbreitete. Manchmal freute ich mich schon abends, bevor ich schlafen ging, auf den Kaffee am nächsten Morgen.

»Hatten Sie denn einen Albtraum?«

»Nein. Das heißt, ich weiß es nicht. Ich glaube, ich habe nichts geträumt. Jedenfalls kann ich mich an nichts erinnern. Haben Sie dafür auch eine Prognose?«

Antoine klemmte sein Kinn zwischen Daumen und Zeigefinger und blickte dabei gespielt konzentriert auf einen Punkt irgendwo hinter mir.

»Lassen Sie mich kurz darüber nachdenken.«

So ein Charmeur, dachte ich und sah ins Feuer. Es war besser, Antoine nicht anzusehen, zu leicht verlor ich mich in seinen grünen Augen. Sogar die Wut darüber, dass er mich mit den weiteren Gästen überrumpelt hatte, schwand merklich, wenn ich ihn länger betrachtete.

»Also«, sagte er schließlich. »Meine Prognose ist folgende: In diesem Chalet nicht geträumt zu haben beziehungsweise, da man bekanntlich immer träumt, einen Traum gehabt zu haben, an den man sich nicht erinnert – das kann nur bedeuten, dass Sie eigentlich ein Mensch sind, der der Zukunft offen gegenübersteht. Und auf die Situation bezogen: Ich denke, insgeheim freuen Sie sich darauf, dass sich das Chalet heute füllen wird und Sie Menschen kennenlernen werden, denen Sie sonst vermutlich nie begegnet wären, auch wenn Sie jetzt noch stinkig auf mich sind.«

Stinkig! Ich drehte mich um und steuerte auf mein Zimmer zu. Antoine ließ ich einfach stehen. Jetzt hatte er den Bogen eindeutig überspannt.

Ich hätte auf der Stelle den Nachhauseweg antreten können. Den Berg hinunter nach Vogelthal, ins Auto und heim. Doch ich beschloss zu bleiben, wenn auch vorerst in meinem Zimmer verschanzt. Was ich mir auf dem Friedhof noch als schön und angenehm eingeredet hatte, die Vorstellung, in meine kalte, leere Wohnung zurückzukehren, kam mir nun alles andere als attraktiv vor. Was sollte ich dort ganz allein? Vor mich hin arbeiten und zwischendrin fernsehen und mich über die Wir-haben-uns-alle-gern-und-feiern-gemeinsam-ein-tolles-Fest-Szenen aufregen, die in jeder Werbepause ausgestrahlt wurden? Da konnte ich genauso gut hierbleiben und abwarten, wie sich die Situation im Chalet entwickelte.

Auch wenn ich es nicht gerne zugab: Antoine hatte ins Schwarze getroffen. Ich war in der Tat neugierig zu erfahren, was für Menschen das waren, die er als Versuchskaninchen für sein Projekt ausgesucht hatte und die in diffuser Verbindung zu seinem Bruder Cédric standen. Sicherlich hatte sich jeder Einzelne von ihnen längst durch Antoines Homepage geklickt und gelesen, was der Hausherr mit seinem Chalet bezweckte: einen ruhigen Ort für Einsame zu schaffen, damit sie dort ihre Einsamkeit für eine Weile verdrängen konnten. Etwas, das ich, je länger ich darüber nachdachte, nicht nur kurios, sondern auch anmaßend fand. Dieses Projekt konnte niemals funktionieren. Aber warum hatten dann alle zugesagt, die Antoine eingeladen hatte? Weil er ihnen kostenloses Logis angeboten hatte? Oder machte es ihnen tatsächlich nichts aus, vor sich selbst und vor anderen zuzugeben, einsam zu sein? Ich konnte es mir nicht vorstellen. Gehörte ich selbst doch eher zu den Menschen, die sich noch mehr in ihre Einsamkeit zurückzogen, nur damit ja niemand mitbekam, wie einsam sie in Wirklichkeit waren.

Gegen Mittag hörte ich die ersten Stimmen. Für einen kurzen Moment wollte ich glauben, sie existierten nur in meinem Kopf. Doch sie waren eindeutig real, kamen von draußen. Es war so weit: Die anderen Gäste trafen ein.

Antoine hatte sie wohl im Tal abgeholt, was mir entgangen war, weil ich mich nach dem Kaffee noch einmal hingelegt hatte, in der Hoffnung, etwas Schlaf würde meine pochenden Schläfen beruhigen. Außerdem wollte ich Kraft tanken für mein Vorhaben, zu dem Bergahorn hinter dem Haus zu gehen, meine Hand auf seinen Stamm zu legen und dem Baum zu verzeihen. Mir war klar, wie verrückt sich das anhörte. Doch die Vorstellung, mich mit dem Baum zu versöhnen, der meine Eltern getötet hatte, tat mir gut. Immer wieder hatte mich dieser Gedanke in meinen Träumen verfolgt, aber jedes Mal war ich aufgewacht, bevor es mir möglich gewesen war. Hier und jetzt konnte ich den Traum Wirklichkeit werden lassen und ihn nach meinen Wünschen beenden.

Das Stimmengemurmel vor dem Haus wurde lauter. Ich schob den Vorhang zur Seite und blickte aus dem Fenster. Es schneite nach wie vor. Flocke für Flocke legte sich auf die dichte Schneedecke und verschmolz mit ihr. Das strahlende Weiß überzog die gesamte Landschaft wie Zuckerguss.

Es war eine friedliche Szenerie, still und leise. Und doch blendete das grelle Weiß bei längerem Hinsehen so sehr, dass ich die Hand an die Stirn legen und ein kleines Dach formen musste.

Antoine stand mit den Neuankömmlingen auf dem Vorplatz des Chalets, nahe dem Brunnen. Ich kippte vorsichtig das Fenster, um verstehen zu können, was er sagte. Wahrscheinlich erzählte er ihnen das Gleiche wie mir, kurz bevor wir auf der Lichtung angekommen waren und ich den ersten Engel in den Schnee gerudert hatte. Dass die Hütte schon seit ihrem Bestehen stets ein Ort gewesen sei, an dem Menschen Zuflucht gesucht und auch gefunden hätten – vor allem in dem besonders kalten Winter von 1944/45, als sich die Deutschen mit den Franzosen und den Alliierten erbitterte Kämpfe lieferten. Etwas, das ich nur zu gut wusste, hatte doch meine Mutter gemeinsam mit ihren Eltern im Februar 1945 hier Schutz gesucht, auch wenn es damals ein weit weniger idyllischer Ort gewesen war. Es gab ein Foto aus dieser Zeit mit weißem Büttenrand, auf dem nur eine Person lächelte: meine Mutter, vier Jahre alt. Daneben standen meine Großeltern, die ich nie kennengelernt hatte, ihre Blicke sorgenvoll und von Krieg und Hunger gezeichnet.

Ich erwartete, dass Antoine ihnen vorschwärmen würde, wie gut ihm die Arbeit an der Hütte getan habe und dass es ihm ein großes Anliegen gewesen sei, trotz der vielen Modernisierungen den Geist des Anwesens zu bewahren. Doch beinahe als wüsste er, dass ich ihn belauschte, und als wollte er mich nicht mit der gleichen Geschichte langweilen, hieß er die kleine Gruppe nur mit angenehmer, warmer Stimme willkommen und lud sie dazu ein, das Chalet zu betreten, wo schon ein weiterer Gast mit großer Vorfreude auf sie warte.

Auf der Hütte, 29. September 1976

Mein liebes Kind,

der Regen hat aufgehört. Ich bin froh darüber. Nächtelang hat er aufs Blechdach geprasselt. Es gab keine Ruhe, Tropfen wie Pfeilspitzen auf meinem Kopf. Selbst jetzt, obwohl die Sonne scheint, meine ich, den Regen noch zu hören.

Tagelang war meine Decke klamm, Käfer und anderes Gefleuch krochen am Gemäuer entlang, suchten im Inneren der Hütte Zuflucht. Es gibt so viele Löcher in den Wänden, sogar im Boden. Sie fallen erst bei Regen auf, dann, wenn es hier zu leben beginnt. Egal, wo ich hinsehe, aus irgendeinem Loch kriecht immer ein Getier. Manche Insekten kann ich benennen, andere nicht. Vor allem Spinnen gibt es viele. Ich bewundere sie, auch wenn ich mich vor den großen ekle. Besonders vor denen, die Haare auf dem Rücken haben oder eine Art Zeichen, das ich mir gar nicht so genau ansehen will. Ich habe keine Angst vor ihnen, das zum Glück nicht, aber die Vorstellung, sie könnten sich in meinem Haar einnisten, gefällt mir nicht. Mich schaudert es schon bei dem Gedanken, ich könnte eines Morgens eine dieser Spinnen mit den Zinken meines Kamms aufspießen.

Obwohl die Sonne scheint und es etwas wärmer geworden ist, habe ich Feuer gemacht. Die Feuchtigkeit steckt noch in meinen Knochen und in dem Gemäuer der Hütte. Besonders deutlich merke ich es abends, wenn die Sonne untergeht.

Die Scheite, die im Haus lagern, sind trocken. Die kann ich verwenden. Nicht aber die feuchten von draußen. Sonst qualmt es zu sehr, und das ist nicht gut. Ich soll nur im Notfall heizen, damit niemand im Tal den Rauch sieht und unnötig Fragen stellt.

Du bist wieder gewachsen. Mein Bauch ist groß und prall und blau um den Bauchnabel herum. Wenn ich mich nachts im Bett umdrehe, habe ich den Eindruck, mein Bauch folgt meinem restlichen Körper mit Verzögerung. Auch Deine Tritte sind heftiger geworden. Ich drücke gegen Deine Füßchen oder Händchen, wenn sie sich durch die Bauchdecke erkennen lassen. Es ist so schön, Dich zu spüren. Und doch auch ein wenig unheimlich. Ich bin mir sicher, Du nimmst Kontakt zu mir auf, wann immer Du mir Deine Füßchen oder Händchen zeigst.

Ich habe nachgedacht. Ich könnte mit Dir fliehen. Ich weiß zwar nicht, wohin. Zu meinen Eltern kann ich nicht, und zurück auf die Straße will ich nicht. Aber ich weiß, dass es Unterkünfte gibt für Mädchen wie mich. Unterkünfte, die Schutz bieten. Mehr Schutz als diese Hütte hier. Ich spiele oft mit dem Gedanken. Dann sehe ich mich nachts aufbrechen und durch den Wald gehen, so lange, bis die Lichter in den Häusern der Dörfer angehen, und noch weiter. In meinen Träumen fühlt es sich gut an zu fliehen. Aber wenn ich aufwache, bin ich voller Zweifel. Es wäre gegen die Abmachung. Es wäre falsch, auch wenn es sich richtig anfühlt. Oder es wäre richtig, obwohl es sich falsch anfühlt. Ich bin verwirrt.

Ich habe der Frau nichts von meinen Gedanken gesagt, nur dass ich verunsichert bin. Sie meinte, das sei normal, das seien die Hormone. Sie hat mich in den Arm genommen und so lange über meinen Bauch gestreichelt, bis Du Dich bemerkbar gemacht hast. Da hat die Frau geweint. Vor Glück, sagte sie, als ich sie fragte, ob ich etwas falsch gemacht hätte.

Sie ist so lieb zu mir. Sie bringt mir immer etwas mit, wenn sie mich besucht. Ein neues Buch, Schokolade, Wolle, falls ich stricken möchte. Ich wünschte, meine Mutter wäre einmal so liebevoll zu mir gewesen. Ich möchte die Frau nicht enttäuschen. Und den Mann auch nicht. Es sind gute Menschen. Und es werden gute Eltern sein. Bessere könnte ich mir für Dich nicht wünschen. Sie können Dir viel mehr bieten, als ich es je könnte. Ich habe ja nichts. Und doch will ich Dich behalten. Weil ich Dich liebe, wie ich noch jemanden geliebt habe.

Deine Mama

16

Die Gäste betraten das Chalet, sahen sich um und staunten wie Kinder mit offenen Mündern. »Sehr schön!« und »gemütlich« und »hier lässt es sich aushalten« tönte es aus der Gruppe.

Ich hatte in der hintersten Ecke in einem Sessel am Kamin Platz genommen und beobachtete sie aus der Deckung heraus. Ich wollte mich ihnen nicht gleich vorstellen, sondern die Leute erst einmal in Ruhe betrachten und mir ein Bild von ihnen machen, bevor sie sich eines von mir machen konnten. Das gab mir Sicherheit und das Gefühl, ihnen einen Schritt voraus zu sein. Ich brauchte das, ich war es ja nicht mehr gewohnt, unter Menschen zu sein. Vor allem nicht unter so vielen, vollkommen fremden.

Antoine zeigte auf die Tür zum Schwalbennest. »Yvette«, sagte er, »das ist Ihr Appartement.«

Das ist also Yvette, die Kassiererin, dachte ich bei mir und betrachtete die Frau um die fünfzig mit dem Bürstenhaarschnitt und der leicht geduckten Haltung, die sich unsicher, aber auch neugierig in der Hütte umsah. Yvette strahlte eine Gutmütigkeit aus, wie ich sie zuletzt bei meiner Mutter erlebt hatte. Sie spiegelte sich in ihren Augen, ihrem Blick und war erkennbar in der ganzen Art, wie sie sich bewegte, wie sie den anderen den Vortritt ließ und sich dabei selbst zurücknahm. Ich mochte Yvette vom ersten Moment an. Sie wirkte vertraut auf mich, wie eine Freundin, die ich jahrelang nicht gesehen hatte, ohne dass das einst geknüpfte Band je abgerissen war.

»Das Appartement hier hinten«, fuhr Antoine fort, »ist für Sie reserviert, Guillaume.« Er deutete auf die Tür gegenüber der großen Gemeinschaftsküche. Morgenröte stand auf einem kleinen weißen Schild geschrieben. Ein junger Mann nickte lächelnd in Antoines Richtung, mit funkelnden Augen. Er war jung, gerade mal Anfang zwanzig, vermutete ich, ein Muskelpaket made im Fitnessstudio.

Nervös trat er von einem Bein aufs andere, als müsse er schon seit geraumer Zeit auf die Toilette gehen. Ich fragte mich, aus welchen Gründen ein junger, gut aussehender Mann wie er Weihnachten auf einer verlassenen Hütte mit wildfremden Menschen verbringen wollte, die noch dazu um einiges älter waren als er. Da stimmte doch etwas nicht, was wiederum bedeutete, dass Guillaume und ich etwas gemeinsam hatten, jedenfalls sofern man meinen Tanten Glauben schenken wollte. Die beiden behaupteten nämlich öfter, als mir lieb war, mit mir würde etwas nicht stimmen, und wenn ich es nur zuließe, würden sie sich darum kümmern und so lange an mir herumdoktern, bis alles wieder in Ordnung sei. Bei dem Gedanken musste ich grinsen. Wenn Ludivine und Camille wüssten, wo ich jetzt gerade war, sie würden vermutlich berechtigte Zweifel daran hegen, mich je wieder auf die Reihe zu bekommen.

»Und dieses Appartement hier«, Antoine deutete auf die Tür neben meiner, »ist für Sie bestimmt, Romarin.«

Romarin war ein Bär von einem Mann. Groß und mit einem ordentlichen Bauch, der sich über die grünbraune Cordhose wölbte. Über seinen verschränkten Armen hing ein grauer Mantel. Die obersten Knöpfe seines karierten Hemds waren geöffnet, und ein Büschel Brusthaare quoll hervor. Romarin war schätzungsweise etwa so alt wie Yvette, und irgendwie kam er mir bekannt vor, auch wenn ich nicht sagen konnte, woher. Er wirkte wie jemand, der den lieben langen Tag in einem Ohrensessel sitzt und liest, sofern er nicht gerade seine Leidenschaft fürs Kochen auslebt.

Romarin brummte ein »In Ordnung« in den Raum und schob die Brille auf der Nase ein Stück hoch.

Antoine war inzwischen beim letzten Gast angekommen, einer Frau, die ich bis dahin noch gar nicht richtig wahrgenommen hatte. Erst, als er den Arm um die Schulter der Frau legte, als müsste er sie vor etwas beschützen, um ihn dann sofort, ja, fast erschrocken wieder wegzunehmen, sah ich sie mir genauer an.

»Die Kleine Weinkammer geht an Clémentine«, verkündete Antoine, als hätte sie gerade einen Preis gewonnen.

Clémentine hatte ein engelsgleiches Gesicht, blass und fein, wie aus Gips gegossen. Als sie die Mütze abnahm, fiel langes, erdbeerblond gelocktes Haar über ihre schmalen Schultern. Besonders auffallend waren ihre hellen Augen, so klar und einnehmend wie die eines Huskys, und dass sie permanent nach links und rechts blickte, als sei sie auf der Suche nach Halt. Alles an ihr war zierlich, beinahe zerbrechlich. Ich konnte nicht sagen, wie alt sie sein mochte. Irgendetwas zwischen zwanzig und fünfunddreißig vielleicht. Auf merkwürdige Weise wirkte sie alterslos. Sie hatte weder Falten im Gesicht oder am Hals noch ein einziges graues Haar, und doch strahlte sie eine Reife und Lebenserfahrung aus, die zu einer wesentlich älteren Frau zu gehören schienen.

Antoine klatschte in die Hände. »So, da nun alle versammelt sind, bietet es sich an, Ihnen auch gleich Anouk vorzustellen, die es sich hier in der hintersten Ecke des Raums in einem Sessel gemütlich gemacht hat und es kaum erwarten kann, Sie alle kennenzulernen.« Er wies in meine Richtung und zwinkerte mir schelmisch zu. »Anouk lebt zwar in Paris, stammt aber aus dieser Gegend. Mehr noch: Sie wurde hier geboren« – er deutete in den Raum –, »als dieses Chalet noch eine Hütte war.«

Ich konnte nicht glauben, was ich da hörte. Woher wusste Antoine davon? Ich hatte meinen Geburtsort mit keinem Wort erwähnt. Und warum führte er mich den anderen vor? Was bezweckte er damit? Wollte er mich aus der Reserve locken? Aber wozu? So ein Mistkerl, dachte ich aufgewühlt und lächelte gequält in die Runde. Ich wollte mir auf keinen Fall anmerken lassen, wie unangenehm es mir war, dass die anderen Gäste etwas über mich erfuhren, das ich ihnen selbst nicht erzählt hätte. Antoine sollte nicht glauben, er könnte mich so aus der Reserve locken. Was für ein Spiel er auch immer spielte, er hatte die Rechnung ohne die Wirtin gemacht. Andererseits, das musste ich mir in diesem Moment eingestehen, gefiel es mir, dass er mich herausforderte. Ich hatte mich schon lange nicht mehr so lebendig gefühlt.

Die Selbstsicherheit, mit der Antoine auftrat, betont charmant und geheimnisvoll, machte etwas mit mir. Er war so anders als Jérôme, der in seiner Art immer nüchtern und reserviert gewesen war – jedenfalls bis er die Nachbarin geschwängert hatte. Ich schüttelte den Kopf, als könnte ich mit dieser Bewegung die Gedanken an Jérôme wieder vertreiben.

Antoine, das wurde mir klar, als ich auf seine ausgestreckte, mich zu sich winkende Hand blickte, zweifelte keine Sekunde daran, dass ich bleiben würde. Er hatte es ja bereits angekündigt: ... insgeheim freuen Sie sich darauf, dass sich das Chalet heute füllen wird und Sie Menschen kennenlernen werden, denen Sie sonst vermutlich nie begegnet wären ...

Ich warf ihm einen Ich-bring-dich-um-Blick zu, dann erhob ich mich, um die anderen Gäste zu begrüßen.

Ein knappes »Hallo« war alles, was ich herausbrachte. Meine Kehle war rau, hinter der Stirn fing es erneut an, unangenehm zu pochen. Ich sehnte mich nach einer weiteren Schmerztablette und den beiden letzten Pralinés, die im Kühlschrank meines Appartements auf mich warteten.

»Aber jetzt«, ergriff Antoine wieder das Wort, »kommen Sie erst einmal in Ruhe an, schauen Sie sich um, packen Sie aus und nehmen Sie bitte vor dem Kamin den Begrüßungsdrink ein, den ich für Sie vorbereitet habe. Ich würde Ihnen gerne dabei Gesellschaft leisten und mit Ihnen anstoßen, aber ich muss geschwind noch einmal ins Tal, um eine verspätete Lieferung abzuholen. Den hausgemachten Mirabellenlikör samt den Gläsern finden Sie auf der Ablage in der Gemeinschaftsküche. Zum besseren Kennenlernen habe ich ein Spiel vorbereitet. Aber dazu mehr, sobald ich zurück bin! Fühlen Sie sich ganz wie zu Hause.«

Im nächsten Moment pfiff er durch die Finger nach dem Hund, der es sich auf seinem Stammplatz vor dem Feuer gemütlich gemacht hatte und nun schwanzwedelnd aufsprang.

»Bis später!«, rief Antoine, drehte sich auf dem Absatz um und steuerte mit dem Hund an seiner Seite die Haustür an. Ich sah ihm hinterher, wie er hinaus in das alles verhüllende Weiß trat, beschienen vom grellen Licht des Tages, das seine Silhouette augenblicklich ausfranste.

Eigentlich hatte ich erwartet, Antoine würde bleiben und die neue Situation koordinieren. Dass er stattdessen verschwand und mich hier allein mit all den Unbekannten ließ, konnte ich noch gar nicht richtig fassen.

17

Während die anderen nach und nach ihr Gepäck aufsammelten und sich damit in ihre Appartements zurückzogen, beschloss ich, endlich meinen Plan in die Tat umzusetzen und dem Bergahorn hinter dem Chalet einen Besuch abzustatten.

Es waren nur wenige Minuten vergangen, seit Antoine das Chalet verlassen hatte, doch ich konnte ihn noch in der Ferne erkennen, wie er mit dem Hund durch den Schnee stapfte und über die Anhöhe in Richtung der Bergkette ging. Verwundert fragte ich mich, was er dort drüben zu suchen hatte, wo er doch eigentlich ins Tal wollte. Aber ich dachte nicht weiter darüber nach. Ich hatte anderes im Sinn: den Tod meiner Eltern verzeihen.

Unschuldig stand der Baum im winterlichen Licht. Sein Anblick berührte mich sogleich. In meiner Erinnerung war der Bergahorn riesig und kräftig gewesen, knorrig mit ausladenden Ästen. Und das war er auch. Doch im Gegensatz zu meiner Vorstellung strahlte er nicht die Bedrohlichkeit aus, die ich ihm zugeschrieben hatte, sondern eine Ruhe, der man sich nicht entziehen konnte. Sie legte sich über mich wie ein Mantel.

Meine Eltern hatten mir einst erzählt, er sei ein Urgewächs der Lichtung, seit eh und je stünde er an diesem Ort. Was hatte der Baum nicht schon alles erlebt? Ich berührte seinen Stamm. Die Rinde fühlte sich rau an, furchig und feucht. Er hatte auf deutschem Boden gestanden, auf französischem, erneut auf deutschem und letztlich wieder auf französischem. Kämpfe, Kriege, Brände. Dieser Baum hatte den Wandel der Zeiten durchlebt. Irgendwann, vermutlich nach einem Blitzschlag, war eine Öffnung in seinem Stamm entstanden, ein Hohlraum, sodass man ins Innere des Baumes treten konnte. Ich stellte mich hinein, schloss die Augen – und für einen kurzen Moment kam es mir vor, als würde ich eins mit dem Baum.

Als ich die Augen wieder öffnete, stand Yvette vor mir.

»Hallo«, sagte sie. »Ich hoffe, ich habe dich nicht erschreckt?«

»Nein«, log ich und schüttelte den Kopf.

»Antoine ist nicht zufällig noch hier?«, fragte sie.

Wieder schüttelte ich den Kopf. »Nein, ich habe noch gesehen, wie er die Anhöhe hochgegangen ist.« Ich trat aus dem Baum und zeigte in die Ferne, dorthin, wo Antoine zuletzt mit seinem Hund durch den Schnee gestapft war. Yvette folgte mit ihrem Blick meinem ausgestreckten Finger.

»Schade«, bedauerte Yvette. »Ich hatte gehofft, ihn noch anzutreffen. Wir haben nämlich Hunger, und ich würde uns gerne etwas zu essen zubereiten, aber der Herd geht nicht an. Hochmodern, nur leider unpraktisch. Nirgends ist ein Knopf, um ihn in Betrieb zu nehmen. Ich habe schon alles probiert, sogar nach dem Generalschalter gesucht. Aber nichts hat geholfen, obwohl ich mich mit Am-Herd-Stehen-und-Kochen auskenne, das kannst du mir glauben. Du hast doch nichts dagegen, wenn ich dich duze?«

Ich mochte Yvettes unbefangene Art und ihren geschwätzigen Ton sofort. Es gab kein langsames, vorsichtiges Sich-Annähern bei ihr, stattdessen kam sie gleich zum Punkt. Sie wirkte energischer auf mich, als sie aussah. Das gefiel mir. Und auch, wie sie es auf Anhieb schaffte, dass ich mich nicht mehr so fremd fühlte innerhalb dieser Gruppe, von der ich mir noch am Abend zuvor gewünscht hatte, sie würde niemals auftauchen.

»Anouk«, sagte ich und streckte ihr die Hand hin. Yvette nahm sie, lächelte mich an.

»Gibt es denn überhaupt Vorräte?«, fragte ich. »In meinem Zimmer befindet sich zwar ein Espressokocher, aber kein Kaffee.«

Yvette legte die Stirn in Falten. »Das sollten wir unbedingt überprüfen!«, rief sie voller Tatendrang und drehte sich um.

Ich folgte ihr, während sich der Himmel zuzog, als habe er noch unseren Aufbruch abgewartet, bevor er kleine, harte Flocken zur Erde schickte.

Dem Baum hatte ich verziehen, ohne großes Aufheben darum gemacht zu haben. Die Stimme meiner Mutter klang in meinem Ohr, als ich mich noch einmal nach ihm umdrehte: Manch grossi Sach, mi Kendli, vergoot stell un lisli. Nemms aa, un dank draa, dasch dü di nia an harta Holz verbeschst.*

---

* Manche große Sache, mein Kind, vergeht still und leise. Nimm es an, und denk daran, dass du dich nie an hartem Holz verbeißt.

18

In der großen Gemeinschaftsküche öffneten wir alle Schränke und Schubladen, inspizierten den Kühlschrank und sogar die zwei Kisten, die in der Ecke gestapelt waren.

Antoine hatte ausreichend vorgesorgt. Es gab Käse, Wurst, Brot, Reis, Pasta, frisches Gemüse, Süßkram und eine Menge Dosen, selbst Backzutaten waren da. Wir fanden auch den hausgemachten Marillenlikör, von dem er gesprochen hatte, und die Schnapsgläser dazu. Allerdings entpuppte sich der Herd tatsächlich als Herausforderung. Vollkommen schwarz glänzte das Kochfeld, ohne irgendeine sichtbare Möglichkeit, es in Betrieb zu nehmen. Es dauerte eine Weile, bis ich zufällig gegen die Blende unterhalb der Herdplatten stieß, die sich daraufhin wie in Zeitlupe öffnete und uns eine Reihe von Knöpfen präsentierte.

Yvette und ich mussten laut lachen. So etwas hatten wir noch nie gesehen. »Ach, was soll's«, sagte Yvette und schüttelte den Kopf, »zu modern, um sich jetzt damit auseinanderzusetzen. Für heute schmieren wir lieber ein paar Baguettes, das muss erst einmal reichen.«

Sie begann damit, Käse und Wurst aufzuschneiden, und füllte zwei Karaffen mit Wasser. Während der ganzen Zeit redete Yvette ohne Pause. Ich erfuhr, dass sie seit einem Jahr verwitwet war. Ihr Mann hatte einen Herzinfarkt nicht überlebt, war im Keller ihres Hauses vor seiner elektrischen Eisenbahn verstorben und hatte ihr und den zwei pubertierenden Kindern eine Menge Schulden hinterlassen, von denen sie bis zu seinem Tod nichts geahnt hatte. Seither arbeitete Yvette für zwei: als Verkäuferin in einem der großen Hypermarchés am Stadtrand von Colmar, was ich bereits von Antoine wusste, und in einem der Souvenirläden in der Innenstadt, die auch sonntags geöffnet hatten. So versuchte sie, die Kredite ihres Mannes zu tilgen, die nun auch ihre waren.

Obwohl Yvette ununterbrochen redete, kam sie mir nicht aufdringlich vor. Mich interessierte, was sie zu erzählen hatte. Und ich bewunderte ihre Stärke und dass sie keine Sekunde einen wehleidigen Ton anschlug, obwohl der Verlust sie sehr schmerzte, wie sie mir anvertraute.

Mit Jérôme war ich oft in der Küche gestanden. Wir hatten gekocht, dabei Wein getrunken und Musik gehört. Es war eine unbeschwerte Zeit gewesen, noch ungetrübt von den späteren vergeblichen Versuchen, ein Kind zu zeugen.

Ich malte mir aus, wie Jérôme jetzt in diesem Moment ebenfalls in der Küche stand, vielleicht Tomaten wusch, und wie meine ehemalige Nachbarin mit einem Glas Wein in der Hand auf ihn zukam und die Lippen spitzte, um einen Kuss von ihm zu ergattern, während ihr gemeinsames Kind am Esstisch saß und beeindruckende Bilder malte – ein Talent Jérômes, von dem ich mir immer gewünscht hatte, er würde es an unsere Tochter oder unseren Sohn vererben.

Viel Zeit war seit unserer Trennung vergangen, aber verwunden war der Kummer nicht. Er fühlte sich frisch an, wie konserviert in meinem Innersten. Ich ertappte mich bei dem Gedanken, Yvette darum zu beneiden, dass ihr Mann tot war. Wenigstens blieb ihr keine andere Möglichkeit, als abzuschließen. Mir fehlte dieser Abschluss. Jérôme war am Leben, und wahrscheinlich war er glücklich. Er lebte unser Leben mit einer anderen.

Eine heiße Welle von Scham stieg in mir auf, trieb mir den Schweiß auf die Stirn. Woher kam dieser sinnlose Neid? Wie konnte ich nur so denken?

»Alles in Ordnung?«, fragte Yvette und legte das Schneidemesser beiseite.

Ich nickte, ohne ihr in die Augen blicken zu können.

Später saßen wir alle zum ersten Mal zusammen am großen, langen Eichentisch vor dem Fenster mit seitlichem Blick auf die Vogesen, deren Konturen wir nur noch erahnen konnten, so stark wirbelte der Schnee herum.

Ein heftiger Sturm war aufgekommen. Der Wind peitschte gegen die Fensterläden und ließ sie an die Hauswand klopfen, als wollten sie uns etwas mitteilen. Bisweilen verdunkelte sich die Glühbirne in der Lampe über dem Tisch, doch ihr Licht endgültig auszublasen gelang dem Wind trotz seiner Stärke nicht. Die beiden Kerzen in einer Schale flackerten jedoch heftig. Ihre orangewarmen Flammen spiegelten sich in den großen, silbernen Christbaumkugeln, die an einem samtenen Band von der Decke herabhingen.

Als Yvette und ich mit dem Essen auf einem Tablett aus der Küche kamen, waren die anderen bereits in ein reges Gespräch vertieft, ganz wie langjährige Freunde. Vertraulich sanftes Gemurmel war zu hören, dazwischen ein Lachen, gefolgt von wohlwollenden Blicken.

Romarin, der Bär von einem Mann, saß neben Clémentine, diesem bildschönen, beinahe ätherisch wirkenden Wesen. Das Muskelpaket Guillaume hatte gegenüber von ihnen Platz genommen.

Es hätte ein gemütliches Essen werden können an diesem langen, rustikalen Tisch voller Astlöcher mit dem warmen

Feuerschein des Kamins in nächster Nähe – wenn Antoine mittlerweile zurück gewesen wäre. Doch das war er nicht, obwohl sich die Dunkelheit bereits über die Lichtung legte und die schneeweiße Landschaft schwärzte.

Hungrig begannen wir zu essen und lauschten dabei dem immer stärker werdenden Sturm, dem unaufhörlichen Knacken in den hölzernen Wänden und Dachbalken. Pausenlos musste ich an Antoine denken und grübelte darüber nach, wieso er noch nicht zurückgekehrt war.

»Wir sollten den Hausherrn suchen gehen«, sagte ich schließlich in die Runde. »Er ist schon zu lange weg, und da draußen braut sich was zusammen. Ich habe kein gutes Gefühl.«

»Ich auch nicht«, beeilte sich Yvette hinzuzufügen, als hätte sie nur darauf gewartet, dass jemand Antoines Abwesenheit ansprach, »wir müssen unbedingt etwas tun! Hat jemand seine Handynummer? Am besten rufen wir ihn an.«

»Ich habe seine Nummer«, sagte Romarin und stand auf, um sein Appartement anzusteuern. Als er nach einer Weile wieder zurückkam, hatte er ein Uralthandy in der Hand, groß wie ein Funkgerät.

»Was ist das denn für ein Prügel?«, fragte Guillaume und lachte.

»Es tut seinen Dienst«, bemerkte Romarin knapp, ehe er begann, Antoines Nummer laut vorzulesen: »6798...«

»Warum rufst du ihn nicht gleich an?«, unterbrach ihn Guillaume. »Ist dieses Ding etwa eine Attrappe?« Wieder lachte er.

»Ich habe kein Netz«, entgegnete Romarin nüchtern.

Nun erhob ich mich, ging in die Heukammer, nahm mein Smartphone, das ich neben dem Bett liegen gelassen hatte, und begab mich damit zurück in die gute Stube. Doch ich hatte ebenfalls keinen Empfang. Nicht ein einziger Strich wurde angezeigt, ganz gleich, in welche Richtung ich das Gerät schwenkte, in der Hoffnung, wenigstens ein schwaches Signal zu finden.

»Vielleicht liegt es am Sturm«, überlegte Yvette, und ich hörte die Sorge in ihrer Stimme. »Hoffentlich. Ich habe meinen Kindern doch versprochen, sie jeden Abend anzurufen«, fügte sie an. »Es ist das erste Mal, dass ich sie allein zu Hause lasse.«

»Wie alt sind deine Kinder?«, wollte Clémentine wissen, die sich bislang zurückgehalten hatte. Ihr Teller war fast unbenutzt, kein Baguettekrümel war zu sehen, nur eine kleine Tomate hatte eine rote Spur auf der Keramik hinterlassen.

»Sechzehn und siebzehn.«

»Dann werden sie es überleben, wenn ihre Mutter sich mal nicht meldet!«, bemerkte Clémentine und hob dabei die schmalen Schultern.

Yvette überging diese Äußerung und fragte sie stattdessen: »Hast du hier Netz?«

»Ich besitze gar kein Handy, ich ertrage die Funkstrahlen nicht«, erklärte Clémentine und machte mit den Fingern eine kreisende Bewegung um ihren Kopf, als würde sie einen Heiligenschein um ihr engelsgleiches Gesicht malen.

Yvette sah sie kurz irritiert an, bevor sie ihren Blick auf den letzten noch nicht befragten Gast richtete. »Und was ist mit dir, Guillaume?«

»Ich habe zwar ein Handy«, begann er, »aber es liegt zu Hause. Ich habe es extra nicht mitgenommen, um hier endlich einmal ganz abschalten zu können.«

Die Glühbirne verdunkelte sich kurz, dann wurde es wieder hell. Ich räusperte mich.

»Dann fasse ich unsere Situation einmal zusammen«, sagte ich in die Runde. »Wir haben drei Handys, aber kein Netz. Antoine ist verschwunden. Er wollte ins Tal gehen, ich habe jedoch beobachtet, wie er mit seinem Hund die Anhöhe hinter dem Chalet hinaufstieg. Inzwischen ist es dunkel und es stürmt gewaltig. Es wäre alles andere als sinnvoll, ihn jetzt suchen zu gehen. Wir haben keine Ahnung, wo er ist, und blindlings loszuziehen ist bei diesem Unwetter zu gefährlich. Gibt es hier vielleicht einen Festnetzanschluss, den wir übersehen haben? Oder die Möglichkeit, einen Notruf abzusetzen? Irgendeine Verbindung ins Tal?«

Wir beschlossen, uns umzusehen. Romarin nahm sich die Stube vor. Yvette begab sich in die Gemeinschaftsküche. Guillaume kletterte die Stiege zur Galerie hoch, rief aber schon kurze Zeit später nach unten, dass es dort nichts weiter gebe als ausgelegte Schafsfelle und Fenster, die tagsüber vermutlich einen grandiosen Blick in die Natur boten. Clémentine verschwand schweigend in ihrem Appartement, offenbar wollte sie sich an der Suche nicht beteiligen. Und ich sah mich im Eingangsbereich um.

Nichts.

Gedankenlos öffnete ich die Haustür. Sofort wehte mir eine eisige Kälte entgegen, während der Wind zugleich eine Ladung Schnee in die Diele fegte. Es war unmöglich, auch nur den kleinen Weg zu betreten, der in Richtung Vorplatz führte, geschweige denn die Lichtung selbst. Ich schaute auf eine bauchhohe Wand aus Schnee. Selbst die Luft war so weiß, dass der schwarze Himmel nicht mehr zu sehen war. Wir waren eingeschneit, und es schneite unaufhörlich weiter.

Ich rief nach Antoine, doch meine Stimme wurde von

den Schneemassen verschluckt. So schnell würde uns hier niemand hören, und wegkommen würden wir erst recht nicht. Daran gab es keinen Zweifel.

Auf dem Weg zur Hütte hatte ich bereits über den vielen Schnee gestaunt. Doch der Anblick, der sich mir jetzt bot, überstieg meine Vorstellungskraft, wirkte geradezu surreal. Es war kaum zu fassen, in welch rasender Geschwindigkeit diese riesigen weißen Berge auf der Lichtung emporgewachsen waren.

Faszinierend und beängstigend zugleich.

Ich machte mir große Sorgen um Antoine. Vielleicht war er irgendwo da draußen, hilflos, gar verletzt, weil er es nicht rechtzeitig vor dem Sturm ins Tal geschafft hatte. Mich überkam die gleiche Besorgnis wie an jenem Tag, als meine Eltern sich zum letzten Mal zur Hütte aufgemacht hatten. Ein Gefühl des Entgleitens, eine innere Ohnmacht breitete sich in mir aus. Und zugleich spürte ich eine Zuneigung zu diesem im Grunde fremden Mann in mir aufkeimen, von der ich nicht geglaubt hätte, sie jemals wieder zulassen zu können.

19

»Es bringt jetzt nichts, die Nerven zu verlieren«, sagte Romarin beschwichtigend.

Er hatte sich so nah neben mich gestellt, dass ich seinen Körpergeruch wahrnehmen konnte – eine eigenwillige, aber gute Mischung aus staubigem Papier und frisch gemangelter Wäsche.

»Es ist, wie es ist«, fuhr er fort und sah mir aufmunternd in die Augen. »Gegen die Natur können wir nichts ausrichten. Antoine ist garantiert im sicheren Tal. Um ihn müssen wir uns keine Gedanken machen.«

»Woher willst du wissen, dass er im Tal ist und nicht irgendwo hilflos da draußen?«, fragte ich.

»Er kennt sich hier aus, und er scheint mir kein leichtsinniger Mensch zu sein. Außerdem sind wir nicht auf dem Mont Blanc. Und er hat seinen Hund dabei.«

Ich atmete tief durch, spürte augenblicklich die Erleichterung, die mit Romarins Antwort gekommen war. Er hatte recht. Es gab gute Gründe, anzunehmen, dass Antoine womöglich irgendwo aufgehalten worden war und sich dann entschieden hatte, wegen des schlechten Wetters über Nacht im Tal zu bleiben. Dass wir bald vollkommen eingeschneit sein würden, hatte niemand ahnen können.

Ich beobachtete, wie der Schnee, den der Wind hereingeweht hatte, allmählich zu Wasser wurde, und sah mich nach etwas um, mit dem ich die Pfütze aufwischen konnte. Yvette kam mir zuvor. Sie hatte einen Lumpen und einen Eimer aufgetrieben, ging zielstrebig in die Knie und nahm die Schneereste mit kreisenden Bewegungen auf.

»Und was wird aus uns?«, fragte sie mit mütterlicher Besorgnis in der Stimme, während sie den Lumpen über dem Eimer auswrang.

»Was soll schon werden?«, hob Romarin an. »Wir sind hierhergekommen, um in dieser Hütte gemeinsam Weihnachten zu feiern. Bis Heiligabend haben wir noch genug Zeit, um uns besser kennenzulernen und herauszufinden, ob wir das auch wirklich wollen.« Er grinste.

»Also ich bin nicht deswegen hierhergekommen«, unterbrach ihn Clémentine. Sie stand neben Guillaume, der in Gedanken versunken zu sein schien.

Romarin ignorierte Clémentines Einwand. Ich war mir nicht sicher, ob er ihn überhaupt gehört hatte. Ihre Stimme ähnelte dem hohen Summen eines Insekts, das man nur schwer verorten konnte.

»Antoine sagte doch, er habe sich etwas für uns überlegt«, sagte Romarin. »Dieses sogenannte Kennenlernspiel. Nun, ich habe keine Ahnung, was er sich darunter vorgestellt hat oder wie es funktioniert. Aber ich für meinen Teil stelle mich euch gerne vor. Zunächst möchte ich mich jedoch auf die Weihnachtszeit einstimmen. Und zwar mit allem, was dazugehört. Mit Kerzenlicht, mit Klingelingbimbimliedern, Einigkeit und Innigkeit, mit jahrelang angestauten Empfindlichkeiten, Wünschen und Vorstellungen, mit Ehrfurcht und Nächstenliebe und all diesem Zeug. Und um dieses Programm zu ertragen, ohne gänzlich den Verstand zu verlieren, da wir ja nicht wissen, wie lange dieser Zustand da draußen uns hier gefangen hält« – er zeigte mit dem Finger auf die Eingangstür –, »lasst uns endlich etwas trinken, das stark genug ist, unser Schicksal leichter zu ertragen!«

»Amen«, sagte Guillaume, und ich wusste im selben Moment, dass wir es genauso machen würden, wie Romarin vorgeschlagen hatte.

Während Romarin eine Flasche Wein entkorkte und Yvette das Feuer im Kamin schürte, suchte Guillaume im Radio nach einem Sender, den man hier oben empfangen konnte. Ich beobachtete ihn dabei, wie er an dem kleinen schwarzen Rädchen drehte, bis man die Stimme eines Moderators deutlich hörte, der gerade von Rekordschneemengen in den Vogesen seit Beginn der Wetteraufzeichnungen berichtete. In vielen Regionen sei der Notstand ausgerufen worden, nachdem der enorme Schneefall im ganzen Elsass zu Chaos geführt habe. Hinzu kämen aktuell Windböen von bis zu sechzig Kilometern pro Stunde, die Schneeverwehungen zur Folge hätten, und ein Ende dieser extremen Verhältnisse sei noch nicht abzusehen. Man bitte die Bevölkerung daher, zu Hause zu bleiben, bis sich die Lage entspannt habe. Im nächsten Moment unterbrach ein lautes Rauschen den Informationsfluss. Der Empfang des Senders war dem Unwetter zum Opfer gefallen, ein weiterer Beleg dafür, dass draußen ein gewaltiger Schneesturm tobte und die Welt drohte, im kalten Weiß zu versinken.

Romarin kam mit gefüllten Weingläsern aus der Küche, gab jedem von uns eines in die Hand und ließ sich in den Sessel neben dem Kamin fallen. Dort schob er seinen dicken Bauch vor, stellte sein Weinglas darauf ab, seufzte und erklärte stolz, er fühle sich jetzt endgültig so, als sei er mit seiner Zeichenfigur eins geworden.

»Was denn für eine Zeichenfigur?«, erkundigte sich Guillaume neugierig und setzte sich neben Romarin. Clémentine lehnte unterdessen mit etwas Abstand zu uns an der Wand, die vor der Brust verschränkten Arme ließen sie unnahbar wirken. Ich wurde aus ihr nicht schlau. Manchmal kam es mir vor, als wartete sie auf eine Extraeinladung, sich der Gruppe anzuschließen. Dann wieder machte sie den Eindruck, sich am liebsten in Luft auflösen zu wollen.

»Also, von welcher Zeichenfigur sprichst du?«, bohrte Guillaume nach, da Romarin noch nicht geantwortet hatte.

Romarin räusperte sich: »Von Boubou dem Bären.«

»Du bist der Erfinder von Boubou dem Bären?«, rief ich etwas zu laut und hatte Mühe, mein Glas in der Hand zu behalten. Die anderen verfolgten irritiert, wie ich auf Romarin zuging und gegenüber von ihm Platz nahm.

Ich konnte es kaum glauben. Boubou der Bär war seit Jahren mein treuer Begleiter. Den ersten Band hatte mir Jérôme geschenkt, als wir noch nicht lang zusammen gewesen waren. Wir hatten uns im Jardin Atlantique verabredet. Jérôme hatte direkt vor mir gestanden, beide Hände hinter dem Rücken verschränkt, als ich aus dem gläsernen Aufzug getreten war. »Was ist denn mit dir los?«, hatte ich gefragt, weil ich diese freudige Unruhe an ihm nicht kannte. Und er hatte mir mit den Worten »Ich habe was für dich« Boubou den Bären unter die Nase gehalten.

Ich erinnere mich noch genau an den Einband des Buches, der cremefarben war, ehe er ganz oben in ein sanftes Himmelblau überging. Auf der Vorderseite prangte ein dicker Braunbär, der dem Betrachter den Rücken zuwandte, den Kopf dabei leicht nach rechts geneigt, in der linken Pfote hielt er eine halb geschälte Banane. Eine Erzählung voller Liebe in Worten und Bildern – für Kinder und Erwachsene, verkündete das mintgrüne Banner, das sich einmal um das Buch wand.

Ich war von Anfang an ein Fan von Boubou dem Bären.

Was auf den ersten Blick eine einfache, knapp gehaltene Geschichte zu sein schien, war bei genauerer Betrachtung mit so viel Lebensklugheit verfasst und mit derartiger Hingabe illustriert worden, dass es mich tief in meinem Innersten berührte.

Von diesem Tag an erwarb ich jeden Band der Boubouder-Bär-Reihe, sobald er im Handel erhältlich war. Ein signiertes Exemplar, das ich auf Ebay entdeckt hatte, konnte ich bald darauf für mehr als hundert Euro in meine Sammlung aufnehmen. Was liebte ich diesen Bären, seinen gutmütigen Blick aufs Leben, seine Schwächen und seinen Humor, seine ungemein schlauen Sätze und seinen festen Glauben daran, irgendwann irgendwo doch noch die große Liebe zu finden.

Ich war so hingerissen von Boubou dem Bären, dass ich mich sogar bei seinem Verlag erkundigte, ob die Lizenzrechte ins Ausland bereits verkauft worden waren. Insgeheim hoffte ich darauf, als Übersetzerin engagiert zu werden, um Boubous Gedanken in eine neue Sprache zu übertragen – und rechnete mit positiver Resonanz, nachdem meine ersten Projekte durchaus erfolgreich gewesen waren.

Stattdessen teilte mir der Verlag in einem Standardsatz mit, dass man sich um mein Anliegen kümmern würde. Was aus Erfahrung so viel hieß wie: Ihre E-Mail landet direkt im Papierkorb. Daraufhin hätte ich anrufen, nachhaken, nicht lockerlassen sollen. Doch ich beschloss abzuwarten und verpasste so meine Chance. Was wirklich schade war, denn kurze Zeit später verkaufte sich Boubou der Bär in vierzehn Länder. Allein in Frankreich gingen weit über einhunderttausend Exemplare über die Ladentheke.

Die deutsche Übersetzung, die eineinhalb Jahre später erschien, war enttäuschend. Ich hätte Boubous Gedanken viel treffender ausgedrückt als der Kollege, der den Auftrag bekommen hatte. Davon war ich überzeugt. Und das bin ich bis heute.

Ich betrachtete Romarin. Dieser Mann mit dem Weinglas auf seinem ausladenden Bauch war also mein Idol und derjenige, der mich mit seinem Talent verzaubert hatte.

Beim nächsten Schluck Wein prostete ich mir insgeheim zu – auf mein Glück, dem ich diese Begegnung verdankte. Und plötzlich wurde mir auch klar, was Romarin gemeint hatte mit den Worten, er habe das Gefühl, eins zu sein mit seiner Figur.

20

Es gab einen Band, es war der fünfte, in dem Boubou der Bär sich zum Wandern aufmachte, um in der Höhe seine große Liebe zu finden. Nach tagelangem Marschieren, währenddessen Boubou über das Leben und die Liebe sinniert hatte, erreichte er eine Hütte, einsam gelegen inmitten von Wald und Wiesen. Er beschloss, dort die Nacht zu verbringen. Als er am nächsten Morgen erwachte, war die Hütte von oben bis unten eingeschneit, von außen überhaupt nicht mehr zu sehen. Bis zum Frühjahr musste Boubou dort ausharren, dann endlich schmolz der Schnee, und der Bär konnte die Tür in die Freiheit wieder öffnen. Dünn war er geworden, doch keineswegs hoffnungslos, denn das war er nie.

Ich erinnerte mich noch gut an das Bild auf der letzten Seite, eine Zeichnung der Landschaft, die Boubou nach der langen Zeit des Winterschlafs begrüßte. Tränen stiegen mir in die Augen, und mir wurde warm ums Herz.

»Ich hoffe doch, dass es nicht Frühling werden muss, bis wir hier wieder herauskommen«, sagte ich verschwörerisch zu Romarin und lächelte ihn bewundernd an.

Zur Antwort hob er sein Glas und prostete mir wissend zu.

Einen Moment lang sagte niemand etwas, nur der Wind peitschte gegen die Fensterläden.

»Kann mir mal einer von euch erklären, worüber ihr gerade redet?«, fragte Yvette.

Romarin richtete sich im Sessel so gut es ging auf, drehte seinen Oberkörper in ihre Richtung und sagte: »Entschuldige bitte. Es hat einen persönlichen Grund, dass ich Antoines Einladung hierher gefolgt bin. Meine Zeichenfigur ist mir vor einiger Zeit in einem Traum begegnet. Dieser Traum hat mich sehr aufgewühlt, weil er überaus real war, obwohl ich keine Sekunde daran zweifelte, dass ich träumte.«

»Ich verstehe es immer noch nicht ...«, unterbrach ihn Yvette. »Wer oder was ist dieser Boubou?«

»Romarin ist Kinderbuchautor und -illustrator«, antwortete ich an seiner Stelle und wunderte mich, dass sie ihn nicht kannte, obwohl sie Kinder hatte und Boubou der Bär in aller Munde war. »Er hat Boubou erfunden, den großen gemütlichen Bären mit den sanften Augen, der bei Kindern und Erwachsenen gleichermaßen beliebt und darüber hinaus als Buchreihe ein Welterfolg ist. Selbst die Japaner kennen Boubou den Bären.«

»Jetzt übertreib mal nicht«, warf Romarin ein.

»Untertreib du mal nicht«, konterte ich spielerisch und wandte mich wieder an Yvette. »Und Romarin sieht genauso aus wie Boubou. Er ist sein Alter Ego, das stimmt doch, Romarin?«

Romarin zwinkerte mir zu. »Willst du damit etwa sagen, ich bin genauso kugelrund wie Boubou? Ich muss doch sehr bitten.«

»Und was hat es mit diesem Traum auf sich, wegen dem du hergekommen bist?«, fragte Yvette weiter. Die Verbindung zwischen Romarin und mir schien ihr nicht zu gefallen. Jedenfalls las ich das an den Falten auf ihrer Stirn ab.

»In diesem Traum ...«, begann Romarin zu erzählen und schlug dabei genau den Ton an, in dem Boubou in meiner Vorstellung sprach. »... saß ich mit Boubou auf einer saftigen, grünen Wiese. Über uns schien der volle Mond, umrahmt von einem leuchtenden Hof. Die Lichter in den Häusern unten im Tal glitzerten wie die Sterne, die am Himmel fehlten. Plötzlich stupste mich Boubou mit seiner weichen Pfote an und fragte: ›He, Bruder, ist dir nicht langweilig mit mir?‹ Ich dachte über seine Worte nach, während Boubou seinen Kopf auf meine Schulter legte und mich mit seinem struppigen Fell kitzelte. ›Ich weiß nicht‹, erwiderte ich nach einer längeren Pause, in der im Tal mehrere Lichter ausgegangen waren und die Dunkelheit der Nacht dem Mond zugutekam, der noch heller leuchtete als zuvor. ›Langweilig ist mir nicht. Ich habe dich. Und ich habe mich. Damit bin ich zufrieden. Andererseits ... Wenn du nicht zufrieden bist, kann ich es auch nicht sein.‹ – ›Das ist gut‹, sagte Boubou, ›denn ich habe vor, auf Reisen zu gehen.‹ – ›Wo willst du diesmal hin?‹, wollte ich von ihm wissen, weil ich ihn in jedem Band auf Reisen schickte und er sich dahingehend nun wirklich nicht zu beschweren brauchte. – ›Ich weiß nicht‹, antwortete er. ›Pausieren. Etwas Neues sehen. Mich verändern. Loslassen. Es wird Zeit. Und ich glaube, es wird auch für dich Zeit, Bruder.‹

Ich sah Boubou dabei zu, wie er sich schwerfällig von der Lichtung erhob, auf der wir saßen. Sein großes, gutmütiges Bärenhaupt verdeckte kurz den Mond, sodass der Hof seinen Kopf einrahmte wie ein Heiligenschein. ›Mach's gut, Bruder‹, brummte er. Dann tapste er davon. Ich hörte die Zweige unter seinen Pfoten knacksen, während die Eulen im Wald laute Rufe ausstießen.

Am nächsten Morgen ging ich nicht als Erstes zum Schreibtisch, um Boubou mit meinem Zeichenstift zu wecken, wie ich es normalerweise tat. Stattdessen rief ich einen Bekannten an und fragte ihn, wo und wie ich am besten eine Frau fände, die ein Leben lang an meiner Seite bliebe.«

»Und?«, fragte Yvette. »Was hat dein Bekannter vorgeschlagen?«

»Er gab mir den Tipp, es am Ort der verlorenen Herzen zu versuchen«, erwiderte Romarin. »Er hatte erst kürzlich davon gehört. Ich glaube, Antoine selbst hatte es ihm erzählt. Jedenfalls kamen mir, als ich Ort der verlorenen Herzen hörte, sofort Bilder in den Sinn, die ich am liebsten mit Boubou geteilt hätte. Ich sah einen azurblauen Himmel vor mir, an dem rote Herzen wie Wolken schwebten. Dann hatte ich Boubous breiten Rücken vor Augen, die Pfote zum Firmament hochgestreckt in dem Versuch, eines der Herzen zu erhaschen. Als Nächstes fegte eine Windböe aus westlicher Richtung sämtliche Herzen fort, worauf sie sich in der rechten oberen Ecke der Buchseite sammelten, als wären sie nach einer Geburtstagsfeier zusammengefegtes Konfetti. Ich beobachtete Boubou, der sehnsüchtig zur oberen Ecke der Seite schaute und grübelte, wie er es anstellen sollte, wenigstens eines dieser roten Herzen zu ergreifen. Es wurde Nacht und wieder Tag, Nacht und Tag, immer so weiter – und mit jedem Sonnenaufgang verschwand ein Herz, zerplatzte in der Luft, flüchtig wie eine Seifenblase. Nur ein einziges hielt sich hartnäckig. Es schwebte ganz oben, schien fast von der Seite des Buches zu rutschen. Doch als der Winter kam und mit ihm der Schnee, der sich auf das Herz legte, sank es immer tiefer, direkt in die Pfoten von Boubou, der durch alle Jahreszeiten auf seinem Platz ausgeharrt hatte. Damit war die Geschichte zu Ende und die Bilder in meinem Kopf bereit, aufs Papier gebracht zu werden. Doch anstatt den Zeichenstift zur Hand zu nehmen und mit den ersten Skizzen zu beginnen, fuhr ich meinen Computer hoch und suchte nach dem Begriff, den mein Bekannter erwähnt hatte. Es dauerte nicht lange, bis ich Antoines Seite gefunden hatte. Und da ich kein Mann der Worte, sondern der Bilder bin, bewarb ich mich mit nur einem Satz um einen Platz am Ort der verlorenen Herzen. Er lautete: ›Alter Brummbär muss mal raus!‹«

Als Romarin seinen letzten Satz beendet hatte, beugte ich mich zu ihm hinüber. Ohne darüber nachzudenken, was ich da machte, kniete ich mich vor ihn hin und gab ihm einen Kuss mitten auf den Mund. Es war einfach über mich gekommen, so sehr faszinierte mich dieser Mensch. Mein Kuss war nichts weiter als ein Zeichen meiner Anerkennung und Dankbarkeit für die schönen Momente, die Romarin mir mit seiner Kunst geschenkt hatte. Für ihn dagegen schien mit meiner Geste der Wunsch in Erfüllung gegangen zu sein, wieder einmal von einer Frau berührt zu werden. Der Blick, mit dem er mich bedachte, ließ mich den unüberlegten Kuss sofort aufrichtig bereuen.

Auf der Hütte, 3. Oktober 1976

Mein liebes Kind,

überall war Blut. Ich bin aufgewacht, es war mitten in der Nacht. Erst glaubte ich, schlecht geträumt zu haben. Ich spürte die verschwitzten Haare an meiner Stirn kleben. Überhaupt klebte alles an mir. Das Nachthemd, das Bettlaken, die Zudecke. Ich hielt mir den Bauch, er fühlte sich so hart an wie ein Lederfußball. Ich tastete ihn ab, wollte wissen, wie Du liegst. Manchmal konnte ich es genau sagen. Dann, wenn die Rundung Deines Kopfes gut zu spüren war.

Erst merkte ich nicht, dass meine Hand voll Blut war, doch dann sah ich in der Dämmerung die Streifen, die ich mit meinen Fingern auf der Zudecke und dem Kissen hinterließ. Das Blut war so klebrig wie verschütteter Saft. Ich bekam Angst. Ich versuchte, aufzustehen und das Licht anzumachen. Sofort wurde mir schwarz vor Augen, ich musste mich wieder hinlegen.

Ich wünschte, ich wäre nicht allein gewesen. Ich wünschte, ich hätte nach jemandem rufen können, der zu mir gekommen wäre. Ich glaube, ich wurde ohnmächtig.

Als ich erwachte, stand die Frau vor mir, die Augen voller Sorge. Sie strich mir mit einem Waschlappen über die

Stirn, dann durchs Haar. Ich sah, dass sie ihren Mund bewegte, aber ich verstand nicht, was sie sagte. Ich war wie taub.

Das alles ist zwei Tage her. Inzwischen geht es mir wieder gut, auch wenn ich mich schwach fühle. Ich darf nicht mehr aufstehen, soll mich nicht mehr bewegen, um Dich zu schützen. Dich und mich, sagen sie, aber ich fürchte, dass es ihnen um Dich geht, dass sie versuchen, Dich zu beschützen, nicht mich. Sie brauchen mich, aber zugleich bin ich ihnen wahrscheinlich auch lästig und eine Gefahr. Manchmal schreie ich meine Wut darüber in mein Kissen und hoffe, dass die Federn sie abdämpfen. Ich habe Angst, nutzlos zu sein, wenn Du nicht mehr in meinem Bauch bist. Ich möchte gebraucht werden. Es fühlt sich gut an, wichtig für jemanden zu sein. Und ich möchte wichtig sein.

Die Frau schläft jetzt bei mir. Nicht im selben Zimmer, aber gleich nebenan in der großen Stube. Sie haben eine Matratze vor den Kamin gelegt. Und Bettzeug. Ich bin froh darüber, dass die Frau da ist. Die Einsamkeit tut mir nicht gut. Allein habe ich Angst vor der Dunkelheit und davor, dass es losgeht und niemand etwas bemerkt. So geschützt ich auf der Hütte bin, so sehr bin ich auch in ihr gefangen.

Seit die Frau da ist, schlafe ich besser. Allerdings spüre ich die Fesseln meiner Gefangenschaft stärker denn je. Ich stehe unter Beobachtung. Dadurch ist der Wunsch, mit Dir zu verschwinden, größer geworden. Es liegt nicht daran, dass die Frau da ist. Es liegt an dem Blut, das ich an meinen Händen hatte. Es ließ mich ahnen, wie schlimm es für mich gewesen wäre, hätte ich Dich verloren. Und wenn ich nicht mit Dir weggehe, werde ich Dich verlieren. An die Frau, die auf mich aufpasst.

Ich werde von hier fliehen, sobald ich wieder bei Kräften bin. Ich habe schon so vieles geschafft. Ich werde auch das hier meistern. Ich bin stark. Das weiß ich. Und dort, wo mir die Stärke fehlt, wirst Du sie mir geben. Weil ich all das nur für Dich mache.

Bald werde ich Dich in meinen Armen halten. Die Frau hat gesagt, es kann jeden Tag so weit sein.
Ich kann es kaum erwarten.

Deine Mama

21

Der Wind war wieder stärker geworden. Mit viel Getöse pfiff er durch den Schornstein, dass die Funken im Kamin sprühten. Nach Romarins Erzählung war es still geworden. Jeder für sich nippte an seinem Weinglas, starrte gedankenverloren ins Feuer. Nur Clémentine lehnte noch immer an der Wand und beobachtete uns aus sicherer Entfernung.

Irgendwann stand Guillaume auf, um das Radio wieder einzuschalten. Abgesehen von lautem Rauschen ließ sich dem Gerät zunächst jedoch kein Ton entlocken.

Ich wusste vom Übersetzen eines Gedichtbands, den ich vor Monaten ins Deutsche übertragen hatte, dass dieses spezielle Störgeräusch als weißes Rauschen bezeichnet wurde. In jener Nacht im Chalet schien mir, als könnte es keinen passenderen Ausdruck dafür geben. Der Schneesturm tobte nicht nur draußen vor der Hütte, sondern auch im Radio.

Nach einer Weile versiegte das weiße Rauschen, und Bachs Weihnachtsoratorium war klar zu hören. Nie hätte ich erwartet, von der festlichen, atmosphärischen Musik, die nun dezent im Hintergrund spielte, je wieder so berührt zu werden, dass ich das Gefühl von Seligkeit verspürte. Zu sehr verband ich Bach mit meiner Mutter und meiner sorglosen Kindheit. Jérôme hatte einmal zu mir gesagt, er verstehe nicht, warum ich Erinnerungen an schöne Zeiten nicht zuließe und das warme Gefühl nicht auskoste, um in dunklen Stunden davon zu zehren. Ich hatte erklärt, angenehme Erinnerungen würden mich oft traurig stimmen, und es ginge mir besser, wenn ich nicht an Erlebnisse denke, die gut gewesen waren, sich aber nicht wiederholen ließen. Daraufhin hatte Jérôme den Kopf geschüttelt und gemeint, ich solle aufpassen, dass ich nicht verbittere, denn das würde geschehen, wenn ich dem Schönen den Zugang zu meinem Herzen verwehre, selbst dann, wenn es bereits vergangen war.

Im Chalet, eingehüllt von wirbelndem Weiß und vor dem knisternden Feuer sitzend, genoss ich die Musik und auch die Erinnerung an sie. Ich sah meine Mutter in der Küche stehen und ein Blech mit Anisbredele in den Ofen schieben. Augenblicklich verspürte ich eine Leichtigkeit, gerade so, als befreite sich mein Kopf mit jedem Ton von all den vielen Gedanken, die ihn unnötig beschwerten. Auch die Muskeln in meinem Nacken, die mir regelmäßig Kopfschmerzen bereiteten, waren plötzlich nicht mehr verspannt. Paradoxerweise fühlte ich mich hier, gefangen in der eingeschneiten Hütte, zum ersten Mal seit einer Ewigkeit wieder frei.

Immer wieder ertappte ich Romarin dabei, wie er mir verliebte Blicke zuwarf. So jedenfalls deutete ich sein sehnsüchtiges Mich-Anstarren. Ich versuchte, seinem Blick auszuweichen und mich an Guillaume zu halten, dem ich mich demonstrativ zuwandte. Romarin sollte sich ganz schnell wieder aus dem Kopf schlagen, was er offensichtlich in meinen spontanen Kuss hineininterpretiert hatte.

Yvette wiederum war von Romarin vollkommen fasziniert. Sobald er zu sprechen begann, hing sie an seinen Lippen. Ich freute mich jedes Mal aufs Neue, wenn ich im richtigen Moment zu ihr hinsah und Zeugin ihrer Zuneigung wurde. Yvette und Romarin würden ein schönes Paar abgeben. Der gemütliche, brummige Braunbär und die gutmütige, handfeste Kassiererin passten ausgezeichnet zusammen. Bei diesem Gedanken erschien vor meinem inneren Auge wie von selbst eine Zeichnung, auf der das Paar im Stil der Boubou-Bände abgebildet war, und ich konnte mir ein Grinsen nicht verkneifen.

Guillaume verhielt sich ganz anders, als ich es bei seinem draufgängerischen Aussehen vermutet hätte. Er sagte nicht viel, hörte aber umso aufmerksamer zu. Auch wenn er seine Gedanken die meiste Zeit für sich behielt, waren sie in seinem jugendlich glatten Gesicht leicht zu erkennen. Guillaume hatte den Oberkörper eines Schwimmers, ein schlankes, muskelbepacktes V. Seine dunklen Augen funkelten, wenn er ausnahmsweise einmal das Wort ergriff. Er wirkte auf mich wie jemand, der seine Unbeschwertheit gegen eine Lebenserfahrung eingetauscht hatte, die man für gewöhnlich nur bei viel älteren Menschen vorfand.

Dass Guillaume ein fantastischer Zuhörer war, bestätigte sich einmal mehr, als Yvette begann, von den Problemen mit ihren pubertierenden Kindern zu erzählen. Er stellte ihr Fragen, bekundete Interesse, nahm sogar die Position der Kinder ein, die er Yvette dank seinem Einfühlungsvermögen mühelos vermitteln konnte. Romarin nahm sich an Yvette ein Beispiel, schüttete bald darauf ebenfalls sein Herz aus und berichtete von den Schattenseiten seines großen Erfolgs als Illustrator und Autor. Auch auf ihn ging Guillaume so feinfühlig ein, als hätte er selbst schon einmal eine ähnliche Situation durchlebt.

Schließlich siegte meine Neugier, und ich fragte ihn, warum er so gut zuhören könne. Er sah mich kurz an und sagte dann trocken und mit einem fast entschuldigenden Schulterzucken: »Ich bin Barkeeper.«

Nach und nach gab Guillaume etwas mehr von sich preis. Sein Herz schlug für guten Wein, für schlechte Fernsehserien und für Soufflenheim-Keramik en miniature, was selbst Clémentine, die sich immer noch im Hintergrund hielt und sich partout nicht zu uns gesellen wollte, egal, wie oft wir sie dazu einluden, zum Lachen brachte. Es gab wohl kaum jemanden im Elsass, der keine Soufflenheim-Keramik zu Hause stehen hatte. Irgendeine Terrine oder Schüssel fand man in jedem Haushalt. Braun mit weißen Blumen, blau mit weißen Blumen, grün mit weißen Blumen. Auch meine Eltern hatten Krüge und Schalen mit diesem Muster besessen. Aber nicht in Puppengröße!

Ich stimmte in Clémentines helles Lachen mit ein, und das nicht gerade zaghaft, muss ich gestehen. Ohne es böse zu meinen. Aber ich brachte diesen Athleten einfach nicht mit dem Bild zusammen, das er von sich zeichnete.

»Die meisten fangen an zu lachen, wenn ich ihnen das erzähle«, sagte Guillaume ernst. »Aber mir gibt diese Sammlung sehr viel. Was ist daran so lustig? Wenn ich gegen drei Uhr morgens aus der Bar nach Hause komme, kann ich oft nicht einschlafen. Mir gehen die vielen Gespräche mit den Gästen durch den Kopf, ihre Fragen und die Ratschläge, die ich ihnen gegeben habe. Es wäre so schön, wenn auch mir einmal jemand zuhören und sich den Kopf darüber zerbrechen würde, was getan werden muss, damit es mir gut geht. Aber das macht keiner. In solchen Momenten betrachte ich meine Sammlung und fühle mich sofort besser. Was ist daran verwerflich? Etliches habe ich von meiner Großmutter geerbt, anderes habe ich im Netz ersteigert, und jedes einzelne Teil bedeutet mir etwas.«

»Gibt es denn niemanden, der dir mal zuhört und für dich da ist?«, fragte Yvette besorgt.

Guillaume schüttelte den Kopf.

»Die meisten kommen in die Bar, um ihre Sorgen am Tresen zu lassen, mit anderen Worten: beim Barkeeper. Das ist auch völlig okay. Ich höre gerne zu. Aber glücklich bin ich nicht. Im Grunde fühle ich mich sehr allein.«

Ich konnte mir Guillaume gut hinter einem Tresen vorstellen, wie er bei gedämpftem Licht zu rhythmischer Musik Cocktails mixte und mit seinen leuchtenden Augen und seinem Adoniskörper die Damenwelt verzauberte.

»So wie du aussiehst, kann ich mir kaum vorstellen, dass die Frauen bei dir nicht Schlange stehen«, bemerkte ich und ärgerte mich im selben Moment darüber, wie oberflächlich das klang. Dabei hatte ich ihn nur aufmuntern wollen.

Guillaume sah mich an, seine Lippen zitterten, und ich fürchtete schon, er würde zu weinen beginnen. »Und wenn schon«, sagte er. »Mich interessieren Frauen nicht. Ich bin schwul. Aber das ist nicht das Problem.«

»Was ist dann dein Problem?«, fragte Romarin.

»Dass ich niemanden kennenlerne, der die gleichen Träume hat wie ich. Was ich will, möchte keiner in meinem Alter. Zumindest habe ich noch niemand Passenden getroffen.«

»Und was willst du?«, wollte ich wissen.

»Heiraten und Kinder kriegen.«

Ich starrte ihn an.

»Wie alt bist du denn?«, fragte Yvette.

»Zweiundzwanzig.«

Ich musste schlucken, so sehr erkannte ich mich in Guillaume wieder. Sofort fühlte ich mich in eine Zeit zurückversetzt, die ich versucht hatte zu verdrängen. Und das war nicht Jérômes Schuld. Ich selbst hatte genauso dazu beigetragen, mich zurückgezogen, ohne mich um meine Träume zu kümmern. Wie jedes Mal, wenn etwas Unvorhergesehenes meine Pläne durchkreuzt hatte.

»Alle, die mich näher kennen«, fuhr Guillaume fort, »behaupten, ich sei der größte Spießer auf Erden. Einer, der erst zufrieden ist, wenn er ein Reihenhaus mit Garten besitzt, einen breiten goldenen Ehering am Finger und an jeder Hand ein Kind, das adrett gekleidet ein Zeugnis mit den besten Schulnoten präsentiert. Und soll ich euch etwas gestehen? Es stimmt. Genau das ist meine Vorstellung von einem glücklichen und zufriedenen Leben, nur bei den Schulnoten und der adretten Kleidung würde ich unter Umständen Abstriche machen.«

»Auf den Spießer in dir«, sagte Romarin launig und hob das Glas zum Prosten. Erst ärgerte mich dieser lakonische Spruch, doch als ich sah, wie sich Guillaumes und Yvettes Gesichter entspannten, streckte auch ich mein Glas aus und stieß mit den anderen an. Die ganze Zeit über lehnte Clémentine an der Wand. Sie setzte sich weder zu uns ans Feuer, noch wollte sie ein Glas Wein mit uns trinken. Und die Nüsse und Chips, die wir uns gegenseitig reichten, lehnte sie ebenso ab wie die selbst gemachte Mousse au Chocolat, die Antoine in einer großen Schüssel in den Kühlschrank gestellt hatte. Irgendetwas gab es immer, das Clémentine nicht passte. Das Feuer war ihr zu warm, der Wein enthielt Histamine, auf Nüsse war sie allergisch, Chips hatten zu viel Fett, die Mousse au Chocolat war mit Sicherheit nicht laktosefrei und womöglich sogar mit Eiern.

»Gib ihr ein bisschen Zeit«, flüsterte mir Yvette ins Ohr, der nicht entgangen war, dass ich Clémentine immer wieder skeptisch beäugte.

Es war sicher schon drei Uhr morgens. Das Feuer war ausgegangen, und niemand machte Anstalten, es wieder in Gang zu bringen. Noch hielt sich die Wärme in der Hütte. Romarin fielen urplötzlich die Augen zu, und sein Körper neigte sich zur Seite, zusammen mit dem halb vollen Weinglas, das Guillaume ihm gerade noch rechtzeitig aus der Hand zog und auf den Tisch stellte.

Die Zeit war gekommen, sich ins Bett zu verabschieden.

22

Obwohl ich sehr müde war, konnte ich nicht gleich einschlafen. Zu vieles ging mir nach diesem Abend durch den Kopf. Meine Gedanken drehten sich im Kreis, sprangen hin und her, ließen Gefühle entstehen, von denen ich nicht wusste, woher sie kamen und wohin ich sie schieben sollte, um endlich in den Schlaf zu finden.

Ich dachte an Antoine. Obwohl wir uns kaum kannten und ich nach wie vor ziemlich verärgert darüber war, dass er mir die anderen Gäste verschwiegen hatte, fehlte er mir. Sobald ich die Augen schloss, begann ich mir vorzustellen, wie ihn das Unwetter überrascht hatte und er hilflos im Wald herumirrte. Schlug ich sie wieder auf, verflüchtigte sich meine Sorge glücklicherweise rasch, und ich war mir sicher, dass Romarin recht mit seiner Annahme hatte, Antoine gehe es gut.

Ich fragte mich, ob er sich Sorgen um uns machte und am nächsten Morgen versuchen würde, trotz der Schneemassen zur Hütte zu gelangen. Womöglich mithilfe der Feuerwehr oder der Bergwacht. Oder würde er einfach abwarten, bis das Wetter sich besserte und der Zugang zum Chalet wieder frei war? Was, wenn sich hier oben jemand verletzte oder gar einen Herzinfarkt erlitt? Romarin war mit Sicherheit ein Kandidat dafür, mit seinem großen Bauch, den er auch noch reichlich mit Wein und Chips gefüllt hatte. Gut, ich musste gerade reden. Meine Speckröllchen kamen auch nicht von ungefähr. Diesmal allerdings hatte ich mich bei den ungesunden Leckereien zusammengerissen und nur ein wenig genascht. Natürlich nicht so strikt wie Clémentine, die sich völlig zurückgehalten hatte. Mit dieser zarten Person stimmte irgendetwas nicht. Sie aß nichts, sie sagte nichts, ihr Blick war auf merkwürdige Weise abwesend. Bis auf ihr helles Lachen über Guillaumes Leidenschaft für Soufflenheim-Keramik hatte Clémentine überhaupt nichts zu dem Abend beigetragen. Yvettes kurze Bemerkung, ich solle ihr Zeit geben, hatte mich allerdings nachdenklich gemacht. Ich nahm mir vor, sobald ich ausgeschlafen hatte, auf Clémentine zuzugehen, um mehr über sie herauszufinden, ja, vielleicht sogar für sie da zu sein. Mit Yvettes Hilfe, die den Abend über kaum mehr etwas gesagt hatte, aber den Eindruck vermittelte, als fühle sie sich wohl in der Gesellschaft, würde es mir bestimmt gelingen.

Auch über Guillaume machte ich mir Gedanken, besonders über das, was er über die Einsamkeit und das Nicht-Erreichen von Herzenswünschen gesagt hatte. Guillaume hatte plötzlich viel geredet – und auch getrunken. Wir erfuhren von seiner Kindheit und der Mutter, für die er nur bewundernde Worte fand, wenngleich das, was er über sie erzählte, keinen Grund für Bewunderung bot.

Seine Mutter war eine Filmschauspielerin mit genügend Erfolg, um sich wichtig zu fühlen, aber zu wenig, um ein richtiger Star zu sein. Obwohl Guillaume uns drei der populäreren Filme genannt hatte, in denen sie mitgespielt hatte, war niemand von uns in der Lage, sich an ihre Rolle oder ihr Gesicht zu erinnern. Das Ziel seiner Mutter war es, genau das zu ändern.

Für Guillaume hatte sie selten Zeit. Seinen Vater warf sie aus dem Haus, als er erst vier Jahre alt war, danach gab es keinen Kontakt mehr zu ihm. Angeblich war er in den Norden Deutschlands gezogen, in die Nähe von Hamburg, und hatte noch drei Kinder gezeugt.

Nichts von dem, was Guillaume sagte, klang so, als ob er sich selbst leidtäte oder irgendjemanden dafür verantwortlich machte, dass er einsam war. Ihm fehlte genau jene Art von Verbitterung, die bei mir wie von selbst einsetzte, wenn der Schmerz der Einsamkeit überhandnahm. Von allen, die ihn verletzt oder zurückgewiesen hatten, sprach er mit Respekt und in einer anerkennenden Art und Weise, die mich anrührte. Insgeheim nahm ich mir vor, mir von ihm eine Scheibe abzuschneiden.

Ich fragte mich, was Antoine zu Guillaume gesagt hätte, wäre er bei uns gewesen. Und ob er versucht hätte, Clémentine in die Runde einzubinden. Ob ihm aufgefallen wäre, dass Romarin mich nicht mehr aus den Augen ließ, während Yvette wiederum Romarin permanent verstohlen ansah. Und was er als Gastgeber für den Rest des Abends geplant hatte, nach dem Kennenlernspiel.

Immer wieder landete ich mit meinen Gedanken bei Antoine. Bis vor Kurzem war es immer Jérôme gewesen, der nachts in meinem Kopf herumgeisterte. Zum ersten Mal war er nun von jemand anderem ersetzt worden. Noch konnte ich nicht sagen, was ich davon zu halten hatte, und so verbat ich mir, weiter darüber nachzudenken.

Ich zog die Decke bis zum Hals hoch und drehte mich zur Wand. Wenigstens ein bisschen ausruhen, dachte ich. Es würde mir so guttun. Und dann tat ich etwas, das ich seit einer Ewigkeit nicht mehr getan hatte. Ich sang das Lied meiner Mutter, leise, selbst für mich fast nicht mehr hörbar. Früher, als Kind, hatte es mir viele Male geholfen, zur Ruhe zu kommen, egal, wie aufgewühlt ich gewesen war:

Anne Marianele häiss' i,
Scheen bin i, das wäiss i,
Rothi Schiälälä trag' i,
Hundert Thaler vermag'i ;
Hundert Thaler isch noni gänüä,
Noch e scheener Knab därzüe.

23

Mein Pyjama war durchgeschwitzt, als ich von einem dumpfen Schlag aus dem Schlaf gerissen wurde. Obwohl ich die Vorhänge nicht zugezogen hatte, drang kein Lichtstrahl durchs Fenster, so zugeschneit war es.

Ich warf einen Blick auf mein Handy. Schon zehn Uhr morgens, und noch immer gab es kein Netz.

Wieder hörte ich einen dumpfen Schlag. Diesmal sprang ich auf und lief hastig aus dem Zimmer. Ich hoffte, es sei Antoine, der versuchte, ins Chalet zu kommen. Doch statt Antoine fand ich Romarin vor. Er stand im Bademantel in der offenen Haustür, ein Holzbrett in der Hand, und klopfte auf den Schnee ein. Es war ein merkwürdiger Anblick, der amüsant gewesen wäre, wenn die Wand aus Schnee nicht so bedrohlich hoch vor ihm gestanden hätte. Nicht in meinen kühnsten Träumen hätte ich mir vorgestellt, es könnte jemals so viel schneien. Die Hütte ging unter im Weiß. Der Schnee musste das Chalet meterhoch einfrieden.

»Was machst du da?«, fragte ich.

Romarin hielt in der Bewegung inne und schenkte mir einen halb verträumten, halb verliebten Blick. Ein Stück von seinem Bauch schaute aus dem Morgenmantel heraus.

»Ich versuche, auszubrechen«, erklärte er.

»Indem du mit einem Holzbrett auf den Schnee einschlägst?« Ich sah ihn ungläubig an und fragte mich, ob Romarin vielleicht noch betrunken war. »Woher hast du das überhaupt?«, rätselte ich und zeigte auf das Brett.

Romarin nickte in Richtung Küche. »Vom Regal neben der Tür.«

»Ich glaube, es ist besser, du stellst es wieder dorthin zurück.«

»Und ich glaube, du solltest dir besser auch ein Brett holen und mir dabei helfen, den Weg in die Freiheit zu schlagen.«

»Gestern schien es dir gar nichts auszumachen, hier gefangen zu sein«, antwortete ich. »Du hast ziemlich gelassen darauf reagiert, dass wir nicht hinauskönnen.«

»Gestern war gestern, heute ist heute. Ich war fast mein ganzes Leben eingesperrt, ohne es zu merken. Und ich habe nicht vor, mich wieder einschließen zu lassen, jetzt, da ich erkannt habe, welche Zeitverschwendung es gewesen ist, mich selbst wegzusperren.«

Ich musterte ihn stirnrunzelnd. »Zeit der Erkenntnis?«, fragte ich und hätte niemals erwartet, Romarin könnte sogar eine derartig spitzfindige Bemerkung als Flirt auffassen.

Romarin lächelte warm und fuhr sich durch den Bart. Sein Blick war wie ein Fangnetz, selbstsicher, einnehmend. »Ja, Anouk, da hast du recht, vielleicht ist diese Zeit tatsächlich gekommen. Und bei dir?«

Ich wandte den Kopf ab. »Wollen wir doch mal sehen, ob wir hier vor dem Haus ein wenig mehr Empfang haben als drinnen!«, rief er munter und holte wieder mit dem Brett aus.

»Romarin!«

»Was?«

Ich zog die Augenbrauen hoch.

»Hast du einen besseren Vorschlag, um hier herauszukommen? Sieh doch nur, wie hoch der Schnee ist! Wir werden Jahre brauchen, um …«

»Für was werden wir Jahre brauchen?«, unterbrach ihn Yvette. Sie stand hinter uns und sah uns aus kleinen, verschlafenen Augen an. Ein lächelnder Halbmond mit Schlafmütze strahlte von ihrer Brust bis zu mir herüber.

Ich hob die Schultern. »Alter Brummbär muss mal raus«, sagte ich nur und grinste Yvette an.

Sie grinste zurück, ehe sie erklärte: »Ich habe nichts dagegen, wenn der Brummbär uns alle hier herausbringt. Ich mache mir nämlich Sorgen um meine Kinder. Sie sind zwar eigentlich alt genug, um eine Weile ohne mich klarzukommen, aber seit dem Tod meines Mannes habe ich die beiden noch nie allein gelassen, und ich hätte es auch nie getan, wenn ich geahnt hätte, dass dieses Unwetter kommen würde.«

Ich nickte verständnisvoll. »Es wird bestimmt nicht mehr lange dauern, bis wir wieder wegkönnen.«

»Ich verstehe das nicht«, kam es aus Clémentines Zimmer, für ihre Verhältnisse auffallend laut. Sie stand in einem weißen Nachthemd im Türrahmen und sah mit ihrem Engelsgesicht aus, als würde sie gleich zur Galerie hochschweben.

»Was denn?«, fragte Yvette. »Was verstehst du nicht?«

»Dass du dir Sorgen um deine Kinder machst und trotzdem Weihnachten nicht mit ihnen zusammen feiern willst. Das widerspricht sich doch. Oder warum bist du hier? Bestimmt nicht, weil du vor Heiligabend wieder abgereist wärst.«

Yvette wurde rot, augenblicklich füllten sich ihre Augen

mit Tränen. Clémentine schien ihren wunden Punkt getroffen zu haben – und das ganz bewusst, wie mir schien. Die meiste Zeit sagte sie kein Wort und hielt Distanz zu uns, aber sobald es um Yvette und ihre Kinder ging, reagierte sie gereizt. Ich verstand nicht, was Clémentines Problem war, wenngleich sie mit ihrer Bemerkung nicht unrecht hatte. Ich wollte schon etwas sagen, um Yvette in Schutz zu nehmen, doch Guillaume, der inzwischen ebenfalls aus seinem Zimmer gekommen war, kam mir zuvor.

»Kinder, Kinder«, begann er kopfschüttelnd und stemmte dabei übertrieben ermahnend die Hände in die Hüften. »Wie ich es mir gedacht habe: Wer spät ins Bett geht, ist am nächsten Tag nicht gut gelaunt. Ich schlage vor, wir trinken erst einmal einen Kaffee, bevor wir weiter Schnee schippen und uns überlegen, was wir mit diesem Tag sonst noch anstellen können. Im Übrigen ist es schon Mittag, das nur zur Information, falls ihr noch nicht auf die Uhr gesehen habt. Wir haben also gar nicht mehr so viel Zeit, den Tag mit sinnvollem Tun zu füllen.« Aufmunternd klatschte er in die Hände und wartete auf unsere Reaktion.

Alle nickten, woraufhin Romarin das Holzbrett weglegte und die Haustür schloss. Yvette rieb sich mit dem Handrücken über die Augen, wischte die letzten Tränen am lächelnden Halbmond ab, Clémentine seufzte mit ihrer dünnen Stimme, und ich ging voraus in die Gemeinschaftsküche, gefolgt von Guillaume, der nach wie vor den Kopf schüttelte und Ts-ts-ts-Laute von sich gab.

»Das ist wie nach einem One-Night-Stand«, kommentierte Guillaume das Stillschweigen, das sich nun in der Küche ausbreitete. »Am nächsten Tag behagt einem die Nähe, die man zu schnell eingegangen ist, meist gar nicht mehr, und man beeilt sich, voneinander wegzukommen. Was hier, rundherum eingeschneit« – er beschrieb einen Bogen um seinen Körper –, »allerdings nicht möglich ist. Na, das kann ja heiter werden!«

»Nur fürs Protokoll: Ich bin niemandem nahegekommen«, sagte Clémentine ernst.

Und Yvette ergänzte: »Ich auch nicht.«

24

Der Sturm verlor nicht an Kraft. Im Gegenteil, er wurde von Stunde zu Stunde stärker. Mittlerweile pfiff und tobte es vor dem Chalet, als sollte es nicht mehr lange dauern, bis Teile des Dachs weggerissen und wir dem Unwetter schutzlos ausgesetzt sein würden.

Immer wieder verdunkelten sich die Glühbirnen in den Lampen für einen Moment, und ich hoffte, der Strom würde nicht ausfallen und uns in Dunkelheit und Kälte zurücklassen.

Je länger wir hier oben ohne ein Lebenszeichen von Antoine waren, desto drückender wurde die Atmosphäre. Nicht zu wissen, wo der Hausherr abgeblieben war, betrübte alle zutiefst. Das war deutlich zu spüren, auch wenn niemand ein Wort darüber verlor, sondern alle versuchten, sich abzulenken. Yvette blätterte in einer Zeitschrift, Clémentine war in ihrem Zimmer verschwunden, Guillaume bearbeitete seine Fingernägel, und Romarin kritzelte seit geraumer Zeit etwas auf ein Blatt Papier.

Ich kannte dieses bange Gefühl nur zu gut von jenem Abend, als meine Eltern nicht auf mich gehört hatten und trotz Sturmwarnung losmarschiert waren.

Die Zeit ihrer Abwesenheit war vergangen und doch nicht vergangen. Und genau darin lag die Qual, die mich auch jetzt mürbemachte: im Stillstand, den das Nichtwissen und die Vorstellung, etwas Schlimmes habe sich ereignet, mit sich brachten.

Ich sah Antoine ständig vor mir. Seine lässige Art, beim Gehen mit den Armen zu schlenkern. Seine Stimme, seine leicht gestelzte Ausdrucksweise. Mir kam die Nachricht in den Sinn, die er geschickt hatte. Ich habe viele Monate nach Ihnen gesucht. Ich schloss die Augen, während mir der Kaffeedampf aus der Tasse in die Nase stieg, und sah die einzelnen Buchstaben jedes Wortes exakt vor mir. Verfasst in Courier New, vermutlich Schriftgröße acht, höchstens zehn. Ich hatte den Text auf meinem Bildschirm erst heranzoomen müssen, um ihn lesen zu können. Ich machte mir Vorwürfe. Ich hätte Antoine unbedingt fragen sollen, warum er mich gesucht hatte. Wieso es ihm ein Anliegen gewesen war, mich in sein Chalet einzuladen, an den Ort der verlorenen Herzen. Wie er auf die Idee gekommen war, mich anzuschreiben. Jetzt ärgerte ich mich riesig über mich selbst, über meine Feigheit und meinen Starrsinn. Natürlich wusste ich sehr gut, was mich davon abgehalten hatte, ihn nach dem Grund zu fragen. Es war die Angst davor gewesen, Antoines Antwort könnte mir nicht behagen und mir das gute Gefühl nehmen, das mich plötzlich überkommen hatte, als mein Entschluss feststand, in die Heimat zu fahren. Antoines E-Mail war wie ein Rettungsanker gewesen. Eine Möglichkeit, der Realität zu entfliehen, alles hinter mir zu lassen, und sei es auch nur für ein paar Tage. Gerade in der Weihnachtszeit, die mich so sehr betrübte, seit Jérôme mit der schwangeren Nachbarin durchgebrannt war, wollte ich nicht mit meiner Realität konfrontiert werden. Und jetzt saß ich ohne Antoine hier, dafür mit meinem Lieblingsautor, der ein Auge auf mich geworfen hatte, einem schwulen Adonis, in dem ich mich wiedererkannte, einer gutmütigen Mutter, die ihre pubertären Kinder vermisste und unter ihrem schlechten Gewissen litt, und einem essgestörten Engel, der mehr abwesend denn anwesend war – und hatte keine Ahnung, wie es weitergehen sollte. Was würde passieren, wenn Antoine tatsächlich etwas zugestoßen war und ich ihn nicht wiedersehen würde? Wahrscheinlich würde ich nie den Grund für seine Einladung erfahren.

Ich seufzte.

»Woran denkst du?«, fragte Romarin, der, ohne dass ich es bemerkt hatte, plötzlich neben mir stand.

»An Antoine«, antwortete ich.

»Machst du dir immer noch Sorgen um ihn?«

»Du etwa nicht?«

Romarin zuckte mit den Achseln, was mich nur noch mehr beunruhigte. Es wäre mir deutlich lieber gewesen, er hätte mit fester Stimme behauptet, Antoine ginge es gut, und bestimmt esse er gerade im Tal zu Mittag. Doch anders als am Vorabend tat Romarin das nicht. Er schwieg nur betreten, die Augen auf seinen großen Bauch gerichtet.

Da trommelte Guillaume plötzlich mit den Händen auf den Tisch, offenbar war er fertig mit der Maniküre. »Also«, begann er, »da wir jetzt alle wieder nüchtern sind, genug Koffein intus haben und der Tag sich schon fast wieder dem Ende zuneigt, sollten wir beratschlagen, was zu tun ist.«

Yvette nickte geflissentlich. Clémentine, die im Türrahmen stand, bejahte ebenfalls mit einem sanften Kopfnicken Guillaumes Vorschlag. Romarin verschränkte die Arme vor der Brust, lehnte seinen breiten Körper gegen die Wand und schaute skeptisch. Nicht zum ersten Mal wirkte er etwas voreingenommen gegenüber Guillaume.

»Fakt ist«, sagte der Barkeeper, »wir sitzen fest. Fakt ist auch: Es hört nicht auf zu schneien, und bereits gestern wurde der Notstand ausgerufen. Fakt ist: Es gibt keinen Radioempfang mehr. Ich habe es gleich nach dem Aufwachen versucht und vorhin noch einmal. Nichts als Rauschen. Fakt ist: Wir haben hier im Chalet keinerlei Verbindung zur Außenwelt.«

»Ein bisschen zu viele Fakten für meinen Geschmack«, bemerkte Yvette und sprach mir damit aus der Seele.

»Was aber nichts daran ändert«, gab Guillaume zu bedenken, »dass es ist, wie es ist. Wir brauchen einen Plan.«

»Ach, was du nicht sagst«, sagte Romarin, die Arme nach wie vor verschränkt. »Es ist also dein Plan, einen Plan zu machen?«

»Romarin!« Ich warf ihm einen tadelnden Blick zu, bevor ich mich an Guillaume wandte. »Hast du schon eine Idee?«

Guillaume räusperte sich: »Wir wissen nicht, wo Antoine ist. Wir wissen nicht, ob es ihm gut geht oder ob ihm etwas zugestoßen ist. Romarin hat gestern richtig gehandelt, uns mit seiner Vermutung zu beruhigen, Antoine habe es ins Tal geschafft …«

Romarin gähnte demonstrativ, was ich unmöglich fand und auch nicht einzuordnen wusste, doch Guillaume zeigte sich davon unbeeindruckt.

»… Wir hätten gestern Nacht nichts für ihn tun können«, fuhr er fort. »Es war dunkel, stürmisch und gefährlich. Auch das ist Fakt. Aber heute sollten wir versuchen, etwas zu unternehmen. Ich schlage vor, als Erstes überprüfen wir, ob einer von uns irgendwo draußen vor dem Chalet mit seinem Handy ein Netz findet. Falls ja, setzen wir einen Notruf ab. Falls nein, sollten zwei von uns versuchen, ins Tal zu gelangen und von dort Hilfe zu holen.«

»Jetzt übertreib mal nicht«, wiegelte Romarin ab. »Notruf! Fakt ist, es mangelt uns an nichts. Fakt ist, es gibt für uns keine objektive Bedrohung. Fakt ist, unter solchen Bedingungen setzt man keinen Notruf ab. Außerdem, falls es dir entgangen sein sollte, habe ich vorhin schon versucht, nach draußen zu kommen, um zu sehen, ob wir irgendwo Handyempfang haben.«

Ich ärgerte mich über Romarin. Was hatte er nur? Konkurrenzdenken, wer hier im Chalet die Führungsposition innehatte? Es war lächerlich.

»Hast du mal vor die Tür gesehen?«, fragte er nun herausfordernd und sah Guillaume an.

»Ja, habe ich«, antwortete Guillaume ruhig. »Als du vorhin dabei warst, wie ein Bekloppter mit einem Regalbrett auf den Schnee einzudreschen, um die Wand so richtig schön festzuklopfen.«

Yvette warf mir einen vielsagenden Blick zu. Da meldete sich ausgerechnet Clémentine zu Wort: »Ich könnte aus dem Fenster der Galerie klettern«, sagte sie und verhinderte so einen weiteren Schlagabtausch zwischen Romarin und Guillaume. »Ich bin die Einzige, die da durchpasst.« Sie zeigte mit dem Finger nach oben. »Und wohl auch die Einzige, die der Schnee trägt.«

Alle blickten erst auf ihren ausgestreckten Finger, dann zu Clémentine. Auch ich. Dieses Mädchen hatte nicht nur Verstand, sondern offensichtlich auch Humor. Das hatte ich ihr gar nicht zugetraut.

»Einen Versuch wäre es wert«, warf ich ein. »Von der Galerie aus kannst du dich vielleicht zum Baum hangeln.«

Clémentine nickte.

»Aber vorher solltest du unbedingt einen Kaffee trinken. Etwas Warmes im Bauch kann bei diesen arktischen Temperaturen nicht schaden«, fügte ich hinzu, weil ich beobachtet hatte, dass Clémentine sich keinen Kaffee eingeschenkt, sondern nur so getan hatte.

Doch sie schüttelte den Kopf. »Ich vertrage keinen Kaffee. Von Koffein bekomme ich Herzrasen. Ich habe vorhin schon einen Kräutertee getrunken. Das reicht fürs Erste.«

Ihre Wangen röteten sich und nahmen die Farbe ihres erdbeerblonden Haars an. Sofort wirkte sie etwas gesünder. Die kleine Lüge stand ihr gut. Clémentine war auf ihre eigene, mysteriöse Weise schön und begehrenswert. Ich wunderte mich, dass Romarin kein Auge auf sie geworfen hatte. Womöglich sorgte sich der Bär, er könne sie mit seinem Gewicht erdrücken, wenn er ihr zu nahekäme.

Clémentine drehte sich auf dem Absatz um.

»Welches Handy kann ich nehmen?«

»Meines«, sagte ich. »Ich hole es.«

25

Clémentine hatte sich bereit gemacht. In Jeans, Stiefeln und dicker Daunenjacke stieg sie nun die Treppe zur Galerie hoch. Wir folgten ihr bis zur breiten Fensterfront, die sich aus mehreren schmalen Holzfenstern nebeneinander zusammensetzte, von denen aber nur zwei geöffnet werden konnten. Der Ausblick war surreal. Normalerweise ging es draußen gleich steil bergab. Doch durch die Schneemassen sah es aus, als befände sich der Boden knapp unterhalb der Galeriefenster. Man konnte fast glauben, jemand habe auf den Vogesen im Hintergrund eine Lawine losgetreten, die direkt hier vor der Hausmauer angehalten hatte.

Meine Idee, dass sich Clémentine bis zum Bergahorn hangeln sollte, war einen Versuch wert, dabei allerdings nicht ungefährlich. Der starke Wind peitschte den Schnee waagrecht vor sich her. Vom Galeriefenster aus war es zwar nicht weit bis zum ersten der ausladenden Äste, aber die widrigen Umstände machten es alles andere als leicht, dorthin zu gelangen. Sogar der Baum selbst wogte im Wind, als sei er aus Gummi. Nichts, was wir vor den Fenstern sahen, war im Stillstand. Schneewehen fegten wie verwunschene Schleier durch die Luft, und der gesamte Wald auf der linken Seite beugte sich der Kraft des Sturms, um sich kurz darauf wieder aufzurichten und sich zur anderen Seite zu neigen. Selbst die Vogesen schienen nicht mehr fest verankert zu sein. Um sämtliche Hügel, Anhöhen und sogar die fernen Gipfel wirbelte bedrohlich der Schnee.

Insgeheim befürchtete ich, der Wind würde Clémentine mit sich fortreißen, sobald sie das Fenster öffnete. Ich konnte mir nicht vorstellen, wie sie es fertigbringen sollte, der enormen Kraft der Natur standzuhalten. Romarin dachte wohl dasselbe.

»Willst du da wirklich raus?«, fragte er besorgt und legte die Stirn in Falten. »Der Sturm ist nicht zu unterschätzen, und du ...«

»Haben wir eine andere Wahl?«, unterbrach ihn Clémentine und legte den Hebel des Fensters quer.

»Ja«, warf ich ein, »die haben wir.« Ich stellte mich zwischen Clémentine und das Fenster, legte meine Hand auf ihre daunengepolsterte Schulter und wollte sie zurückhalten. Mir war plötzlich nicht mehr wohl bei der Sache. »Antoine ist schon verschwunden«, sagte ich, »es ist niemandem geholfen, wenn du abrutschst und dir beim Fallen das Bein brichst. Oder Schlimmeres.«

Da trat Guillaume neben mich, nahm meine Hand von Clémentines Schulter und drängte: »Wir müssen es versuchen! Falls wir da draußen Empfang haben, können wir Hilfe rufen. Und Clémentine schafft das!«

Ich atmete tief durch und sah dann zu Romarin und Yvette hinüber, die mir nach kurzem Nachdenken beide zunickten. Als ich schließlich einen Schritt zur Seite machte, lächelte Clémentine mich zaghaft an, als wollte sie mir die Sorge um ihr Wohlergehen nehmen. Dann öffnete sie das Fenster, und eine eisige Böe traf mich.

Das Tosen des Sturms war unglaublich laut. Clémentines Haare flatterten im Wind, selbst ihre Kleidung lag flach um ihren schmalen Körper. Sie hielt sich am Fensterrahmen fest, duckte sich und beugte sich langsam nach draußen, einen Arm in Richtung des Astes ausgestreckt.

Ich musste wegsehen, meinen Kopf vom Geschehen abwenden. Nur von Zeit zu Zeit sah ich kurz auf und spähte zu Clémentine hinüber. Die Aktion war viel zu aufregend, um die Augen gänzlich davor zu verschließen.

Clémentine erwies sich als äußerst geschickt. Vorsichtig tastete sie mit den Fußspitzen die Schneedecke unterhalb des Galeriefensters ab. Es war kein fester Schnee, sondern einer, der nachzugeben drohte, wenn man Gewicht daraufstellte. Ich erinnerte mich an Nachrichtenbilder aus den USA und Kanada, wo vor vielen Jahren von Rekordschneemengen die Rede gewesen war. Doch das, was ich jetzt sah, überstieg alles. Und noch dazu hier, im Elsass! Wer konnte da noch guten Gewissens behaupten, es gebe keinen Klimawandel? Im September hatte der Regen noch halb Paris überschwemmt, das Frühjahr zuvor war annähernd so heiß wie der Hochsommer gewesen – und jetzt sah es am Ort der verlorenen Herzen aus wie auf der Westseite der japanischen Insel Honshu, einem der schneereichsten Gebiete der Welt, wo es bis zu achtunddreißig Meter Neuschnee pro Jahr gab. Das wusste ich aus einem autofiktionalen Roman einer jungen erfolglosen französisch-japanischen Autorin, den ich übersetzt hatte. Nur einhundertzweiundzwanzig Menschen hatten das Buch gekauft, jedenfalls laut der Abrechnung, die ich vom Verlag erhalten hatte.

»Großartig!«, rief Yvette und applaudierte, was mich schlagartig aus meinen Gedanken riss. Ihre Begeisterung irritierte mich, und kurz überlegte ich, ob ich etwa laut ausgesprochen hatte, was mir eben durch den Kopf gegangen war. Doch dann sah ich, wie Clémentine sich gerade mit enormem Kraftaufwand auf den Ast des Bergahorns schwang. Als sie sich so positioniert hatte, dass sie sich mit einem Arm am Stamm abstützen konnte, kramte sie mit der freien Hand mein Handy aus der Tasche und hielt es wie eine Fackel in den Sturm, der ihr erdbeerblondes Haar in alle Richtungen wehen ließ. Plötzlich begann sie gefährlich zu schwanken.

»Pass auf!«, rief Romarin, während Yvette und ich die Hände vor den Mund pressten, um den Schrei zu ersticken, der in unseren Kehlen saß.

Clémentine presste sich mit aller Kraft an den Stamm.

»Und?«, drängte Guillaume. »Hast du Empfang?«

Clémentine gab keine Antwort, wortlos starrte sie auf das Display.

»Und?«, wiederholte er.

Sie schüttelte den Kopf, bewegte den Mund zu einer Antwort, die der Wind auf dem Weg zu uns verwehte. Doch ihre Mimik verriet alles.

»Versuch's noch einmal!«, rief Guillaume so laut, dass sich seine Stimme überschlug. Ich erwartete nicht, dass Clémentine ihn hören konnte, doch sie hielt erneut mein Handy in die Luft und fuchtelte damit herum. Es sah riskant aus, und ich befürchtete, sie würde im nächsten Moment herunterfallen oder von einer Windböe erfasst und in die Luft gerissen werden. Aber da zog Clémentine ihren Arm zurück, sah erst aufs Display, dann in unsere Richtung und presste den Mund zu einem Strich zusammen.

»Das gibt's doch nicht«, fluchte Romarin.

»Was siehst du vom Baum aus?«, rief Guillaume und streckte den Kopf noch weiter aus dem schmalen Fenster.

Clémentine sah sich um, und ihr Haar folgte ihrer Kopfbewegung und versperrte ihr die Sicht, sodass sie die Hand an die Stirn hob wie ein Späher im Ausguck eines Schiffs. Eine Farce in Anbetracht des Weltuntergangs, der sich vor uns auftat.

Als sie sich uns endlich wieder zuwandte, konnten wir kein Wort von dem hören, was sie sagte, aber ich fühlte mich plötzlich, als hinge ich an ihrer Stelle an dem Baum. Nichts als weiße Weite. Kein Unterschied zwischen Himmel und Erde. Der Sturm schneidet in meine Haut, höhlt mich aus, beraubt mich meiner Seele, die mein Anker und meine Berechtigung ist, auf der Erde zu sein.

Auf der Hütte, 6. Oktober 1976

Mein liebes Kind,

ich habe gelauscht. Ich bin sogar aufgestanden und bis zur Tür gegangen, um besser verstehen zu können, was gesagt wurde. Mein Herz klopfte so laut, ich glaubte schon, sie könnten es bis in die gute Stube hören. Auch die Dielen knarzten wie nie. Du hast meine Aufregung gespürt, aber sie nicht noch verstärkt. Du bist ein gutes Kind, sehr feinfühlig. Je stärker mein Herz klopfte, desto ruhiger wurdest Du, obwohl Du in letzter Zeit kaum mehr ruhig bist. Du drehst Dich viel und strampelst mit Deinen Füßchen gegen meine Bauchdecke. Die Frau meinte, du willst raus und machst Dich bemerkbar, es sei ein gutes Zeichen.

Der Mann war zu Besuch. Wie jeden Abend kam er vorbei und brachte etwas mit. Brot, Käse, Schokolade. Es gibt keinen Tag, an dem er nicht auf die Hütte kommt, seine Frau umarmt und mir einen väterlichen Kuss auf die Stirn drückt. Sie lieben sich sehr. Ich kann es sehen und spüren. Ihre Liebe fühlt sich gut an.

Am Anfang verstand ich nur schwer, was geredet wurde. Doch als ich die Augen schloss und mich darauf konzentrierte, gelang es mir besser. Ihre Worte wurden deutlicher.

Die Frau war fürchterlich aufgeregt, sie weinte fast. Ihre Stimme bebte so wie meine, wenn ich meine Tränen kaum mehr zurückhalten kann. Sie meinte, sie könne das nicht tun, es sei nicht richtig, einem Kind das Kind zu nehmen. Sie fühle sich schuldig. Es war klar, dass sie über mich sprachen.

Der Mann sagte nicht viel. Er hörte nur zu. Gelegentlich brummte er und meinte, sie solle sich nicht zu viele Gedanken machen, sie würden schon eine Lösung finden, die gut für alle sei.

Vielleicht, mein Kind, muss ich gar nicht mehr weglaufen. Vielleicht hat das Davonrennen ein für alle Mal ein Ende. Vielleicht kann ich bei ihnen bleiben – gemeinsam mit Dir. Ich wünsche es mir sehr. Ich werde alles dafür tun. Das verspreche ich Dir.

Deine Mama

26

Die Stimmung im Chalet war so gedämpft wie das Licht der Hängeleuchte, das auf den Esstisch fiel. Selbst Guillaume, der sich zuvor noch durch Tatendrang und eine gesunde Portion Optimismus hervorgetan hatte, sah betrübt zur Tischplatte und fuhr mit dem Fingernagel die Rillen des Holzes entlang.

Clémentine hatte sich nach der kräftezehrenden Aktion auf ihr Zimmer zurückgezogen. Ich war froh, dass sie sich ausruhte. Ihr ganzer Körper hatte heftig gezittert, ihre Lippen waren blau gewesen und ihr Gesicht weißer als der Schnee, der uns umgab.

Guillaume war sofort in die Küche gerannt und hatte ihr einen heißen Tee gemacht, während Yvette sich um Wärmflaschen gekümmert hatte. Und Romarin hatte zwei zusätzliche Scheite in den Kamin gelegt, obwohl wir beschlossen hatten, sparsamer mit dem Holz umzugehen. Es war nicht abzuschätzen, ob nicht doch noch der Strom ausfallen würde – und damit die Heizung.

Wir mussten mit allem rechnen.

Guillaume sah von den Rillen auf, die er in das Holz gedrückt hatte. »Zwei von uns sollten versuchen, ins Tal zu gelangen«, wiederholte er seinen Plan B.

Romarin schüttelte den Kopf. »Wir sollten unter keinen Umständen das Haus verlassen. Es ist zu gefährlich. Wir müssen Geduld haben und erst einmal abwarten. Die Aktion heute Nachmittag war schon gewagt genug.«

Guillaume stand auf. Er wirkte nervös, aufgebracht. Seine einstige Souveränität war wie weggeblasen. »Dann gehe ich eben allein«, beschloss er trotzig.

»Sei nicht albern«, sagte ich. »Was ist los mit dir? Romarin hat recht. Abwarten ist momentan bei dieser extremen Wetterlage das einzig Vernünftige, das wir tun können.«

Yvette fing an zu weinen. Lautlos. Ich sah nur ihre Tränen, die langsam auf ihren Schoß tropften. In ihren Augen konnte ich Angst und Sorge erkennen und vermutete, beides galt ihren Kindern. Sie tat mir leid.

»Aber wir können doch nicht nichts tun!«, rief Guillaume.

»Doch«, entgegnete Romarin. »Das ist genau das, was wir tun sollten. Nichts.«

Eine betretene Stille machte sich breit.

Ich verabschiedete mich auf mein Zimmer. Ich brauchte Zeit für mich.

Ich legte mich ins Bett und sah zur urigen Holzdecke hoch, betrachtete die zahlreichen Astlöcher. Es gab kleine und größere braune Kreise, die verschiedene Bilder ergaben, je nachdem, von welchem Astloch zu welchem ich einen unsichtbaren Strich zog. Ich erkannte ein Haus in einem der Muster, dann den Eiffelturm und einen Stiefel und fragte mich, wie viele Gäste hier in Zukunft liegen und das Gleiche in der Holzdecke sehen würden. Ob jemals wieder Gäste einziehen würden oder ob Antoines Projekt schon mit seiner Einweihung ein Ende gefunden hatte.

Ich musste an einen Roman denken, den ich übersetzt hatte, kurz bevor mich Jérôme verließ. Der Autor, ein depressiver Bretone mit wasserblauen Augen, den ich sogar einmal bei einer Lesung in der FNAC bei der Place de La Défense persönlich kennenlernen durfte, hatte vierhundert

Seiten über das Meer geschrieben; davon, dass ihm das Rauschen der sich brechenden Wellen Geschichten erzählte, von denen er nicht mehr wüsste, ob er sie selbst erlebt hatte oder ob es die Geschichten von anderen waren, die das Meer ihm nur preisgab, weil er dazu auserkoren worden war, sie in die Welt zu tragen. Es waren durchweg traurige Geschichten, die vor allem den Verlust von Liebe und den Tod zum Thema hatten.

Besonders gut erinnerte ich mich an eine. Ein Mann war von seiner Frau verlassen worden und durfte seine beiden Kinder nur noch an zwei Tagen in der Woche sehen. Doch anstatt die schönen Momente zu thematisieren, die gemeinsamen Erlebnisse mit den Kindern und die Freude des Zusammenseins, handelte die Geschichte von den fünf Wochentagen, an denen der Vater seine Kinder nicht sah. Und diese fünf Tage waren die Hölle für den Protagonisten – und für mich. Ich quälte mich durch die Übersetzung, wie der Protagonist sich durch den Großteil der Woche quälte. Der Übersetzung kam das offenbar zugute. Die Rückmeldung vom Verlag jedenfalls war positiv gewesen.

Ich schüttelte den Kopf und verfluchte meine Gedanken. Selbst am abgelegensten Ort dachte ich an meine Arbeit – ein Vorwurf, den mir Jérôme mehr als einmal gemacht hatte. Deine Arbeit begleitet dich zu jeder Tages- und Nachtzeit. Ich muss dich ständig mit ihr teilen. Ich wünschte, ich hätte dich wenigstens ein einziges Mal für mich allein.

Lügner.

Heuchler.

Oder hatte er recht gehabt?

Ich schloss die Augen und fragte mich, wie lange ich wohl hier oben im Chalet ausharren musste, bis ich wieder nach Hause konnte. Zwei Tage? Fünf Tage? Fünf Wochen?

Ich fühlte mich müde, erschöpft. Gleichzeitig war ich aufgewühlt, ruhelos. Ein belastender Zustand, der mir auf den Magen schlug.

Es klopfte an der Tür. Zunächst reagierte ich nicht. Ich wollte nicht gestört werden, sondern lieber allein sein, nachdenken. Mir war alles zu viel. Meine Erinnerungen, meine Gedanken, die anderen Gäste, das eingeschneite Chalet, der Sturm, der draußen wie ein Dämon tobte, meine toten Eltern, die Tatsache, dass ich nach ihrem Tod nie mehr hier gewesen war, der verschwundene Antoine, der das Grab meiner Eltern pflegte und mich ausfindig gemacht hatte, und Jérôme, der so präsent war wie lange nicht mehr und den ich in Gedanken mit Kind und Kegel vor mir sah und mit all dem Glück, das ich mir für uns erträumt hatte.

Ich vergrub mein Gesicht im Kissen, um das Klopfen an der Tür besser ausblenden zu können. Doch es half nicht viel. Das Geräusch wurde immer energischer.

»Herein!«, rief ich schließlich resigniert.

Yvette betrat das Zimmer, ganz leise schloss sie die Tür hinter sich. Ich beobachtete, wie sie behutsam einen Schritt vor den anderen setzte, als wollte sie das Knarzen der Dielen verhindern, damit niemand mitbekam, dass sie mich besuchte. Ihre gesamte Gestik und Mimik spiegelten Unterwürfigkeit: Entschuldigung, dass ich dein Zimmer betrete. Entschuldigung, dass ich dich belästige. Entschuldigung, dass es mich überhaupt gibt.

Wenn ich ehrlich war, wunderte es mich nicht, dass sie zu mir kam. Yvette gehörte zu jener Sorte Frau, die keine Disharmonie ertrug, weil sie alle atmosphärischen Störungen auf sich bezog, selbst dann, wenn sie gar nichts mit ihr zu tun hatten. Dass ich auf mein Zimmer gegangen war und mich von der Gruppe abgesondert hatte, war ihr sichtlich gegen den Strich gegangen. Ich sah es an ihrer Haltung, an den gerundeten Schultern, der sichtbarsten Folge des jahrelangen Duckens und Sich-Kleinmachens.

»Bist du gekommen, um mich wieder an den Tisch zu bitten?«, fragte ich mit einer Schärfe im Ton, die ich gar nicht beabsichtigt hatte. Yvette konnte nichts für meine miese Stimmung oder dafür, dass Antoine nicht zurückgekehrt war und ich vielleicht nie erfahren würde, was ich hier eigentlich verloren hatte.

Yvette sah mich an, neigte den Kopf zur Seite.

»Nein«, sagte sie leise. »Ich bin gekommen, um nach dir zu sehen.«

Sie blieb vor dem Bett stehen und legte noch eine Portion Gutmütigkeit mehr in ihren Blick als sonst. Ich konnte mir gut vorstellen, wie sie ihre Kinder umsorgte, ihre Arbeitskollegen, ihre Nachbarn, wie sie alles für die Menschen in ihrer Nähe tat und sich selbst dabei vergaß.

»Und?«, fragte ich versöhnlicher. »Was siehst du?«

»Eine Frau, die ich bewundere.«

Ich hatte einiges erwartet, aber bestimmt nicht das.

»Warum denn das?«

»Wahrscheinlich, weil du genauso bist, wie ich mir wünschte, sein zu können: unabhängig, stark, ehrlich.«

Ich schwang die Beine aus dem Bett, rutschte bis zum Bettrand vor und spürte, wie ein plötzlicher Stolz meine Brust erfüllte. Mich überraschte nicht nur, was Yvette in mir sah, sondern vor allem, dass sie es mir so direkt mitteilte. Ich war es nicht gewohnt, bewundert zu werden. Und dann auch noch für etwas, das gar nicht auf mich zutraf. Ludivine und Camille hatten immer nur meine Schwächen gesehen und vielleicht noch die Kraft, die ich aufgebracht hatte, um diese zu überwinden – aber Stärke, Unabhängigkeit und Ehrlichkeit? Ich konnte mir beim besten Willen nicht vorstellen, dass das Attribute waren, die mir jemand zuschrieb, der mich besser kannte. Außer zugegebenermaßen Jérôme, in unserer glücklichen Zeit. Meine Tanten aber behandelten mich wie jemanden, der permanent Hilfe nötig hatte.

Sicher hatte ich es ihnen mit meiner zurückgezogenen Art auch nicht leicht gemacht. Nicht ohne Grund hatten sie einmal erwähnt, dass kein Tag vergehe, an dem sie sich nicht um mich sorgten. Ich sei wie das Wetter im April: wechselhaft, unbeständig, immer für eine Überraschung gut.

Mit Jérôme war es anders gewesen. Er hatte den Teil in mir gesehen, den meine Tanten nicht wahrnahmen oder nicht wahrnehmen wollten: meine Willensstärke bei allen Entscheidungen, auch wenn sie nicht auf Gegenliebe stießen – wie zum Beispiel der Wunsch, allein zu sein und nicht unter Leute zu gehen.

Ich liebe dein Selbstbewusstsein, hatte Jérôme einmal gesagt, nachdem er Zeuge eines Telefonats mit einem Lektor geworden war, der zu stark in eine meiner Übersetzungen eingegriffen hatte. Ich sah ihn vor mir, wie er mich anlächelte, mir das Telefon aus der Hand nahm und es zurück auf die Station stellte, dann die Träger meines Kleides über die Schultern nach unten strich und mir den Nacken küsste. Ein warmer Schauder überlief mich bei diesem Gedanken. Er tat mir gut. Wieder hatte es eine meiner Erinnerungen geschafft, mir ein wohliges Gefühl zu geben.

»Ich muss es dir einfach sagen«, presste Yvette mühsam hervor.

Verwundert sah ich sie an.

»Was denn?«

Da brach sie plötzlich in Tränen aus. Ich stand auf, nahm sie in die Arme und hielt sie fest. Yvette legte ihren Kopf auf meine Schulter und nässte meinen Pullover mit ihren Tränen. Ihr Körper schüttelte sich mit einer Heftigkeit, die mich ratlos machte.

»Pst«, versuchte ich sie zu beschwichtigen. »Alles wird gut.«

Yvette beruhigte sich nur langsam. Mir war, als hätte sie sich erst leer weinen müssen, um wieder Kraft tanken zu können. Als sie schließlich ihren Kopf von meiner Schulter nahm, war ihre Nase rot, das Gesicht angeschwollen. Ich reichte ihr ein Tuch aus der Kosmetikbox vom Nachttisch.

»Was ist denn los?«, fragte ich.

Yvette schnäuzte sich. Traurig sah sie mich aus grauen Augen an.

»Ich weiß nicht …«, zögerte sie. »Das, was ich zu sagen habe, ist … Es ist nicht schön. Ich fühle mich schäbig.«

»Du kannst mir ruhig sagen, was dich bedrückt.«

Sie schnäuzte sich ein weiteres Mal, lächelte gequält. Mit ihren verquollenen Augen und dem hilflosen Blick wirkte sie jung und verletzlich, wie jemand, den es zu beschützen galt.

»Ich fühle mich schäbig, weil es mir so gut geht wie schon lange nicht mehr – und das, obwohl es mir nicht gut gehen dürfte.«

»Warum sollte es dir nicht gut gehen dürfen?«, wollte ich wissen.

Yvette sah mich verzweifelt an. »Weil wir eingeschneit sind. Weil wir keine Ahnung haben, was mit Antoine ist. Weil meine Kinder mich nicht erreichen können und ich sie auch nicht.«

»Und wie kommt es dann, dass du dich gut fühlst?«, hakte ich nach.

»Das ist es ja, was mich beschäftigt. Alles ist durcheinander. Ich fühle mich genau aus den gleichen Gründen gut, aus denen ich mich schlecht und schäbig fühle: weil wir eingeschneit sind und nicht wegkönnen. Und weil ich unerreichbar bin für meine Kinder. Natürlich nicht wegen Antoine. Aber alles andere gefällt mir.«

Ich wusste nichts darauf zu sagen.

»Ich habe das noch nie jemandem erzählt, Anouk. Wahrscheinlich werde ich es auch nie wieder tun. In Extremsituationen handelt man anders als normalerweise, heißt es doch, oder?« Sie wischte sich die Tränen von den Wangen und sah mich fragend an. »Und das hier ist doch eine Extremsituation, oder?«

Ich nickte ihr aufmunternd zu. »Ja, ich denke schon, dass man das hier so bezeichnen könnte.«

»Weißt du, ich war immer für meine Kinder da. Immer! Nie habe ich an mich gedacht, nur an sie. Ich habe alles für sie getan. Besonders als mein Mann starb.«

»Das kann ich mir gut vorstellen«, antwortete ich verständnisvoll und meinte es ernst.

»Aber jetzt habe ich keine Lust mehr, für sie da zu sein.«

Ich wollte schon etwas dazu sagen, doch Yvette redete weiter.

»Wenn sie mir wenigstens einmal etwas Anerkennung zollen würden. Nur ein einziges Dankeschön. Stattdessen motzen sie mich pausenlos an. Dass ich nicht das Richtige gekocht habe, wo ihr T-Shirt sei, ihre Wäsche, das Smartphone. Nie sind sie zu Hause, wenn ich sie brauche, und sie nehmen immer nur und geben kein bisschen. Ich kann nicht mehr. Ich will auch nicht mehr. Es war schon vor dem

Tod meines Mannes so. Doch danach ist es noch viel schlimmer geworden. Und um ehrlich zu sein: Mein Mann war nicht besser als meine Kinder, er war genauso ein Egoist. Auch er hat sich bedienen lassen, ohne einmal darüber nachzudenken, wie ich mich dabei fühle. Ich werde von allen nur ausgenutzt.«

Yvette redete ohne Pause. Ein leichter Schweißfilm war auf ihre Stirn getreten und vermischte sich mit ihren Tränen.

»Ich kann dir gar nicht sagen, wie sehr ich die Auszeit hier oben genieße. Und dass ich nicht erreichbar bin, ist fantastisch. Ich möchte gar nicht wissen, wie es meinen Kindern geht. Natürlich hoffe ich, dass daheim alles in Ordnung ist, da darfst du mich nicht missverstehen. Aber hier oben möchte ich einfach einmal mein Zuhause ausblenden und mich meiner neuen Gesellschaft widmen, ohne Verantwortung.«

Sie atmete tief aus.

Ich wartete einen Moment, bevor ich meine Hand auf ihre Schulter legte. »Das ist vollkommen okay«, erklärte ich.

Yvette lächelte mich an. »Findest du?«

»Ja.«

»Ehrlich?«

»Wenn ich's dir doch sage.«

»Hast du Kinder?«

»Nein.«

Eine Pause entstand, in der die Stille in meinen Ohren knisterte, bis sie von einem lauten Ausruf Guillaumes durchbrochen wurde.

Auf der Hütte, 10. Oktober 1976

Mein liebes Kind,

ich sitze auf der Bank hinter der Hütte. Es ist noch recht früh am Morgen, die Sonne scheint schwach. Ich habe keine Kraft mehr. Ich weiß nicht, was mit mir geschehen ist. Aber ich schlafe kaum noch, seit ich das Gespräch belauscht habe. Und das, obwohl ich unendlich müde bin.

Manchmal denke ich, wenn die Angst nicht wäre, diese große, schwarze, hässliche Angst, die unerwartet gekommen ist, dann wäre ich vielleicht sogar glücklich. Aber die Angst ist da. Ich kann sie nicht greifen, nicht mal benennen, auf was genau sie sich richtet. Sie ist einfach nur da, in mir, sie nimmt mich ein, wächst in mir heran, so wie Du in mir heranwächst und meine Liebe zu Dir. Ich kann nichts dagegen tun. Ich kann keinen klaren Gedanken mehr fassen. Erst recht keinen, der sich gut anfühlt und schön ist und der Zukunft gilt. Meine Gedanken streben wie von allein zu der großen, schwarzen, hässlichen Angst in mir.

Ich bin so unendlich traurig. Und leer. Manchmal wünschte ich, es gäbe mich nicht. Und dann hasse ich mich dafür, weil es dann auch Dich nicht gäbe. Wo soll ich nur hin mit meiner Traurigkeit? Wo soll ich nur hin mit dieser Leere, die wie über Nacht gekommen ist und nicht mehr weggeht?

Die Frau redet mit mir. Sie hört mir zu. Sie will mir helfen. Doch ihre Nähe verletzt mich, ich möchte vor ihr davonlaufen.

Wenn ich das Blatt des Baumes in meinen Händen betrachte, fallen mir als Erstes seine Adern auf und wie zart und weich es ist. Es leuchtet von innen heraus, auch dann, wenn das Licht der Sonne es nicht trifft. Ich stelle mir vor, wie es sich wölben wird, wenn es vertrocknet, wie es nach und nach Risse kriegt und zerbröckelt, sich in kleine Stücke auflöst, bis nur noch der Stängel übrig bleibt. Ich lasse es nicht zu. Ich drücke meine Fingernägel in die zarte Haut des Blatts, zerfetze es und werfe es weg.

Ich bin kein guter Mensch.

Deine Mama

27

Clémentine lag in ihrem Zimmer rücklings auf dem Boden. Guillaume kniete neben ihr, klatschte mit den Handflächen in ihr Gesicht, rüttelte an ihrer Schulter und rief ihren Namen. Sie reagierte nicht.

Romarin kam ebenfalls aus seinem Zimmer gerannt. Doch im Gegensatz zu Yvette und mir blieb er nicht wie angewurzelt stehen, sondern ging auf Clémentine zu, fühlte erst ihren Puls und begann dann sofort damit, sie in die stabile Seitenlage zu bringen. Er handelte routiniert, als hätte er das schon oft getan und keinen Zweifel daran, wie er vorgehen musste. Als er ihren Kopf überstreckte und ihren Mund öffnete, tropfte eine Menge Speichel heraus und bildete eine kleine Lache auf dem Boden.

Das alles geschah binnen weniger Sekunden.

Ich blickte in Clémentines schmales, blasses Gesicht, das von ihrem erdbeerblonden Haar umrahmt wurde, dann in ihre weiten Pupillen und wusste, es war ernst. Verzweifelt sah ich mich um. Wo hatte ich mein Handy gelassen? Ich entdeckte es auf dem Fenstersims hinter dem großen Eichentisch, nahm es sofort zur Hand und versuchte, einen Notruf abzusetzen. Ohne Erfolg. Es gab immer noch keinen Empfang.

»Was ist mit ihr?«, fragte Yvette. Ihre Stimme zitterte, drohte jeden Moment zu versagen.

»Ich weiß es nicht«, antwortete Romarin mit einer Ruhe, die ich beachtlich fand, »vielleicht Tabletten, Überdosis, Vergiftung, Schock, schwer zu sagen.« Er fuhr mit dem Zeigefinger in Clémentines Mund und holte weiteren Speichel heraus.

Guillaume, der für einen Moment wie paralysiert gewirkt hatte, nachdem Romarin zu Hilfe geeilt war, ging nun neben ihm in die Knie, fühlte erneut Clémentines Puls und schüttelte energisch den Kopf.

»Kein Puls!«

Romarin beugte sich vor und legte seine Wange an Clémentines Nase.

»Sie atmet auch nicht mehr.«

»Dreh sie um!«, rief Guillaume. »Dreh sie um! Wir müssen versuchen, sie wiederzubeleben!«

Romarin tat sofort, was er ihm gesagt hatte. Gemeinsam legten sie Clémentine wieder auf den Rücken. »Heb ihren Kopf an!«, gab Guillaume weiter Anweisung. »Sie erstickt sonst.« Dann begann er, mit gekreuzten Händen ihren Brustkorb einzudrücken. Eins, zwei, drei, vier …

Ich musste wegsehen. Es sah brutal aus, wie Clémentines schmächtiger Körper unter Guillaumes Druckbewegungen nachgab.

Ich verspürte einen Stich nahe dem Herzen. Da schloss ich die Augen und tat etwas, das ich noch nie in meinem Leben getan hatte. Ich betete: Lieber Gott, falls es dich gibt, lass Clémentine leben. Stoisch wiederholte ich den Satz in Gedanken immer und immer wieder. Eine Litanei, die sich in den Rhythmus von Guillaumes und Romarins Wiederbelebungsversuchen einfügte.

Laut rüttelte der Wind an den Fensterläden, als sei er gekommen, um auszufegen, was ihm hier dargeboten wurde.

Ich hielt die Luft an.

28

Clémentine hatte Glück. Wir hatten Glück.
Es kam mir vor wie eine Ewigkeit, bis sie wieder zu sich kam. In Wirklichkeit waren es nur ein paar kurze Sekunden gewesen. Ihre Atmung war schwach, aber spürbar, wenn man sich weit genug zu ihr vorbeugte. Doch sie redete nicht mit uns, wirkte wie weggetreten.

Wir hatten keine Erklärung für ihren Zustand oder dafür, wie es dazu gekommen war. Nur wilde Vermutungen. Dass ihr die Aktion mit dem Bergahorn körperlich zugesetzt hatte. Dass sie drogensüchtig war und etwas genommen hatte. Dass sie sich hatte umbringen wollen. Doch es brachte uns nicht weiter, darüber zu spekulieren, weshalb wir uns wortlos, aber zutiefst bedrückt darauf einigten, sie aufmerksam zu beobachten und uns auf das zu konzentrieren, was wir für sie tun konnten.

Guillaume wich nicht von Clémentines Seite. Er hielt ihr Handgelenk zwischen den Fingern, um sicherzugehen, dass ihr Puls auch weiterhin zu spüren war. Er strich mit einem kalten Waschlappen über ihre Stirn und beträufelte auch ihre Lippen, deren helles Rot völlig verblasst war. Er legte ihre Beine hoch, um ihren Kreislauf anzukurbeln, packte sie in eine warme Decke ein und redete mit ihr – sanfte, Mut zusprechende Worte. Es war ihm anzusehen, wie sehr er sich um Clémentine sorgte und wie groß seine Angst war, sie doch noch zu verlieren. Und er hatte absolut recht. Es gab keinen Grund zu glauben, Clémentine hätte es geschafft. Sie sah nicht gut aus.

Der Sturm tobte weiter. Unaufhörlich fiel der Schnee vom Himmel. Jede Flocke ein Beweis unserer eigenen Fragilität.

Es gab in meinem Leben immer wieder Momente, die einen Wendepunkt einläuteten. Meist verstand ich sie erst im Rückblick. Fast immer gingen solche Momente mit einer banalen Beobachtung einher: der Fall einer Schneeflocke, das Schattenspiel eines im Wind zitternden Astes oder, viel banaler, das Krabbeln einer Stubenfliege über Fensterglas auf der Suche nach einem Ausgang ins Freie.

Clémentines Zusammenbruch war so ein Moment in meinem Leben. Während sie am Boden lag, bemerkte ich plötzlich ein kleines, kaum erkennbares Rinnsal, das vom Fenstersims zu Boden tropfte und dort auf dem Holz eine kleine Lache bildete. Es entstand kein Geräusch dabei, und ich konnte nicht sagen, warum mir die Bewegung überhaupt ins Auge stach. Es war wie ein Innehalten, ein Begreifen, dass sich dieser Augenblick entweder zur Katastrophe entwickeln oder aber gut ausgehen konnte. Und dass mich die Frage danach, was gewesen wäre, wenn Clémentine nicht mehr zu uns zurückgekehrt wäre, nie wieder loslassen würde.

Clémentines Ohnmacht war wie ein Weckruf, der meine Konzentration auf das Leben selbst lenkte. All die Gedanken, die ich mir gemacht hatte wegen Jérôme, meinen Eltern, meinen Tanten und weshalb ich eigentlich hierhergekommen war – sie spielten plötzlich keine Rolle mehr. Die zum Greifen nahe Endgültigkeit, vor die Clémentine mich – und uns alle – stellte, wog so viel mehr als die Lebensunsicherheiten, die ich nur zu oft zum Vorwand nahm, um keine Verantwortung übernehmen zu müssen.

»Wir müssen Clémentine bewachen«, sagte Guillaume

entschieden. »Wir dürfen sie keine Minute aus den Augen lassen.«

Alle nickten.

»Ich mache den Anfang«, fuhr er fort. »Dann bist du an der Reihe, Yvette, dann Romarin, dann Anouk. Diejenigen, die gerade nicht Wache halten, ruhen sich aus.«

Wieder nickten wir. Ich hatte keine Ahnung, nach welchen Kriterien Guillaume die Reihenfolge festgelegt hatte. Es war auch egal. Das Ganze klang nach einem durchdachten Plan, und das allein war schon viel wert.

29

Kaum war ich wieder in meinem Zimmer, überkam mich eine bleierne Schwere. Ich legte mich aufs Bett, schaffte gerade noch, mich zuzudecken, und war auch schon eingeschlafen.

Ich erwachte davon, dass mich etwas an der Stirn kitzelte. Als ich die Augen aufschlug, sah ich direkt in Romarins Gesicht. Ich hätte vor Schreck aufgeschrien, hätte er nicht blitzschnell seine Hand auf meinen Mund gelegt.

»Pst!«, flüsterte er. »Ich bin's.«

»Was machst du hier?«, fragte ich, als er seine Hand endlich wieder weggenommen hatte. »Ist was mit Clémentine?«

Romarin schüttelte den Kopf. »Nein, sie scheint stabil zu sein. Ich war vorher noch mal bei ihr und habe Yvette gefragt, ob sie etwas benötigt. Clémentine atmet ruhig. Man könnte fast meinen, sie hat sogar wieder etwas Farbe bekommen.«

»Gott sei Dank«, antwortete ich erleichtert. »Aber was machst du dann hier?«

Romarin sah mich mit großen Augen an und neigte den Kopf zur Seite, genauso, wie er es Boubou den Bären gern tun ließ. Unschuldig, schutzbedürftig, zum Verlieben.

»Romarin, was soll das?«, fragte ich und setzte mich im Bett auf, damit er keine falschen Schlüsse zog.

»Ich kann nicht schlafen«, klagte er. »Und ich möchte nicht allein sein.«

»Und deswegen reißt du mich aus dem Schlaf und erschreckst mich dabei auch noch fast zu Tode?«

Romarin erhob sich vom Bettrand. »Ich wollte dich nicht erschrecken«, sagte er. »Aber du sahst so schön aus, wie du schliefst. Ich konnte nicht anders, als dich zu berühren, um mich zu vergewissern, dass es dich wirklich gibt und du nicht nur eine Fata Morgana bist. Damit habe ich nämlich leider reichlich Erfahrung.«

Ich schlug die Bettdecke auf, setzte mich an den Rand der Matratze und suchte nach den richtigen Worten.

»Ich denke, ich muss etwas klarstellen«, begann ich schließlich. »Der Kuss ... also, der flüchtige Kuss, als ich erfahren habe, dass du der Schöpfer von Boubou bist, ... das war nur wegen ...«

Romarin ließ mich nicht zu Ende sprechen. Entschlossen beugte er sich zu mir vor und küsste meine Worte weg. Ich spürte sein Verlangen, seine weichen Lippen. Ich hob die Hände, wollte ihn von mir wegstoßen – und tat es nicht. Stattdessen ließ ich mich in die Matratze fallen und genoss das unvergleichliche Gefühl, begehrt zu werden, die Wärme, die Romarin ausstrahlte, und seine fordernden Hände, die mich zum ersten Mal seit langer Zeit meinen eigenen Körper wieder spüren ließen.

Romarins Berührungen waren ein Trost für all das, was geschehen war. Mehr noch: Sie waren auch ein Trost für die einsamen Jahre voller Sehnsucht nach Jérôme und für das Gefühl, immer wieder verlassen zu werden. Ein Trost für meine geplatzten Lebensträume. Und sogar ein Trost für meine Feigheit.

30

Nachdem Romarin aus meinem Zimmer gegangen war, schlief ich wieder ein. Er hatte versprochen, mich zu wecken, wenn ich an der Reihe war, Clémentine zu bewachen.

Ich mochte es, von jemandem geweckt zu werden und nicht selbst dafür verantwortlich zu sein, dass ich aufwachte. Das gab mir ein sicheres Gefühl, etwa so, wie wenn ich mir den Wecker extra früher stellte, um ihn dann mit dem Wissen auszumachen, mindestens noch zwei Stunden schlafen zu können, bis ich tatsächlich aufstehen musste. Als »ziemlich schräg« hatte Jérôme dieses Verhalten stets abgetan und nie verstanden, warum ich das tat. Es hatte nicht geholfen, ihm zu erklären, es gäbe für mich nichts Besseres, als die Grenzen der eigenen Freiheit zu erfahren, um Freiheit an sich überhaupt erst erkennen zu können. Jérôme hatte immer gedacht, er würde mich verstehen. Aber eigentlich hatte er mir nie wirklich zugehört. Das war es, was uns auseinandergebracht hatte, nicht das Kind, das es nicht gab, oder das Kind, das es mit einer anderen gab. Das war meine letzte Erkenntnis, bevor ich in einen tiefen Schlaf fiel.

Ich träumte von Romarin, der mich auf einer Wanderung begleitete. Wir gingen über die Lichtung, standen dann am Rand der Anhöhe, sahen hinab ins Tal und zählten die Lichter der wenigen Häuser, die von oben zu sehen waren. Ich nahm seine Hand und drückte sie bei jedem Stern, der blinkte und mir so eine Botschaft zu schicken schien, die ich erst an Romarin weitergeben musste, um sie zu verstehen. Doch je öfter ich Romarins Hand drückte und mir davon eine eindeutige Entzifferung der Nachrichten erhoffte, desto weniger klar sah ich. Das Tal verschwamm vor meinen Augen, löste sich schließlich in einer grauen Dunstwolke auf. Ich war wie gefangen in einer Schneekugel, die zu kräftig geschüttelt worden war. Selbst Romarin schien sich zu verflüchtigen, verwandelte sich mal in Jérôme, mal in Antoine, sogar in meinen Schwager Benoît, in Camille und Ludivine. Immer tiefer wurde ich in einen Strudel gezogen, verlor den Halt und rutschte den Abhang hinunter, bis die graue Dunstwolke mich verschluckte. Feucht spürte ich ihren Nebelschleier auf meiner Haut.

Ich erwachte mit einem erstickten Schrei und setzte mich benommen vom Schlaf und meinem Traum im Bett auf.

Aus der guten Stube hörte ich Gemurmel.

Romarin, Yvette und Guillaume saßen am großen Eichentisch, jeder hielt eine Tasse mit dampfendem Kaffee in der Hand. Die Tür zu Clémentines Zimmer stand offen.

»Wolltest du mich nicht wecken?«, fragte ich Romarin enttäuscht. Ich hatte mich auf ihn verlassen.

»Ich habe deine Schicht übernommen«, antwortete er ruhig und gab seiner Stimme einen besonders tiefen, cremigen Bass. »Du hast den Schlaf offensichtlich gebraucht.« Er grinste verschwörerisch und fuhr sich mit den Fingern durch den Bart. »Zumindest bist du nicht aufgewacht, als ich vorsichtig versucht habe, dich zu wecken.«

Es war mir unangenehm vor den anderen, in welch vertrautem Ton er mit mir redete. Er hätte auch gleich verraten können, dass wir miteinander im Bett gewesen waren, während die anderen sich um Clémentine gekümmert hatten.

Guillaume und Yvette taten so, als bekämen sie von unserer Unterhaltung nichts mit. Sie blickten in ihre Tassen, als schwimme dort die Antwort darauf, was wir an diesem Weihnachtsmorgen tun sollten. Doch ich konnte mir gut vorstellen, wie sehr es Yvette schmerzte, dass es ihr nicht gelungen war, Romarins Aufmerksamkeit auf sich zu lenken.

»Warum liegt Clémentine allein auf ihrem Zimmer, ohne …«

»… weil es ihr besser geht«, unterbrach Yvette meinen Satz. Und Romarin ergänzte: »Sie hat uns darum gebeten, einen Moment für sich haben zu dürfen. Sie ist zwar noch etwas schwächlich, aber sie ist über den Berg. Du musst dir keine …«

»… Sorgen um sie machen? Seid ihr verrückt geworden! Was ist, wenn sie sich wieder etwas antut?« Ich stürzte in Clémentines Zimmer.

Sie lag im Bett, die Decke bis zum Hals hochgezogen. Ihr Körper verschwand fast unter der Decke, so wenig hob er sich von der Matratze ab. Ich ging zu ihr und nahm ihre Hand in meine.

Kalte Haut, dünn wie Seidenpapier.

»Hallo«, flüsterte ich und wartete, bis sie die Augen aufschlug. »Wie geht es dir?«

Ihre Lippen waren trocken, fast weiß.

»Es tut mir leid, dass ich nicht da war, um auf dich aufzupassen. Die anderen haben mich nicht geweckt«, erklärte ich und ärgerte mich darüber, dass meine Entschuldigung zugleich eine Schuldzuweisung war.

Clémentine sah mich an. Ihre Pupillen waren nach wie vor geweitet. Sie wirkte auf mich wie ein Mädchen, das kurz davor war, zur Frau zu werden. Noch kindlich mit weichen Gesichtszügen, der Blick dagegen schon lebenserfahren.

»Mir tut es leid«, hauchte Clémentine mir entgegen, und ich streichelte ihr sanft über die Stirn. Gern hätte ich ihrer Stimme mehr Kraft verliehen.

»Willst du mir sagen, was geschehen ist?«, fragte ich.

Sie schüttelte kaum merklich den Kopf.

»In Ordnung«, antwortete ich. »Aber du weißt, du kannst jederzeit mit mir reden.«

Dieses Mal nickte Clémentine zaghaft.

»Frohe Weihnachten«, flüsterte ich und gab ihr einen Kuss auf die Stirn. Es überraschte mich selbst, dass ich das tat. Weihnachten hatte keine Bedeutung für mich. Zumindest verband ich mit dem Fest nichts Gutes, nur schmerzhafte Einsamkeit. Warum also sagte ich so etwas? Außerdem kannte ich Clémentine kaum. Normalerweise zeigte ich selten meine Gefühle, und erst recht nicht gegenüber einem Menschen, der mir so fremd war. Doch aus mir unerklärlichen Gründen weckte Clémentine meinen Beschützerinstinkt. Mit ihrer Verletzlichkeit brach sie die harte Schale auf, mit der ich mich als Schutz umgeben hatte.

Clémentine drückte meine Hand, und ich blieb an ihrem Bett sitzen, bis sie die Augen wieder schloss.

Romarin, Guillaume, Yvette und ich frühstückten, ohne ein Wort miteinander zu wechseln. Jeder sah stumm auf seinen Teller, schnitt die Baguette entzwei und bestrich sie mit Butter und Marmelade. Ich dachte an Clémentine, die sicher wieder nichts essen würde, wenn sie bei uns am Tisch säße. Vermutlich würde sie nur mit ihren Fingern über ein paar Brotkrumen auf dem Teller fahren, die dorthin gekommen wären, ohne dass es jemand von uns mitbekommen hätte.

Guillaume und Yvette saßen eng beieinander. Ihre Ellenbogen berührten sich bei jeder Streichbewegung. Wie Mutter und Sohn, dachte ich, auf eigentümliche Weise miteinander vertraut, obwohl sie nicht verwandt waren.

Romarin hatte an der Stirnseite Platz genommen wie der Patriarch einer unharmonischen Familie. Die Nacht mit mir schien ihm Flügel verliehen zu haben. Er plusterte sich regelrecht auf, streckte dabei seinen dicken Bauch noch etwas mehr heraus als sonst. Und er trank einen Kaffee nach dem anderen. Insgeheim fürchtete ich, er bekäme bald einen Koffeinschock, wenn er so weitermachte. Als habe er meine Gedanken erraten, lächelte er mir sanft zu und erklärte, er sei es gewohnt, so viel Kaffee zu trinken. Außerdem glaube er nicht daran, dass nach allem, was passiert war, noch mehr Unglück geschehen könnte an diesem doch eigentlich glückverheißenden Ort.

Yvette und Guillaume blickten nur kurz auf, als Romarin mich mit besonders einfühlsamer Stimme zu beruhigen versuchte. Ich sah, wie Yvette in sich zusammenfiel und Guillaume besorgt die Stirn in Falten legte. Seit Romarin bei mir gewesen war, verhielten sich die beiden mir gegenüber zurückhaltend, geradezu kühl. Vor allem Yvette war abweisend und ging mir aus dem Weg, obwohl sie kurz zuvor noch meine Nähe gesucht hatte, um mir ihre zwiespältigen Gefühle zu gestehen. Jetzt war ich mir ganz sicher, dass sie das zwischen mir und Romarin mitbekommen hatte und sich von mir hintergangen fühlte. Es tat mir leid. Ich hatte ein schlechtes Gewissen, nicht nur ihr, sondern auch Romarin gegenüber. Ich hatte egoistisch gehandelt und mich verführen lassen, weil es in dem Moment angenehm gewesen war, begehrt zu werden. Aber ich hatte nicht über die Konsequenzen nachgedacht, dass ich Yvettes Gefühle damit verletzte und sicherlich auch Romarins, sobald klargestellt wäre, dass unsere Nähe für mich nicht die gleiche Bedeutung hatte wie für ihn.

Da räusperte sich Romarin und sagte: »Die Sache mit Clémentine hat alles verändert. Anouk und ich werden versuchen, ins Tal zu kommen. Ihr haltet hier die Stellung!« Es klang wie ein Befehl.

Guillaume stellte behutsam seine Kaffeetasse ab. Ich sah ihm an, dass er sich zusammennehmen musste, um nicht laut zu werden.

»Hör zu, Romarin«, begann er. »Eigentlich sollten wir hier alle zusammen entscheiden, wie wir mit der neuen Situation umgehen. Anweisungen zu geben ist nicht das, was jetzt angemessen ist.«

Yvette nickte.

»Und wenn wir schon dabei sind, ein paar Dinge klarzustellen: Ich finde es ganz schön geschmacklos, dass ihr euch hier oben amüsiert, während Clémentine im Zimmer nebenan dringend Hilfe benötigt. Habt ihr keinen Anstand?« Er warf erst Romarin, dann mir einen bohrenden Blick zu.

»Entschuldigt bitte«, brachte ich leise hervor und senkte den Blick. Normalerweise fiel es mir schwer, mich für etwas zu entschuldigen, auch dann, wenn ich wusste, dass ich tatsächlich Mist gebaut hatte. Doch jetzt hatte ich das Bedürfnis, um Verzeihung zu bitten. Ich hatte niemanden verletzen wollen.

Romarin sagte nichts dazu. Stattdessen schob er seinen Stuhl zurück, stand auf und schaute zu mir. »Komm, Anouk, lass uns keine Zeit verlieren!« Es klang irgendwie verzweifelt, so, als würde ein Ja von mir nicht nur seinem Vorschlag gelten, sondern zugleich ein Ja für uns beide als Paar bedeuten.

Ich hielt die Hand hoch wie zur Abwehr.

»Nein«, sagte ich. »Ich werde allein gehen.« Ohne darüber nachzudenken, waren diese Worte aus meinem Mund gekommen. Sie zeigten, wie stark mein Wunsch war, den Weg ins Tal, den ich schon unzählige Male in meinem Leben gegangen war, ohne Begleitung zu meistern. Trotz Schneemassen, Eis und Wind. Die Idee, das zu tun, kam mir vor wie eine Befreiung. Als würde sich alles regeln, wenn ich die Strecke erst bewältigt hatte und Hilfe holen konnte. Neu war für mich nur, dass ich den Wunsch im gleichen Moment äußerte, wie er in mir aufgekommen war. Das irritierte mich ein wenig, denn so etwas kannte ich nicht von mir. Für gewöhnlich durchdachte ich alles, bevor ich mich äußerte.

Alle starrten mich ungläubig an.

»Ich kenne mich in dieser Gegend aus«, erklärte ich. »Diese Anhöhe bin ich schon Hunderte Male rauf- und runtergegangen.« Mir war klar, wie sehr ich übertrieb. Beim Aufstieg mit Antoine hatte ich den Pfad kaum wiedererkannt und zeitweise sogar gezweifelt, ob wir uns überhaupt noch auf dem richtigen Weg befanden.

Romarin setzte zu einer Antwort an, atmete dann aber nur geräuschvoll aus.

Yvette hingegen stemmte die Hände in die Hüften und runzelte ernst die Stirn. »Auf gar keinen Fall, Anouk!«, rief sie entschlossen. »Es ist absolut unvernünftig, allein ins Tal zu gehen. Romarin und Guillaume haben sich bei Clémentines Rettung als gutes Team erwiesen und sollten auch weiterhin nach ihr sehen. Daher schlage ich vor, wir beide gehen ins Tal, während die Männer hier die Stellung halten.«

Eine kurze Pause entstand, die Guillaume damit beendete, dass er »So machen wir es!« ausrief und dabei zustimmend nickte. Und da Romarin stumm blieb, war die Sache entschieden.

Der Kreisel des Lebens

Wie schwarz kann Schwarz sein? /
Wie weiß Weiß? /
Wie naiv die Naivität? /
Wie schrecklich das Glück /
das gegeben /
um genommen zu sein?

Wie dünn die Luft /
zum Atmen gut /
zum Leben zu wenig /
zum Sterben zu viel /
Der Himmel sich öffnet /
und wieder verschließt.

Die Spinnen, sie spinnen /
ihre Nester geschickt /
Ihre Beinchen kleben nur dort /
wo der Fang sich verfängt /
Ihre Speichen nichts weiter /
als ein notwendig' Gerüst.

Wer weiß, wohin /
und warum /
hat's gut /
Drum nehm' ich den Weg /
ohne Rückblick nach vorn /
in sich auflösende Sinnlichkeit.

Auf der Hütte, 12. Oktober 1976

Mein liebes Kind,

ich habe dieses Gedicht gelesen. Der Mann hat es mir gebracht. Es steht in einem kleinen Buch, handgeschrieben. Er sagte nicht, von wem es ist.

War es Zufall oder nicht?

Am Nachmittag beobachtete ich eine Spinne, wie sie ihr Netz spann. Der Faden kam aus einem dunklen Höcker auf ihrem Rücken, einer Warze gleich. Die Spinne klebte den Faden an den Holzbalken, führte ihn mit dem ausgestreckten Hinterbein bis zum anderen Balken und dann zum Holzvorsprung über dem Fenster und wieder zurück. Ich konnte die vier Fäden genau sehen. Sie bildeten das Gerüst, von dem aus sie ihre Spiralen zog. Erst in großen Abständen, dann in immer kleiner werdenden. Die Spinne arbeitete ohne Unterbrechung, Zug um Zug. Die Zeit verging, ich weiß nicht, wie lange es dauerte, aber ich saß lange auf dem Stuhl und sah ihr dabei zu und dachte darüber nach, welch perfides Kunstwerk dieses Tier sich erarbeitete. Unsichtbar, klebrig, ein Meisterwerk an Präzision und Eleganz, dazu da, Leben zu nehmen, um es sich selbst zu geben.

Ich bin keine Spinne. Ich bin das Tier, das von der Spinne gefressen wird. Ein harmloses Insekt. Eines, das entweder von Menschenhand weggeklatscht wird oder von anderen Tieren verspeist.

Ein Teil von mir schreit danach, das zu ändern. Ich müsste dafür nur aufstehen und wegrennen, so weit mich meine Beine tragen. Doch ich kann es nicht. Es ist, als hätte die Spinne mich schon eingewickelt. Ich klebe an ihrem Faden, ohne ihn zu sehen. Er hat sich um meine Arme gelegt, um meine Beine, vor allem um meinen Kopf, in den irgendein Gift hineinfließt. Es zieht mich jeden Tag ein wenig mehr in das schwarze Loch, das sich vor mir auftut, sobald ich einen Schritt nach vorn wage.

Verzeih mir! Irgendwann.

Deine Mama

31

Eine gute Stunde später standen Yvette und ich draußen, bepackt mit Proviant und Wechselkleidung. Wie Clémentine waren wir aus einem der Galeriefenster geklettert. Guillaume hatte die abenteuerliche, aber brillante Idee gehabt, den Läufer aus der Diele über dem meterhohen Schnee auszurollen und so ein Einsinken zu verhindern, damit wir den Pfad in Richtung Wald erreichen könnten, der wegen der kleineren Anhöhen und Buschreihen drum herum wahrscheinlich weniger zugeschneit sein würde als das Chalet selbst.

Und in der Tat, kaum hatten wir die Lichtung hinter uns gelassen, entspannte sich das Schneechaos ein klein wenig. Dafür hielt uns der Sturm in Schach. Wir hatten große Mühe, uns gegen den eisigen Wind zu stemmen. Fast kam es mir vor, als würde er noch kräftiger blasen, je weiter wir uns vom Chalet entfernten. Gerade so, als wollte er uns zurück zur Hütte treiben.

Wir bewegten uns mühsam, mit gebeugten Rücken und gesenkten Köpfen, hielten die Kapuzen über den Mützen fest und versteckten unsere Gesichter so gut es ging hinter unseren Schals. Es war unmöglich, vom Boden weg und nach vorne zu sehen. Der Schnee peitschte uns scharf wie mit Dornenranken.

Innerhalb kürzester Zeit spürte ich die Zehen in den Schuhen kaum mehr. Auch meine Finger drohten steif zu frieren. Ich hielt sie permanent in Bewegung, um die Durchblutung anzukurbeln. Die Lunge brannte, es musste weit unter zehn Grad minus haben. Noch nie hatte ich eine derart schneidende Kälte erlebt, auch keinen ähnlich starken Sturm, obgleich es zu der Zeit, als ich noch in Vogelthal lebte, viele gegeben hatte in den Vogesen. Der letzte hatte mir meine Eltern genommen. Dass Derartiges dem jetzigen Sturm nicht gelingen sollte, schwor ich mir unterwegs immer wieder, um mir so Mut zuzusprechen und der heftig tobenden Naturgewalt zu trotzen.

Ich hoffte, zwischen den Bäumen im Wald besser vor Wind und Schnee geschützt zu sein. Unter normalen Umständen wäre der Weg vom Chalet bis zum Waldrand ein Katzensprung gewesen. Bei dem Schneesturm allerdings entpuppte sich die kurze Distanz als eine unendliche Anstrengung. An manchen Stellen sanken wir bis fast zu den Oberschenkeln ein. Oft konnten Yvette und ich das Gleichgewicht nicht halten und fielen einfach um wie die Figuren eines Brettspiels, beinahe völlig verschwunden im Weiß, das jegliche landschaftliche Kontur verwischte. Es gab keinen Himmel mehr, keine Erde. Was blieb, war ein einziges gleißendes Nichts, das alles in sich aufzusaugen schien.

Wenn der Raum verschwimmt, in dem man sich bewegt, verschwimmt auch die Zeit. An diesen Satz aus einem der Boubou-Bände musste ich denken, während ich mich umsah.

Ich kann nicht sagen, wie lange wir bis zum Waldrand brauchten. Aber ich hatte falschgelegen mit meiner Annahme, dort seien wir geschützt. Der Wind fegte durch die Bäume, die sich bogen, als würden sie jeden Moment umkippen und uns unter sich begraben. Wir befanden uns mitten in einer einzigen wogenden Welle aus sich dehnenden und streckenden Baumstämmen. Es knarzte und knackte, pfiff und toste wie tausend Geisterstimmen.

Die Vorstellung, irgendwo Rast zu machen und etwas Warmes zu trinken, uns gar umzuziehen, war undenkbar. Wie naiv waren wir gewesen. Hier draußen sah die Welt vollkommen anders aus als von drinnen. All unsere Vorstellungen von der besten Strategie, durch den Schnee zu gelangen, lösten sich in der Kälte auf, die uns umgab. Das einzig Sinnvolle war, voranzukommen, bloß nicht stehen zu bleiben, sondern so schnell wie möglich das Tal zu erreichen.

32

Der Hund lag im Schnee, vollkommen bedeckt. Nur ein Stück seiner schwarzen Schnauze schaute heraus. Es sah aus wie eines der Kohlestücke, mit denen ich als Kind den Schneemännern im Hof meiner Eltern ein Gesicht gegeben hatte. Dann erkannte ich auch etwas von seiner Rute.

Zu Beginn realisierte ich trotzdem nicht richtig, worauf ich eigentlich blickte. Ich stand vor einer umgefallenen Tanne, die uns den Weg versperrte, und wartete auf Yvette. Sie war einige Meter hinter mir zurückgeblieben.

Ich besah mir den Stamm, die raue Rinde und die dünnen Äste, die vom unteren Teil des Baumstamms abstanden wie hineingesteckt, als mir der Schneehaufen halb unter, halb neben der Tanne ins Auge stach. Eine Weile schaute ich ihn an wie ein abstraktes Gemälde, dessen Striche der Verstand erst nach und nach zu einem Ganzen zusammenfügt. Dann wurde das Kohlestück für mich zur Schnauze, der dunkle, gebogene Ast zur Rute, und im nächsten Moment begriff ich, was da lag. Sofort ging ich in die Knie und begann damit, die oberste, noch weiche Schicht Neuschnee von Antoines Hund zu entfernen.

Yvette erreichte mich völlig außer Atem, während ich gerade versuchte, die darunterliegenden eisigen Schichten zu lockern. Ohne Erfolg.

»Er ist tot«, sagte Yvette keuchend. »Er ist tot.«

Ich berührte das steif gefrorene Tier.

»Steh auf!«, bat Yvette. »Du kannst nichts mehr für ihn tun.«

Mit gesenktem Kopf hielt ich inne und spürte dem Schmerz nach, den die kalte Luft in meiner Lunge verursachte und der sich mit dem Schmerz vermengte, den der Anblick von Antoines Hund in mir auslöste. Mit dem Handrücken rieb ich mir über die Augen, als könnte ich dadurch das, was ich sah, verschwinden lassen. Stattdessen drängte sich ein Gedanke immer mächtiger in mein Bewusstsein: Wenn der Hund hier lag, konnte es gut sein, dass der Baum auch Antoine erwischt hatte. Vielleicht lag er ebenfalls erschlagen hier, verletzt, erfroren. Angst und Verzweiflung bahnten sich ihren Weg aus meinem Innersten, und ich begann, Antoines Namen zu rufen und den Bereich um die Tanne nach ihm abzusuchen.

Wir fanden ihn nicht.

Erleichtert nahm Yvette meine Hand, und gemeinsam legten wir noch einmal all unsere Kraft in seinen Namen, riefen, so laut wir nur konnten. Doch unsere Stimmen hatten im Sturm keinerlei Volumen. Antoines Name drang nicht einmal bis hinter die erste Baumreihe, sondern blieb bereits in der Atemwolke vor unseren Lippen stehen.

Es vergingen Stunden, in denen wir uns verbissen durch Sturm und Schnee nach vorne kämpften. Oft war ich kurz davor, aufzugeben. Der Gedanke an den toten Hund lähmte meine Schritte. Auch Yvette blieb immer öfter stehen, erklärte mutlos, es ergebe keinen Sinn und wir sollten besser umkehren. Aber immer dann, wenn eine von uns einbrach, zog die andere sie mit sich weiter.

Das Haus meiner Eltern sahen wir, als wir noch gar nicht damit rechneten. Ich war sicher, dass wir noch einige Kurven vor uns hatten. Doch dann strahlte uns plötzlich das

Licht an. Ein warmes gelbes Quadrat, das wie losgelöst vom Mauerwerk des Hauses inmitten der Natur zu schweben schien.

Ich stellte mir vor, dass es einem Marathonläufer, der die Ziellinie vor Augen hat, nicht anders ergehen musste als mir in dem Moment, in dem ich das erleuchtete Fenster erblickte. Plötzlich entbrannte in mir eine ungeahnte, mich überwältigende und erlösende Kraft. Ich hätte bis nach Paris laufen können, wenn es nötig gewesen wäre. Das Ende des Weges zu sehen, nahm alle Last von meinen Schultern, trieb mich an. Sogar der Schnee gewann scheinbar an Festigkeit. Die Luft schnitt nicht mehr in die Lunge, biss nicht mehr in den Augen.

Wir waren am Ziel.

Vorerst.

Auf der Hütte, 20. Oktober 1976

Mein liebes Kind,

Du bist da. Du lebst. Du hast geweint. Ich habe Dein Stimmchen gehört – ein Gefühl, wie wenn die Sonne in einem aufgeht, um nicht mehr unterzugehen.

Sie haben Dich mir sofort weggenommen. Wir hatten es so vereinbart. Damit ich mich nicht an Dich gewöhne. Damit Du mich nicht riechst. Es sei besser für Dich und leichter für mich, haben sie gesagt. Ich hatte zugestimmt, wie ich allem zugestimmt habe, was sie sich von mir wünschten und auch verlangten. Doch als sie Dich wegtrugen, schrie ich, so laut ich konnte. Ich hörte erst damit auf, als die Frau an mein Bett trat und Dich in meine Arme legte. Da verstummte ich.

Ich sah in Dein Gesicht, ich legte meine Wange an Deine. Ich berührte Deine weiche Haut. Den Flaum auf Deinem Kopf. Du bist wunderschön. So klein und zierlich. Ich habe Dich auf den Namen Inès getauft. Ich hoffe, Du wirst ihn tragen. Ich habe darum gebeten, doch keine Antwort erhalten. Stattdessen trat der Mann zu mir ans Bett, streckte die Arme aus und wollte, dass ich Dich ihm überreiche. Ich drückte Dich an mich. Ich konnte Dich nicht hergeben. Dich loszulassen war, als verlangte man von mir, mein eigenes Herz mit bloßen Händen herauszureißen.

Die Frau weinte. Auch der Mann. Ich bettelte sie an, Dich mir nicht wegzunehmen. Ich sagte, ich würde alles tun, wenn sie mir nur die Möglichkeit gäben, in Deiner Nähe zu bleiben. Ich sagte, sie würden es nicht bereuen. Ich sei keine Last, sondern eine Hilfe.

Etwas in mir starb, als sie Dich mir entrissen.

Meine Seele will nicht mehr heilen. Es kommt mir vor, als schwebte ich über mir. Als könnte ich die Dinge nicht nur zum ersten Mal richtig klar sehen, sondern auch benennen. Ich habe eine Entscheidung gefällt. Es ist die einzige, die mir sinnvoll erscheint. Ich will nicht zurück in ein Leben, aus dem ich geflohen bin. Ich will nicht zurück in ein Leben, in dem es Dich nicht gibt, obwohl es Dich gibt.

Du wirst es gut haben, das ist mein einziger Trost. Du wirst geliebt werden. Ich werde Dich beobachten. Ich werde sehen, wie Du heranwächst. Ich werde Dich beschützen, wenn Du fällst. Ich werde Dir wieder aufhelfen, Dir, so gut es geht, unter die Arme greifen. Ich werde Dich streicheln, wenn Du traurig bist.

Ich werde Dich sehen, jeden Tag und jede Nacht. Ich werde Dich nicht vergessen. Nie!

In ewiger und unendlicher Liebe!

Deine Mama

ZWEITER TEIL

1

Zwei Jahre sind vergangen. Seither laufe ich. Jeden Morgen um 5:45 Uhr schnüre ich meine Joggingschuhe. Im Treppenhaus nehme ich zwei Stufen auf einmal und kann es kaum erwarten, mich durch die noch einigermaßen ruhigen Straßen meines Viertels zu bewegen.

Zu Beginn kam ich nicht weiter als bis zum Jardin du Luxembourg, dann drehte ich wieder um, erschöpft, verschwitzt, außer Atem, aber glücklich, den inneren Schweinehund überwunden und die Anstrengung auf mich genommen zu haben.

Mit der Zeit reichte die Strecke nicht mehr aus, um mich zu verausgaben. Ich lief noch ein wenig durch den Park und umrundete die Fläche unweit des Kiosque à musique, auf der stets ein paar ältere Damen ganz in Weiß gekleidet Tai-Chi machen – ein anmutiger Anblick. Erst wenn ich etwas von der ruhigen Energie aufgesaugt hatte, die sie mit sanften Bewegungen in die Lüfte schickten, trat ich den Rückweg an.

Inzwischen hat sich meine Strecke bis zum Jardin des Plantes ausgedehnt. Ich liebe es, vom frühmorgendlichen Grau der Stadt in das kultivierte Grün des Gartens zu treten und den Kies unter meinen gedämpften Sohlen knirschen zu hören. Ich laufe schnell, ich nehme die Arme mit, ich atme bewusst, ich sammle die Kraft in mir. Ich fühle mich gut, wenn ich danach zu Hause unter der Dusche stehe und mir mit Fleur d'Oranger den Schweiß abwasche, tagtäglich der gleiche Duft, ein immer gleiches Ritual. Das brauche ich. Struktur hilft mir.

Ich bin in Form. Ich habe Kondition, spüre meine Muskeln. Schlank gelaufen habe ich mich zwar nicht, aber straff in dem Sinne, dass alles an mir jetzt sportlich-kräftig wirkt.

Jeden Morgen komme ich am Chocolatier vorbei. Ich könnte auch einen anderen Weg nehmen und das Schaufenster nicht passieren, sondern durch eine der Nebenstraßen laufen. Doch das mache ich absichtlich nicht. Das Schaufenster des Chocolatiers ist für mich die Karotte, die man dem Esel vor die Nase hängt. Nur mit dem Unterschied, dass ich nicht nur der Esel bin, sondern zugleich diejenige, die sie sich vor die Nase hängt und sie am Ende auch verspeist.

Auf meinem Hinweg hat der Chocolatier noch geschlossen. Das Rollgitter ist heruntergelassen, und die große Glasfront dahinter wirkt kalt. Auf dem Rückweg aber winke ich hinein in den hell erleuchteten Raum und begrüße den Meister der Gugelhupfpralinés, der mit mir bereits ein Vermögen gemacht hat und den ich inzwischen zu meinen Freunden zähle.

Ich genieße die Vorfreude auf sechshunderteinunddreißig Kilokalorien pro hundert Gramm, die ich zu mir nehme, sobald ich am Schreibtisch sitze, die Leuchte anknipse und die ersten Zeilen lese, die ich übersetzen werde. Süß-schmelzendes köstliches Schokoladenfett und mindestens eine Tasse Kaffee sind eine wunderbare Grundlage, um geeignete Worte für den Text eines anderen zu finden.

Heute arbeite ich nicht. Heute ist ein besonderer Tag. Nicht etwa, weil Weihnachten ist. Das Fest an sich hat mich noch nie davon abgehalten, mich an den Schreibtisch zu setzen und ein paar Stunden zu arbeiten. Nein, heute bekomme ich Besuch. Ich bin wahnsinnig aufgeregt und kann es kaum fassen, dass ich das tatsächlich getan habe. Dass ich alle, mit denen ich im Chalet festsaß, zu mir nach Hause eingeladen habe. Wir werden den Weihnachtsabend zusammen verbringen. Jeder von ihnen hat zugesagt, ausnahmslos, und keiner hat gezögert.

Es ist das erste Mal seit damals, dass wir uns wiedersehen. Nur Romarin treffe ich oft. Inzwischen bin ich seine Leib-Übersetzerin. Jedenfalls nennt er mich so in jedem Interview, das er gibt. Und er gibt viele. Le Parisien, Le Figaro, Le Monde, selbst im Fernsehen ist er immer wieder in irgendwelchen Talkshows zu sehen.

Es ist typisch für Romarin, jemanden mit nur einem Wort zu ehren und zugleich zu entehren. Das schafft wirklich nur er. Leib-Übersetzerin! Als sei ich seine Sklavin. Er meint es nicht böse, im Grunde genommen meint er es sogar gut und anerkennend. Daher nehme ich es ihm nicht übel. Immerhin verdiene ich fantastisch an seinem Erfolg mit, was keine Selbstverständlichkeit ist in meiner Branche. Sein vierhundert Seiten starker Roman liegt in jedem Schaufenster, und es gibt kaum jemanden, der ihn nicht gelesen hat oder nicht vorgibt, ihn noch lesen zu wollen. Er ist ein internationaler Bestseller, in dem Boubou der Bär zum ersten Mal keine Rolle spielt. An seine Stelle ist Clémentine getreten, natürlich mit ihrem Einverständnis. Es ist kaum zu glauben, aber das zerbrechliche ätherische Wesen hat den großen, gutmütigen Bären von seinem Thron verdrängt. Dennoch haben Romarins Figuren eines gemeinsam: die ewige Suche nach der großen Liebe.

Alle bewundern Romarin. Und Romarin liebt es, bewundert zu werden. Es tut ihm gut, er ist ausgeglichener und strahlt von innen heraus. Ebenso wie ich hat er damit begonnen, sich zu bewegen und die Wohnung öfter zu verlassen, auch dann, wenn ihm nicht danach ist. Seine Spezialität sind lange Spaziergänge durch ganz Paris. Damit er die Stadt, in die er gezogen ist, schneller kennenlernt, sagt er. Er marschiert vom zwanzigsten Arrondissement zum sechzehnten, vom sechzehnten zum fünften, vom fünften zum achten und manchmal sogar bis nach Meudon, wobei ich glaube, dass er für die letzte Station heimlich den Zug nimmt.

Bei diesen Streifzügen bekommt er die besten Ideen für seine Geschichten, sagt er. Er gehe mit seinen Figuren spazieren und befrage sie, wie es ihnen auf den nächsten Seiten seines Romans ergehen solle. Oft streite er auch mit ihnen, sei selten ihrer Meinung, aber er versöhne sich auch wieder mit ihnen. Ohne Verständnis füreinander käme er nicht weiter.

Es hatte eine Weile gedauert, bis Romarin und ich nach der Zeit im Chalet freundschaftlich zueinanderfanden. Unsere gemeinsame Nacht hatte uns nicht vereint, wie Romarin es sich wünschte. Ich wollte nichts mit ihm anfangen, weil ich nicht das für ihn empfand, was er bei mir suchte. Geborgenheit. Liebe. Einen Neuanfang. Glück. Vermutlich hätten sich unsere Wege getrennt, wenn uns nicht der Schneesturm und die Sache mit Clémentine und Antoine zusammengeschweißt hätte.

Uns alle.

Doch während ich mich nach der Zeit im Chalet erst einmal zurückzog, um wieder im Alltag anzukommen und zu verarbeiten, was geschehen war, blieb Romarin hartnäckig an mir dran. Es war anrührend und belastend zugleich. Ich fühlte mich geehrt, von ihm in einer Weise umgarnt zu werden, wie ich es bis dahin noch nicht erlebt hatte. Gleichzeitig fühlte ich mich unwohl dabei, diesem Bären von Mann, der mir so viel Zuneigung entgegenbrachte, nicht zurückgeben zu können, was er sich erhoffte und auch verdient hätte.

Eines Nachmittags, ich war erst seit zwei Wochen wieder zurück in Paris, stand er plötzlich vor meiner Tür. Er trug einen festlichen Anzug und zauberte hinter dem Rücken einen riesigen Strauß roter Rosen hervor. Ich war derart überrascht, ihn in Paris zu sehen und dann auch noch mit einer für Romarin untypisch kitschigen Geste, dass ich laut loslachte. Es war eine astreine Übersprungshandlung und keinesfalls verächtlich gemeint, geschweige denn wollte ich ihn demütigen. Doch bei Romarin kam mein spontaner Heiterkeitsausbruch nicht gut an. Ich konnte regelrecht sehen, wie sein Herz zerbrach und im Treppenhaus vor meiner Wohnungstür als Scherbenhaufen liegen blieb.

Romarin schmiss die Rosen weg und rannte die Stufen hinunter. Laut polterten seine Schritte im Treppenhaus. Ich rief ihm hinterher, er solle doch bitte stehen bleiben, es täte mir leid, es sei nicht so gemeint gewesen, ich sei eine Idiotin, die nicht gut mit Menschen umzugehen wisse, doch Romarin stürmte aus dem Wohngebäude. Hastig zog ich die Schuhe an, nahm meinen Mantel und den Wohnungsschlüssel vom Haken in der Diele und eilte ihm so schnell ich konnte hinterher. Ich erreichte ihn im letzten Moment, als er gerade die Treppen zur Metro am Boulevard Pasteur betrat.

»Romarin!«, rief ich. »Bitte warte einen Moment!«

Endlich verlangsamte er seinen Gang und blieb dann zögerlich stehen.

»Es tut mir leid. Ich wollte dich nicht verletzen«, sagte ich. Der Atem vor meinem Mund kondensierte und löste sich nur langsam auf. Es war Mitte Januar und nach wie vor sehr kalt. Allerdings hatte sich die Wetterlage im ganzen Land wieder beruhigt. Keine Rekordschneefälle, kein orkanartiger Sturm, keine Katastrophenwarnung mehr.

Romarin drehte sich zu mir um und blickte mich mit großen, erwartungsvollen Augen an. In diesem Moment erkannte ich mich selbst in seinem Blick wieder. Auch ich hatte diese allerletzte Hoffnung auf eine positive Wendung, die plötzlich und ohne jede Vernunft in einem aufkeimt, obwohl alle Anzeichen dagegensprechen, schon erlebt. Als Jérôme ein paar Wochen nach seinem Auszug aus meiner Wohnung vor den Briefkästen im Eingangsbereich gestanden hatte. Für einen Moment hatte ich tatsächlich geglaubt, er sei zurückgekommen, um sich bei mir zu entschuldigen und darum zu bitten, ich möge ihm seinen Fehltritt verzeihen, da er sich nur mit mir ein Kind wünsche. Nur mit mir.

Obwohl ich tief in meinem Inneren wusste, dass meine Gedanken von einer Wunschvorstellung geleitet wurden, die nichts mit der Realität zu tun hatte, änderte das nichts daran, dass es diese Hoffnung gab – eine Hoffnung, die alles andere überstrahlte. Ich hatte Jérôme fieberhaft angelächelt und ernsthaft darauf gewartet, er würde mich gleich endlich um Verzeihung bitten. Stattdessen hatte er auf den Briefkastenschlüssel in seiner Hand gedeutet und gesagt, er habe nicht vorgehabt, mir zu begegnen, er müsse nur rasch die Post von Françoise holen.

An jenem Tag war meine Hoffnung auf eine gemeinsame Zukunft ein weiteres Mal gestorben. Oft habe ich mich seitdem gefragt, wie ich nur so dumm gewesen sein konnte zu glauben, Jérôme käme wieder zu mir zurück. Inzwischen glaube ich die Antwort zu kennen: Die Hoffnung kennt viele Tode, solange sie nicht begraben wird.

»Es tut mir leid, dass ich deine Gefühle nicht teile«, fuhr ich schnell fort, um Romarin nicht länger im Unklaren zu lassen und ihm seine Hoffnung sofort zu nehmen. »Ich wünschte, ich könnte dir die Liebe geben, die du mir entgegenbringst. Aber ich bin nicht die Richtige für dich, weil ich dich nicht liebe. Die Nacht mit dir war sehr schön, aber ein Fehler. Ich fürchte, ich habe dich benutzt, damit ich mich besser fühle.«

Meine Ehrlichkeit überraschte nicht nur mich. Auch Romarin war erst einmal sprachlos. Er schloss die Augen und rührte sich nicht von der Stelle. Um uns herum herrschte reges Treiben. Menschen stiegen die Treppen hinunter, andere hinauf. Es war, als drehte sich die Welt um uns herum weiter, während wir beide stillstanden.

Ich kann nicht sagen, wie lange es dauerte, bis Romarin die Augen wieder öffnete und mich ansah. Aber etwas hatte sich in der Zeit des Innehaltens in ihm verändert. Er legte den Kopf schief, hielt mir seine Hand entgegen und sagte: »Danke.«

»Wofür?«, fragte ich irritiert.

»Dass es dich gibt«, antwortete Romarin.

Da fing ich an zu weinen.

Seither arbeiten Romarin und ich zusammen. Romarin behauptet gern, wir führten eine intellektuelle Beziehung, die irgendwann einmal romantisch werden würde. Er wird nicht müde, das zu sagen. Und obwohl er vorgibt, er kokettiere nur, weiß ich, dass er insgeheim tatsächlich darauf hofft. Daher schüttle ich immer nur den Kopf und antworte: »Ich bin mir sicher, Boubou hat sofort eine Bärin fürs Leben gefunden, nachdem er aufgehört hat, einer Schlange nachzustellen.«

»Schlange?«, fragt Romarin daraufhin. Und ich antworte: »Schlange oder Hummel oder Gazelle, das spielt doch keine Rolle.« Und Romarin sagt dann: »Da wäre ich mir an deiner Stelle nicht so sicher, meine Liebe.«

2

Es läutet schon an der Tür. Fast zwei Stunden zu früh. Ich bin mir sicher, es ist Clémentine. Ich meine es an der Art zu hören, wie die Klingel schellt. Irgendwie zaghaft, zurückhaltend. Nicht so, als wollte jemand mit dem Läuten wirklich auf sich aufmerksam machen.

Ich sehe mich in der Wohnung um. Ich habe alles aufgeräumt und sauber gemacht. Der frische, zitronige Geruch des Putzmittels liegt noch in der Luft und vermischt sich mit dem Bratenduft der Weihnachtsgans, die seit geraumer Zeit im Ofen vor sich hin brutzelt.

Vom Fenstersims schaut mich eine Gruppe rostroter Rentiere an. Sie spiegeln sich in den murmelgroßen Christbaumkugeln, die zu einem Strauß zusammengebunden neben ihnen in einer Vase stehen. Ich muss angesichts der Weihnachtsdekoration schmunzeln. Von der Decke hängen ein paar Foliensterne, die ich in einem kleinen Laden in Les Halles entdeckt und sofort gekauft habe. Sie reflektieren die fahle, durch die Fenster dringende Nachmittagssonne und werfen warme, in allen Farben des Regenbogens schillernde Lichtstreifen auf die Wände und über die Möbel.

Zum ersten Mal sehe ich meine Wohnung mit fremden Augen: Hier herrscht weihnachtliche Stimmung. Der Raum vermittelt genau die heimelig anmutende Atmosphäre, die ich sonst nur aus der Werbung kannte. Oft hatte ich mich über diese Weihnachtswelten aufgeregt, weil ich sie als Zumutung empfand. Sie waren für mich wie ein Fingerzeig auf alles, was ich in meinem Leben nicht erreicht hatte, obgleich es von Kindheit an stets mein größtes Bestreben gewesen war: eine Familie gründen und ein behagliches Nest bauen.

Erneut läutet es. Wieder zaghaft, fast entschuldigend. Ich beeile mich, zur Tür zu kommen. Schließlich möchte ich eine gute Gastgeberin sein, auch wenn ich keine Erfahrung damit habe. Es ist das erste Mal seit der Trennung von Jérôme, dass ich diese Rolle einnehme. Zumindest für so viele Menschen auf einmal. Nur Romarin ist öfter bei mir, aber das ist etwas anderes. Ich lade ihn nicht ein. Er lädt sich selbst zu mir ein. Manchmal bleibt er sogar ein ganzes Wochenende – um mit mir zu arbeiten und sich von mir inspirieren zu lassen, wie er sagt.

Dass ich mich dazu entschied, alle zu mir nach Hause einzuladen, lag an den ersten Schokoladennikoläusen, die mich bereits Ende Oktober im Supermarkt angrinsten. Überraschenderweise machte mir ihr Grinsen diesmal nichts aus. Im Gegenteil. Ich grinste zurück und musste an Antoines ominöse Einladung denken, die mich dann nach Vogelthal geführt hatte. Und auch daran, dass womöglich alles anders gekommen wäre ohne Antoines Verschwinden, Clémentines Ohnmacht und den vielen Schnee in jenem Jahr. Wenn wir stattdessen alle zusammen in der guten Stube gesessen und uns unterhalten hätten. Vermutlich hätte sich dabei vieles geklärt, und ich hätte nach der Reise nicht zwei Jahre gebraucht, um endlich zu begreifen, dass mein persönliches Unglück nicht das Zentrum der Welt ist, um das sich alles dreht. Und so kam mir der Gedanke, ein versöhnliches Zeichen zu setzen, indem ich den Ort der verlorenen Herzen nach Paris hole, in meine Wohnung.

Die Klingel läutet ein drittes Mal.

Als ich öffne, steht Clémentine schon im Türrahmen. Ich

trete einen Schritt zurück und sehe sie an. Sie trägt das Haar kürzer. Ein durchgestufter Bob, der ihr ausgesprochen gut steht. Er lässt ihr schmales Gesicht etwas fülliger wirken. Clémentine ist nach wie vor sehr dünn, aber sie hat etwas zugenommen. Ich kann es vor allem an ihren Wangen sehen, die nicht mehr so eingefallen sind wie früher. Auch ihr Blick ist weniger unruhig. Sie sieht mir fest in die Augen und hält mir ihre Backe zur Begrüßung hin. Ich gebe ihr zwei bises, dann nehme ich sie in den Arm und lasse sie erst los, als sie behutsam versucht, sich aus der Umarmung herauszuwinden.

»Schön, dass du da bist. Du bist die Erste«, sage ich und bitte sie herein. Es ist seltsam, aber Clémentine zu sehen, fühlt sich vertraut an. Von Guillaume weiß ich, dass sie ihre Stelle als Schaufensterdekorateurin nach einem längeren Klinikaufenthalt gekündigt hat und jetzt mit ihm zusammenarbeitet. Voller Stolz hat er mir erzählt, welcher Hype um seine Bar ausgebrochen ist, seit Clémentine mit ihm hinter dem Tresen steht, Cocktails mixt, Wein entkorkt oder Bier zapft. Sie sei unbezahlbar und wie eine Schwester für ihn – die Familie, die er nie hatte. Er sei für sie genauso da wie sie für ihn. Abgesehen davon gebe es kaum einen Mann im Umkreis von sechzig Kilometern, der nicht wegen Clémentine zu ihnen in die Bar komme und für Umsatz sorge. Sofern er nicht wegen dir kommt, hatte ich eingeworfen, und wir hatten ordentlich gelacht am Telefon.

Clémentine lächelt mich an, als könnte sie meine Gedanken lesen. Dann huscht sie an mir vorbei in den Flur und sieht sich neugierig um.

»So lebst du also«, sagt sie und reicht mir ihre Jacke. Sie zieht die Schuhe aus und steuert geradewegs auf das große Wandregal im Wohnzimmer zu. Dort bleibt sie vor dem

Fach mit den Boubou-Bänden stehen und zieht einen nach dem anderen heraus, bis sie bei Romarins neuestem Roman angekommen ist. DER TAG, AN DEM CLÉMENTINE VERSCHWAND steht in Großbuchstaben auf dem Buchrücken geschrieben.

»Vor zwei Jahren hätte ich es nicht glauben können, dass Romarin mich mal berühmt machen würde«, sagt sie und schiebt das Buch wieder ins Regal zurück.

»Ich auch nicht«, antworte ich.

»Vor zwei Jahren dachte ich auch, es sei besser zu sterben, als zu leben«, fährt Clémentine fort.

Ich nicke und sehe sie vor mir in ihrem Zimmer im Chalet, blass wie ein weißes Kätzchen, während Guillaume und Romarin sie wiederbeleben.

»Vor zwei Jahren dachte ich, so kann es nicht weitergehen«, erklärt sie.

Ihre Stimme ist fester, als ich sie in Erinnerung habe. Dennoch haftet ihr immer noch etwas nicht Greifbares an. Es liegt nicht nur an ihrer Stimme, sondern an ihrer ganzen Art – wie sie redet und sich dabei bewegt.

»Du sagtest, du würdest Antoine auch einladen?« Clémentine fährt sich durchs Haar, fixiert dabei die Foliensterne, die von der Decke hängen. Ich weiß, sie tut nur so, als würde sie die Antwort gar nicht interessieren. Sie ist keine gute Schauspielerin, denke ich und bejahe ihre Frage.

»Und er kommt auch?« Diesmal sieht sie mich an.

»Ja, er hat zugesagt, wie alle anderen auch«, antworte ich.

Clémentine saugt die Unterlippe ein und kaut auf ihr herum.

»Du hast gesagt, es sei in Ordnung für dich. Ist es auch wirklich kein Problem?«, hake ich nach und wünschte, ich hätte mich bei Guillaume noch genauer darüber informiert, ob er Clémentine auch wirklich für stabil genug hielt, um auf Antoine zu treffen – den Mann, in den sie sich verliebt hatte, ohne dass es jemand von uns geahnt hätte. Den Mann, der mich angelogen hatte, als er behauptete, er kenne seine Gäste nicht persönlich, allein die Verbindung zu seinem Bruder sei der Grund für seine Einladung ins Chalet. Den Mann, wegen dem Clémentine schon länger unter Depressionen gelitten und letztendlich hatte sterben wollen, weil ihr sensibles Wesen nicht mit seiner Zurückweisung klargekommen war.

»Mach dir keine Sorgen, Anouk«, sagt Clémentine. »Es ist in Ordnung. Es geht mir gut. Ich glaube, ich kann zum ersten Mal in meinem Leben behaupten, dass ich mehr oder weniger glücklich bin. Ich habe keine Suizidgedanken mehr. Ich möchte leben.«

»Das freut mich«, entgegne ich erleichtert.

Clémentine schenkt mir ein unschuldiges Lächeln. Dann legt sie den Kopf schief und fragt: »Habt ihr euch denn seit damals wiedergesehen? Du und Antoine, meine ich.«

Ich ziehe die Augenbrauen hoch, mustere sie. »Nein«, antworte ich. »Das haben wir nicht. Aber wir haben uns geschrieben. Antoine hat die letzten zwei Jahre auf der Île de la Réunion verbracht. Auszeit, Flucht und Gelegenheit, du weißt schon. Es gab eine freie Stelle an einer Schule, die ihn interessierte. Lehrer werden dort händeringend gesucht.«

»Auszeit ...«, wiederholt Clémentine. Sie hätte es nicht verächtlicher aussprechen können. Erneut schaut sie zur Bücherwand, fährt mit den Fingerspitzen ein weiteres Mal über den Buchrücken von Romarins neuestem Werk.

»Was habt ihr euch geschrieben? Ich meine, was habt ihr euch zu sagen?«

»Clémentine ...«, sage ich und merke im selben Moment, wie zurückweisend und belehrend ich ihren Namen ausgesprochen habe. Ich möchte sie keineswegs verletzen, aber es geht sie nichts an. Sie weiß nichts von der Auseinandersetzung, die Antoine und ich hatten, als Yvette und ich im Tal angekommen waren. Sie hat keine Ahnung, was zwischen ihm und mir steht. Nur Yvette weiß davon. Sie hat es miterlebt.

Ich lege eine Hand auf Clémentines Unterarm, als könnte ich so meinen scharfen Ton wiedergutmachen. Clémentine lässt meine Berührung zu, dann sieht sie mich mit ihren hellen Augen fragend an. Ihre Neugierde verrät mir, dass sie noch nicht über Antoine hinweg ist, denn anders lässt sich ihre Hartnäckigkeit nicht erklären. Ich kenne diesen Drang, alles über den Menschen wissen zu wollen, der einen zurückgewiesen hat, nur zu gut. Auch mich hat er schon beherrscht, sogar so sehr, dass ich Jérôme kurz nach unserer Trennung immer wieder nachstellte. Manchmal hatte ich stundenlang vor der Kanzlei gewartet, bis er endlich aus der Tür kam, und war ihm heimlich gefolgt, um mit eigenen Augen zu sehen, wo und wie er lebte, auch wenn es mir danach jedes Mal noch schlechter ging.

Clémentine wirft mir einen Blick zu, den ich nicht deuten kann. Dann schließt sie die Augen und hebt das Kinn ein Stück an. Als sie die Lider wieder öffnet, fragt sie: »Läuft da was zwischen euch?«

Ich antworte nicht, ihre Frage raubt mir die Worte.

»Du kannst es mir sagen, Anouk. Du musst mich nicht schonen. Ich bin über Antoine hinweg. Aber ich muss dich vor ihm warnen. Er ist kein guter Mensch.«

Wieder entgegne ich nichts, sehe sie mir nur genau an. Ihre klaren Augen, ihre wachsweiße Haut, ihr erdbeerblondes Haar, ihre elfenhafte Ausstrahlung. Clémentine ist wahrhaft bildschön. Es ist unmöglich, sich an ihr sattzusehen.

»Antoine«, fährt sie fort, »ist ein Spieler. Du solltest die Finger von ihm lassen.«

»Wie meinst du das? ... Spieler ...?«, frage ich.

»Er spielt mit Menschen.«

Einer der von der Zimmerdecke herabhängenden Foliensterne beginnt sich zu drehen. Es sieht aus, als hätte ihn jemand angepustet.

»Wer tut das nicht?«, antworte ich, nehme den Blick von dem Stern und richte ihn wieder auf Clémentine. Ich weiß nicht, was ich eigentlich damit sagen möchte. Es klingt einfach nur trotzig, und wahrscheinlich ist es auch so gemeint. Mich ärgert, wie sie über Antoine spricht.

»Ich ...«, erklärt Clémentine und unterbricht meine Gedanken, »... ich spiele nicht mit Menschen.«

»Ganz sicher?«, frage ich zurück.

»Ja, ganz sicher.«

»Und was hast du getan, als du im Chalet zu viele Pillen eingeschmissen hast?«

»Da habe ich mit mir gespielt, mit meinem Leben.«

»Nein«, sage ich sanft und reiche ihr die Hand, die sie nimmt. Schließlich möchte ich ein schönes, harmonisches Fest verbringen. »Du hast mit den Gefühlen von uns allen gespielt.«

3

Guillaume, Romarin und Yvette kommen gleichzeitig an. Clémentine und ich hören sie schon im Treppenhaus laut lachen und sich gegenseitig begrüßen.

Yvette fällt mir in die Arme und möchte mich gar nicht mehr loslassen. Sie drückt mich so fest gegen ihren Busen, dass mir für einen Moment fast die Luft wegbleibt. Ich genieße ihre Umarmung. Sie riecht gut. Eine Mischung aus Heu, Lavendel und frischer Milch. Nach wie vor strahlt sie jene Wärme aus, die ich von Anfang an sympathisch an ihr fand. Auch sonst hat sich Yvette nicht verändert, bis auf ein paar graue Haare, die silbrig an ihren Schläfen blitzen.

Ich möchte ihr sagen, wie leid es mir tut, dass ich ihren Brief nie beantwortet habe, den sie mir kurz nach meiner Rückkehr nach Paris geschrieben hatte und in dem sie mir anbot, für mich da zu sein, wann immer ich sie bräuchte. Doch ich weiß nicht, wie ich es anstellen soll. Einfach diesen Satz ›Es tut mir leid‹ laut aussprechen? Nach dieser langen Zeit, die vergangen ist? Es kommt mir banal vor, mein schlechtes Gewissen mit dieser kurzen Floskel kleinzureden. Daher drücke ich Yvette noch ein wenig fester an mich und flüstere meine Entschuldigung und die Bitte, dass sie mir verzeihen möge, kaum hörbar an ihre Schulter. Dabei habe ich das Bild von einem Bogen Briefpapier vor Augen, auf dem die Tinte des Geschriebenen von meinen Tränen zu einem Aquarell verwischt wird.

»Wir reden später«, sagt Yvette, als sie unsere Umarmung löst und mit lang gestrecktem Hals in Richtung Küche schnuppert. »Weihnachtsgans?«, fragt sie. »Etwa nach elsässischer Art?«

»Ja«, antworte ich, und sie leckt sich die Lippen.

Ich zeige zum Wohnzimmer hin und verkünde, dass Clémentine auch schon da ist. Yvette nickt mir verschwörerisch zu und gibt mir ihre Jacke.

Romarin begrüßt mich wie immer. Er gibt mir einen zu langen Kuss auf die Wange, raunt mir dabei mit seinem tiefen, bärigen Bass ein »Bonjour, schöne Frau« ins Ohr und folgt Yvette sogleich ins Wohnzimmer.

Ich sehe ihm hinterher und wünsche mir, er könnte einen Teil seiner Gefühle für mich auf Yvette übertragen. Gleichzeitig spüre ich einen Anflug von Stolz, weil wir es schaffen, eine Freundschaft zu pflegen, obwohl von Romarins Seite Liebe im Spiel ist. Bärengroße Liebe, wie er nicht müde wird zu behaupten. Ich bewundere ihn für seine Stärke. Ich weiß nicht, ob ich dazu fähig wäre, mich freundschaftlich auf jemanden einzulassen, für den ich intensivere Gefühle hege. Wahrscheinlich nicht. Es würde mich kaputtmachen, jeden Tag ein Stück mehr, bis ich am Boden zerstört wäre.

Ich höre Guillaume sich hinter meinem Rücken räuspern und drehe mich zu ihm um.

»Du hast so laut gedacht«, sagt er, »dass ich mich lieber bemerkbar mache, bevor ich dich noch erschrecke.«

»Feinfühlig wie eh und je«, kontere ich und gehe auf ihn zu. Als ich ihn an mich drücke, spüre ich die Muskeln unter seinem Pullover.

»Und was sagst du zu dem, was ich angeblich so laut gedacht habe?«, frage ich und zwinkere ihm zu.

Guillaume zieht den Pullover über den Kopf, lächelt mich dabei, wie es typisch für ihn ist, mit seinen funkelnden Augen an und drückt die Schultern nach hinten. Sein Hemd spannt über seinem trainierten Oberkörper.

»Was ich dazu sage?« Er zieht die Stirn kraus, reibt das Kinn zwischen Daumen und Zeigefinger und markiert den großen Denker. »Nun, ich sollte dir gratulieren«, erklärt er. »Ich hätte nie gedacht, dass Romarin so selbstlos sein könnte. Eher, dass er für seinen Erfolg seine Mutter verkaufen würde und ganz schnell dabei wäre, seine Krallen auszufahren, sobald jemand es wagt, etwas zu tun, das nicht in seinem Sinn ist. Da habe ich mich wohl gründlich geirrt.«

»Und dazu gratulierst du mir?«

»Ja. Ich glaube nämlich, du hast ihn in den Bären verwandelt, der ihn berühmt gemacht hat. Sanftmütig, schlau und weise.«

Ich nehme Guillaume noch einmal in den Arm. Ich bin dankbar, ihn zu sehen, dankbar für seine Offenheit und seine lebenskluge Art.

»Komm rein!«, sage ich schließlich. »Die anderen warten sicher schon auf uns und werden sich langsam fragen, was wir hier so lange machen.«

Guillaume schüttelt den Kopf. »Bestimmt nicht«, verneint er. »Das würden sie nur, wenn du mit Romarin oder Antoine oder gar mit beiden zusammen hier im Flur stündest. Aber allein mit mir? ... Langweilig ...« Er gähnt demonstrativ und rundet dabei seine breiten Schultern.

»Wenn du das sagst«, antworte ich und boxe gegen seinen Oberarm.

Guillaume lacht und geht durch den Flur in Richtung Wohnzimmer.

»Warte!«, rufe ich ihm gerade noch rechtzeitig nach. Er

bleibt stehen und dreht sich wieder zu mir um. »Bevor wir zu den anderen gehen, bist du dir sicher, es wird gut gehen mit Clémentine und Antoine? Sie hat mich vorher mit Fragen über ihn gelöchert, und ich habe den Eindruck, sie ist noch nicht über ihn hinweg, auch wenn sie es steif und fest behauptet.«

Guillaume kommt mit drei Schritten zu mir zurück, nimmt meine Hand in seine und küsst sie wie ein Gentleman aus einem Schwarz-Weiß-Film. »Da liegst du falsch, Anouk«, sagt er. »Clémentine hat viel an sich gearbeitet. Sie ist stärker, als du denkst. Und Antoine ist Geschichte für sie. Da bin ich mir hundertprozentig sicher.«

Ich ziehe seine Hand an meinen Mund und küsse ihn auf die gleiche Art zurück, wie er es getan hat. Guillaume lächelt warmherzig und deutet einen Knicks an, was mich zum Lachen bringt.

»Kann man denn an seinen Gefühlen arbeiten?«, frage ich, als ich mich wieder eingekriegt habe.

Guillaume zuckt die Schultern. »Probiere es aus, dann weißt du es. Mir persönlich ist es nie geglückt, was nicht heißen soll, dass es unmöglich ist. Bei Clémentine hat es offenbar funktioniert.«

»Sagst du.«

»Sage ich, ja.«

»Hältst du Antoine eigentlich auch für einen Spieler? Clémentine hat mich vor ihm gewarnt.«

»In Clémentines Augen ist er das und wird es wohl auch bleiben. Ob er tatsächlich einer ist, kann ich nicht sagen. Ich weiß nur eins: Es wird höchste Zeit, dass wir das Fest der Liebe feiern. Deine Gans duftet köstlich. Außerdem gibt es so viel zu erzählen. Und ich möchte alles wissen, von jedem Einzelnen!«

4

Die Enttäuschung ist bitter. Ich kann die Begegnung mit den anderen nicht so genießen, wie ich es mir erhofft habe. Antoine ist nicht aufgetaucht, obwohl es bereits auf zehn zugeht.

Während die Zeiger der Uhr im Regal vor mir unaufhaltsam wandern, kann ich mich auf kein Gespräch konzentrieren. Stattdessen spitze ich die Ohren. Wie ein Tier, das lauert, warte ich darauf, dass es jeden Moment an der Tür klingelt und er endlich vor mir steht.

Ich habe uns alle zusammensitzen sehen, lachen, trinken, Spaß haben. In meiner Vorstellung haben wir all das nachgeholt, wozu es im Chalet nicht mehr gekommen war – all das, was Romarin in seiner unnachahmlichen Art eingefordert hatte, als wir noch nicht um den Ernst der Lage wussten: Weihnachten feiern. Und zwar mit allem, was dazugehört. Mit Kerzenlicht, mit Klingelingbimbimliedern, Einigkeit und Innigkeit, mit jahrelang angestauten Empfindlichkeiten, Wünschen und Vorstellungen, mit Ehrfurcht und Nächstenliebe und all diesem Zeug.

Ich habe für jeden ein Geschenk besorgt. Für Guillaume sogar ein ganz besonderes: ein Service en miniature, das ich in einer der Soufflenheimer Keramikwerkstätten anfertigen ließ. Diese Sonderedition hat ein kleines Vermögen gekostet, aber das war sie mir wert. Schon seit Tagen freue ich mich auf Guillaumes Gesicht. Er wird aus dem Staunen nicht mehr herauskommen und mich vor Rührung fast erdrücken, davon bin ich überzeugt.

Auf die anderen warten Kleinigkeiten, Gesten der Wertschätzung, aber nichts so Spezielles wie das, was ich für Guillaume vorbereitet habe.

Dass Antoine nicht erscheint, obwohl er zugesagt hat, verletzt mich sehr. Ich verstehe nicht, warum er mir das antut. Welchen Grund hat er, etwas zu versprechen und es dann nicht einzuhalten? Clémentine hält ihn für einen Spieler, und allmählich glaube ich, dass sie recht hat mit ihrer Einschätzung – und mit ihrer Warnung.

Wo bleibst Du? Alles in Ordnung?, schreibe ich Antoine noch vor dem Hauptgang. Doch keine Reaktion. Seither sehe ich die ganze Zeit auf mein Smartphone. Ich habe es auf meinen Schoß gelegt und stiere wie besessen auf das Display, das einfach nicht aufleuchten will. Natürlich spüre ich die Blicke der anderen, die sich gerade das Dessert schmecken lassen. Jeder von ihnen beobachtet mich. Mir ist auch klar, wie sehr sie sich zusammennehmen, um keinen Kommentar zu meinem Verhalten abzugeben. Du bist gar nicht richtig bei uns. Du siehst pausenlos auf dein Handy. Ihr Schweigen hängt wie ein großer Vorwurf in der Luft. Jedenfalls kommt es mir so vor.

Nach dem Essen ziehe ich mich mit dem Vorwand in die Küche zurück, mich um das benutzte Geschirr zu kümmern. Aber eigentlich ist mir die Lust auf Gesellschaft vergangen. Und aufs Feiern. Ich kann die Freude der anderen nicht teilen. Sie geht mir, ehrlich gesagt, sogar auf die Nerven, weil sie meinen Schmerz zu verhöhnen scheint. Je später der Abend wird, desto mehr will ich für mich allein sein. Ruhe. Einfach nur Ruhe.

Ich nehme das Smartphone zur Hand und schreibe Antoine ein weiteres Mal. Steckst Du im Stau? Wir warten auf

Dich. Wieder kommt keine Reaktion. Du fehlst!, tippe ich spontan in das kleine weiße Feld, lösche meine Worte aber sofort wieder. Es ist aussichtslos. Antoine hat noch keine meiner WhatsApp-Nachrichten gelesen. Die Häkchen sind alle grau, sie wollen einfach nicht in das leuchtende Blau übergehen, das ich mir so sehr wünsche. Ich könnte ihn anrufen. Doch ich traue mich nicht. Zu sehr graut mir davor, dass es ins Leere klingelt. Es ist auch so demütigend genug.

Aus dem Wohnzimmer dringt Gelächter zu mir herüber, dann das Klirren von Gläsern. Ich drücke die Handballen fest gegen meine Augen und sehe dem Feuerwerk an Farben und Formen zu, das hinter meinen Lidern explodiert.

In den letzten zwei Jahren habe ich mehr an Antoine gedacht als an Jérôme. Auch wenn ich so etwas nie für möglich gehalten hätte, haben meine Gefühle für Antoine die Liebe zu Jérôme ersetzt – schleichend, ohne dass es mir gleich bewusst gewesen wäre. Erst an dem Tag, als ich Jérôme zufällig auf der Straße wiedersah, verstand ich, dass ich längst über ihn hinweg war.

Es war früh am Morgen, und wie jeden Tag drehte ich meine Runde durch die erwachende Stadt. Da sah ich ihn. Jérôme war nicht allein. Meine ehemalige Nachbarin begleitete ihn. Sie waren vielleicht zwanzig Meter von mir entfernt. Abrupt blieb ich stehen, versteckte mich sogleich hinter dem nächstbesten parkenden Auto, um nicht von ihnen entdeckt zu werden.

Françoise schob einen Kinderwagen. Links und rechts davon gingen zwei Mädchen, offensichtlich Zwillinge. Sie trugen die Haare zu langen Zöpfen geflochten, die bei jeder Bewegung Jérômes Leben nach mir in die Luft zu pinseln schienen: Familienglück pur.

Ich hörte Jérômes vertrautes Lachen, sah, wie er einem der Mädchen über das Haar strich und es an die Hand nahm, wie er dann seiner Frau einen zärtlichen Blick zuwarf, die gerade ihre Schritte verlangsamte, um sich über den Kinderwagen zu beugen, in dem offensichtlich ein weiteres Kind lag.

Ich stellte mir vor, ich stünde anstelle Françoises dort mit meinem weinenden Kind, und beneidete diese Familie aus tiefster Seele um das, was sie hatte. Doch gerade als ich erwartete, dass mir gleich ein Schwall der Verbitterung die Luft zum Atmen nehmen würde, tat sich nichts dergleichen. Stattdessen spürte ich nur eine tiefe Trauer. Ich senkte den Kopf und starrte zu Boden, als könnte ich das, was ich eben gesehen hatte, wieder vergessen, wenn ich den Asphalt nur sorgfältig genug inspizierte.

Ein Käfer krabbelte an einem der Ölflecke vorbei, die von den parkenden Autos hinterlassen worden waren. Ich sah auf dieses Tier mitten in der Stadt, umgeben von unzähligen Gefahren, und erlebte meine Traurigkeit in diesem Moment zum ersten Mal als bezwingbar. Aus irgendeinem Grund gab mir der Anblick dieses Käfers Kraft. Ich bückte mich, nahm ihn auf, erhob mich wieder und machte den Rücken gerade. Dann trat ich aus meinem Versteck hervor und lief, den Käfer locker in der Faust, los. Jérôme hatte mich noch nicht bemerkt, obwohl ich schon fast auf seiner Höhe war. Schließlich verlangsamte ich den Schritt und trat auf der Stelle, wie es die ambitionierten Läufer an roten Ampeln machen, um nicht aus dem Rhythmus zu kommen. Erst da nahm Jérôme mich wahr.

»Jérôme!«, rief ich und tat überrascht. Ich öffnete die Hand und warf den Käfer in die Luft, der zu meiner Verwunderung davonflog. Ich hatte nicht damit gerechnet, dass er fliegen könnte. Leise erklang das Surren seiner Flügel, dann verstummte es, und der Käfer war weg.

Jérôme starrte mich an. Ich registrierte, dass er mich von oben bis unten scannte und ihm offenbar gefiel, was er sah.

Ich lächelte, drückte die Brust noch ein Stückchen mehr heraus und sagte:»Was für ein Zufall! Schön, dich zu sehen. Ist schon eine Weile her, und wie es aussieht, geht es dir gut.« Beim letzten Satz streckte ich die Arme aus und umkreiste die beiden Mädchen, den Kinderwagen und meine ehemalige Nachbarin, die ich bei der Gelegenheit gleich selbstbewusst mit einem freundlichen Nicken begrüßte und so mühelos in das zufällige Treffen mit einbezog.

Bevor Jérôme zu einer Reaktion fähig war, verabschiedete ich mich rasch mit den Worten, ich müsse weiter, mein Training sei sonst zu lange unterbrochen. Dabei hielt ich demonstrativ mein Handgelenk hoch, damit die junge Familie einen Blick auf die knallrote Pulsuhr werfen konnte, die ich dort trug.

Den Rest der Strecke brachte ich im Sprint hinter mich, mit einem Lächeln auf den Lippen. Es hatte gutgetan, mich nicht zu verstecken, sondern auf Jérôme zuzugehen und die Begegnung zu steuern. Oft genug hatte ich mir vorgestellt, wie unsere erste Zufallsbegegnung ablaufen würde, und dabei stets geglaubt, die dunkelste Wolke am Firmament würde mich dann einhüllen und dermaßen betrüben, dass ich mich endgültig in meiner Wohnung einschlösse, extremer noch als die Jahre zuvor. Am schlimmsten hatte ich mir ein Treffen in dieser besonderen Jahreszeit ausgemalt, in der ich mich noch einsamer fühlte als sonst. Und dann traf ich Jérôme ausgerechnet Anfang Dezember, über ein Jahr ist das nun her.

Doch zu meinem großen Erstaunen verfinsterte sich der Himmel nicht. Im Gegenteil. Die Sonne ging auf, ließ ihre Strahlen auf den grauen, feuchtkalten Asphalt scheinen und verwandelte Paris in einen warmen Ort – so warm, wie man ihn nur von Postkarten kennt, die zu Weihnachten verschickt werden.

Ich lief unter einer Reihe Lichterketten entlang, betrachtete die kleinen, bunten, von Hauswand zur Hauswand gespannten Glühbirnen ganz ohne Groll, nahm auch den Geruch von Zimt und Anis wahr, der von einem weihnachtlich dekorierten Crêpes-Stand zu mir drang. Er machte mir nichts aus, im Gegenteil, ich genoss ihn in vollen Zügen. Das zufällige Treffen mit Jérôme hatte sich als unverhofftes Geschenk entpuppt. Es hatte mir geholfen zu verstehen, was ich eigentlich schon längst geahnt hatte: Ich war frei.

5

Gilberts Bécauds temperamentvolle Stimme reißt mich aus meinen Gedanken. Ich bin mir sicher, dass Romarin die CD aus dem Regal gezogen und aufgelegt hat. Er selbst hat sie mir geschenkt, nachdem ich ihm von Jérôme erzählt hatte und davon, wie nahe mir der Song nach unserer Trennung gegangen war.

Während ich den Worten des Chansonniers lausche, fülle ich mein Weinglas wieder, proste mir selbst zu und nehme einen großen Schluck. Viel zu lange stehe ich nun schon in der Küche und trinke – mehr, als ich vertrage. Mittlerweile spüre ich, wie mir der Alkohol zu Kopf steigt. Doch das hält mich nicht zurück. Ich bin dankbar für seine betäubende Wirkung. Sie lässt mich verdrängen, was für eine schlechte Gastgeberin ich bin.

Ich nehme einen weiteren Schluck, während mir Gilbert Bécaud dabei aus dem Herzen spricht, als besänge er mein Leben:

Der Lebenszweck /
ist eine Straße /
ich habe Angst /
sie allein zu gehen /

Der Weg ist weit /
Wir gehen ihn /
so oft im Traum /
Arm in Arm wir zwei

Noch gehst du /
genau wie ich /
am großen Glück /
vorbei /

Was wird aus mir /
Was soll nun werden /
Ja, was wird nun /
nun aus mir /

Als die Musik endet, betritt Yvette den Raum. Sie mustert mich eine Zeit lang wortlos, dann erkundigt sie sich, ob sie mir helfen könne; ich sei schon so lange verschwunden, ich würde in der Runde fehlen.

In der Runde fehlen, denke ich und hebe mein Glas, drehe damit eine Acht über dem Stapel benutzter Teller, die auf der Arbeitsfläche vor mir stehen. »Mit dem Geschirr kannst du mir helfen, ja«, antworte ich und stelle das Glas wieder ab.

»Und sonst?«, fragt Yvette bemüht.

Ich zucke mit den Achseln.

»Ist es wegen Antoine?«, hakt sie nach und legt den Kopf schief.

Ich nicke und muss im nächsten Moment gegen die aufkommenden Tränen kämpfen. Yvettes Direktheit trifft mich. Es ist typisch für sie, mit ihren Fragen mitten ins Schwarze zu treffen, als wüsste sie haargenau über meine Gefühlswelt Bescheid. Sie stellt sich neben mich und berührt dabei leicht meine Schulter.

»Glaubst du auch, dass er ein Spieler ist? Also einer, der mit Menschen spielt? Und mit mir?«, frage ich und hoffe, dass sie beides verneint.

»Wer sagt das?«

»Clémentine …«

Yvette öffnet die Spülmaschine und beginnt damit, die Teller einzuräumen. »Ich weiß es nicht, Anouk«, sagt sie schlicht. »Aber ich finde, du solltest es selbst herausfinden. Liebe tut weh, so oder so.«

Ich schaue sie an und fühle mich sofort von dem wohlwollenden Blick umarmt, den sie mir schenkt, ohne mit der Arbeit aufzuhören.

»Wie geht es dir und deinen Kindern?«, frage ich rasch – nicht nur, um von mir abzulenken, sondern auch, weil es mich wirklich interessiert.

»Sie sind erwachsen«, sagt sie, »also fast«, und dann lacht sie herzhaft los.

Da erscheint Romarin im Türrahmen. Er hat eine der kleinen roten Christbaumkugeln aus dem Strauß gezogen und mit ihrem Drahtstängel an sein Ohr gehängt. Offensichtlich habe nicht nur ich zu viel getrunken.

»Ich wusste doch, die eigentliche Party findet nicht im Wohnzimmer statt, sondern woanders«, sagt er und hebt launig sein Glas in unsere Richtung. »Was, zum Henker, macht ihr so lange in der Küche?«

Yvette beginnt zu kichern. »Ein konspiratives Treffen unter Frauen«, flüstert sie geheimnisvoll und legt ihren Arm um meine Schulter. »Und gerade haben wir über dich gesprochen.« Sie grinst Romarin herausfordernd an.

»Davon wüsste ich«, bemerkt er leichthin, während er gespielt kokett über die Christbaumkugel an seinem Ohr fährt.

»Ach ja? Woher denn?«, fragt Yvette und lacht wieder los.

»Ich weiß alles«, brummt Romarin.

»Das denkst aber auch nur du!«, gibt sie forsch zurück. Jetzt lacht auch Romarin, während Yvette unruhig die Hüften hin und her schaukelt. Ich beschließe, die beiden allein zu lassen. Leise gehe ich durch den Flur bis zur Wohnzimmertür. Von dort sehe ich Guillaume und Clémentine am Fenster stehen, vor ihnen die rostroten Rentiere. Ganz leise ertönt Bachs Weihnachtsoratorium aus den Lautsprecherboxen. Auch diese CD, ein Geschenk an mich selbst, haben sie entdeckt.

Die beiden sehen in die dunkle Nacht hinaus, Arm in Arm und eng aneinandergeschmiegt. Clémentine hat ihren Kopf an Guillaumes Schulter gelegt, Guillaume den seinen in ihre Richtung geneigt. Ihre vertraute Nähe strahlt bis zu mir herüber, fängt mich ein. Ich wende mich von ihnen ab und lasse sie allein in ihrer geschwisterlichen Zweisamkeit.

Ich öffne die Wohnungstür, trete ins kalte Treppenhaus. Leise ziehe ich die Tür hinter mir zu, atme tief durch und drücke den Lichtschalter. Ich breite die Arme aus und gleite die Stufen hinunter bis vors Haus. Erst auf dem Trottoir bleibe ich stehen, lege den Kopf in den Nacken. Ich schaue in den sternenlosen Himmel zum milchigen Mond und seiner wie ausgefranst wirkenden Aureole. Ich sehe meinem Atem zu, wie er flüchtige Gemälde in die Nachtluft malt. Alles dreht sich. Himmel, Erde, Mond. Ich greife nach den Atembildern, möchte mich an ihnen festhalten. Doch die Welt um mich herum dreht sich nur noch mehr. Also sehe ich langsam zu Boden, konzentriere mich auf den Rand des Bordsteins, fixiere zwei Kieselsteine, die sich berühren, als gehörten sie zusammen. Allmählich legt sich das Karussell, und ich schließe die Augen, um für einen Moment die Stille und die Dunkelheit zu genießen. Da taucht plötzlich ein Gesicht vor meinen Lidern auf, klar und deutlich. Es ist das von Antoine, als er Yvette und mir an jenem stürmischen Weihnachtstag in Vogelthal die Tür öffnete. Ich werde dieses Gesicht nie vergessen. Nie.

Das Antlitz der Erleichterung.

6

Antoine wirkte freudig nervös, als er uns sah. Er humpelte auf uns zu, nahm erst meine Hand, dann die von Yvette und zog uns rasch in die Diele, um sogleich den Sturm und die Eiseskälte mit der schweren Eingangstür auszuschließen. Ich sah sofort, dass er verletzt war. Notdürftig hatte er einen Verband angebracht, der von der linken Schulter quer über die Brust bis zum rechten Arm reichte.

»Was für eine ungemeine Freude, euch zu sehen!«, platzte er heraus, und ich weiß noch, wie sehr ich mich wieder einmal über seine gestelzte Art zu sprechen wunderte, selbst in dieser Situation, in der ich zitternd vor Kälte und Erschöpfung in meinem ehemaligen Elternhaus stand und es mir vorkam, als wäre ich einmal quer durch die Zeit gereist und nur aus Versehen hier gelandet.

Antoine hörte gar nicht auf zu reden, die Sätze sprudelten nur so aus ihm heraus, während wir vor ihm standen, erst einmal unfähig, uns zu rühren, nur heilfroh darüber, endlich angekommen zu sein.

»Geht es euch gut? Wo sind die anderen? Wie habt ihr das nur geschafft, es hat ja so viel mehr Schnee als zu dem Zeitpunkt, als ich vom Chalet weg bin«, sagte er aufgeregt, wartete jedoch keine Antwort ab. Antoine redete einfach weiter, ohne richtig Luft zu holen. »So etwas habe er noch nie erlebt. Der Schneesturm hat mich gnadenlos erwischt, als ich mich auf halber Strecke ins Tal befand. Plötzlich neigten sich die Bäume über mir, als wollte mich der Wald nicht mehr gehen lassen. Am Anfang fand ich das noch beeindruckend, doch als der Wind immer stärker wurde, begann mir das ungeheure Getöse Angst einzujagen. Von überallher hörte ich Äste krachen, und das Jaulen des Windes verfolgte mich auf Schritt und Tritt, nirgendwo gab es Schutz. Die Bäume waren selbst zu einer Gefahr geworden. Außerdem sah ich kaum mehr die Hand vor Augen. Nonosch …«, Antoine hielt inne, seine Unterlippe zitterte, und ich glaubte schon, er würde jeden Moment in Tränen ausbrechen, »… hörte nicht auf zu bellen, immer in meiner Nähe. Ich versuchte, ihn zu beruhigen, um mich selbst zu beruhigen. Doch stattdessen wurde er nur noch nervöser. Ich glaube, er wollte mich beschützen … Es ging alles so schnell … Ich habe die Tanne nicht kommen sehen. Plötzlich war sie da und … Nonosch …«

Erst da machte Antoine eine Pause und sah mich an, die Augen voller Trauer, die Lippen verkniffen. Mit einem Mal wirkte er nicht mehr wie der sportliche, jung gebliebene Mann, der mich mit seiner attraktiven Erscheinung auf dem Friedhof überrascht hatte. Ich ahnte, wie sehr ihn der Verlust seines Hundes schmerzte. Zwischen ihm und dem Tier hatte es diese besondere Verbindung gegeben, die ich schon oft bei Hundebesitzern beobachtet hatte, wenn ich in den Parks von Paris unterwegs gewesen war. Zugleich erkannte ich an Antoines intensivem Blick aber auch, dass er genau wie ich an das tragische Ende meiner Eltern dachte.

Manchmal, wenn ich an diese Zeit zurückdenke, überlege ich, ob es vielleicht so hatte kommen müssen, damit ich die Themen noch einmal durchlebte, die ich nie verarbeitet, sondern lediglich verdrängt hatte. Doch dann sage ich mir wieder, ich sollte aufhören, mir etwas zusammenzureimen, nur weil ich die Sinnlosigkeit eines tragischen Ereignisses nicht akzeptieren kann.

»Es tut mir leid, was deinem Hund zugestoßen ist«, sagte ich mit gedämpfter Stimme. Und Yvette ergänzte: »Wir haben ihn gefunden. Wir haben uns große Sorgen um dich gemacht, wir dachten schon, du ...«

»Es geht mir gut«, unterbrach sie Antoine.

»Bist du schlimm verletzt?«, fragte Yvette und deutete auf seine Schulter.

Antoine schüttelte den Kopf. »Es sieht schlimmer aus, als es ist. Die Schulter schmerzt, und das Bein spüre ich auch. Aber ich glaube nicht, dass es etwas Gravierendes ist. Sobald sich die Lage beruhigt hat, werde ich zum Arzt gehen. Momentan herrscht überall Chaos. Ganze Dächer sind eingestürzt, es gab zig Unfälle. Die Polizei, die Bergwacht und die Feuerwehr haben alle Hände voll zu tun. Ich habe mit etlichen Leuten telefoniert und ihnen mitgeteilt, dass ihr womöglich im Chalet eingeschneit seid, dass es keine Verbindung zu euch gibt und dass ich nicht weiß, ob alles in Ordnung ist. Sie sagten, sie würden sich darum kümmern, sobald sie die Lage im Griff hätten. Erst einmal habe eure Bergung jedoch keine Priorität, da es sich nicht um einen Notfall handele.«

Eine bedrückende Stille entstand, in der ich schon fast glaubte, den Schnee vor der Tür fallen zu hören.

»Clémentine ...«, begann ich, »... sie braucht Hilfe! Wir mussten sie wiederbeleben.«

Antoine sah mich ungläubig an. »Was ist denn passiert?«

»Das wissen wir nicht. Sie ist plötzlich ohnmächtig geworden. Romarin und Guillaume haben ihr wahrscheinlich das Leben gerettet. Aber was genau vorgefallen ist ... darüber können wir nur spekulieren.«

»Wenn du mich fragst«, sagte Yvette und suchte in meinem Blick nach Bestätigung, »ist Clémentine entweder drogenabhängig, oder sie hat versucht, sich das Leben zu nehmen.«

Antoine fiel in sich zusammen wie eine Marionette, die man plötzlich abgelegt hatte. Seine Arme hingen schlaff herunter, das Kinn hatte er bis aufs Brustbein gesenkt. Im nächsten Moment begann sich sein ganzer Körper zu schütteln wie von unsichtbarer Hand bewegt – und ein langer, markerschütternder Klagelaut brach sich aus seinem tiefsten Inneren Bahn. Mir gefror das Blut in den Adern. Unzählige Male hatte ich versucht, in Romanen, die ich übersetzte, diese Floskel zu umgehen, selbst dann, wenn es die wörtliche Übersetzung gewesen wäre. Ich hatte diese Phrase immer für zu schwach gehalten, als würde sie dem, was eigentlich ausgedrückt werden sollte, die Brisanz nehmen; mehr noch, als würde sie eine außerordentlich starke Empfindung verhöhnen. Doch das, was mir in jenem Augenblick widerfuhr, entsprach haargenau diesem Ausdruck: Mir gefror das Blut in den Adern.

»Es ist meine Schuld«, brachte Antoine mühsam hervor, nachdem er sich einigermaßen von der Nachricht erholt hatte. Er war kaum zu verstehen, so sehr verschluckte er die Worte.

»Was ist deine Schuld?«, fragte Yvette vorsichtig.

»Alles«, entgegnete Antoine. »Alles.«

7

Antoine hatte mir nicht alles erzählt an unserem gemütlichen Abend vor dem Kamin mit den leckeren Salbeinudeln. Zwar hatte er nicht ausdrücklich gelogen. Aber er hatte einen Teil seiner Vorgeschichte weggelassen, angeblich weil er ihm keine Bedeutung beigemessen hatte. Ganz im Gegensatz zu Clémentine. Doch das sollte Antoine erst am nächsten Tag begreifen, als ihn Clémentine während des Aufstiegs zum Chalet mit ihren Gefühlen konfrontierte.

Es entsprach durchaus der Wahrheit, dass sich Antoines Bruder Hals über Kopf in Clémentine verliebt hatte. Wochenlang war Cédric vor dem Schaufenster in der Innenstadt von Colmar herumgeschlichen, in der Hoffnung, sie beobachten zu können. Selbst als ihm das Laufen schon schwergefallen war und die Medikamente ihn eigentlich zur Ruhe zwangen, hatte er darauf bestanden, Clémentine aufzusuchen. Er wusste, wann sie zur Arbeit ging und wann sie Feierabend machte. Er wusste sogar, zu welcher Tageszeit die Chancen gut standen, sie im Schaufenster beim Dekorieren anzutreffen.

Antoine begleitete seinen Bruder jedes Mal. Er sah, wie Cédric aufblühte, seit er sich verliebt hatte, wie rosig die Wangen in seinem bereits maskenhaften Gesicht wirkten. Doch zugleich erkannte er, wie sehr es seinen Bruder schmerzte, keine Zukunft mehr zu haben. Cédric verspottete den Lebenshunger, den Clémentine bei ihm nährte, mit blankem Zynismus. Mehr als nur einmal scherzte er, der Anblick von Clémentines engelsgleichem Wesen würde den Sensenmann gewiss milde stimmen. Gevatter Tod sei schließlich auch nur ein Mann. Und sobald seine Angebetete es geschafft hätte, dass die Sense auch nur für einen Moment stillstünde, wäre er bereit dazu, um ihre Hand anzuhalten oder sie zumindest auf ein Glas Wein einzuladen – im Himmel, auf Wolke sieben, wo denn sonst?

Am Anfang respektierte Antoine Cédrics Entscheidung, Clémentine auf keinen Fall ansprechen zu wollen, sondern sie nur zu beobachten. Doch irgendwann hatte er genug davon, seinen Bruder derart leidend und zugleich hoffnungsvoll zu sehen. Antoine beschloss, Cédric ein Geschenk zu machen und ihn mit einem romantischen Abend mit Clémentine zu überraschen. Um sein Vorhaben zu planen, fing er die junge Frau eines Tages kurzerhand vor dem Laden ab. Er fragte sie geradeheraus, ob sie einverstanden sei, ihn in ein Café zu begleiten – er habe ein dringendes Anliegen, und sie würde ihm einen großen Gefallen tun, wenn sie seine Einladung annähme.

Clémentine sagte ohne zu zögern Ja und folgte Antoine. Sie verliebte sich auf der Stelle in ihn, was Antoine allerdings nicht mitbekam, so sehr war er darauf konzentriert, seinem Bruder eine Freude zu machen und das wohl letzte Rendezvous seines Lebens vorzubereiten.

Vorsichtig erklärte er Clémentine die vertrackte Situation und seinen heimlichen Plan – der natürlich davon abhing, dass sie zustimmte, mit seinem Bruder einen Abend in einem der besten Restaurants von Colmar zu verbringen.

Wieder zögerte Clémentine keinen Augenblick, bevor sie einwilligte. Antoine war äußerst erleichtert darüber, wie mühelos sich sein Vorhaben umsetzen ließ, und er beschrieb Clémentine genauestens, wie ihr Treffen mit Cédric ablaufen musste, um nach reinem Zufall auszusehen. Sein Bruder mochte es nämlich ganz und gar nicht, hintergangen zu werden, selbst wenn es in der Absicht geschah, ihm eine Freude bereiten zu wollen.

Clémentine sollte am folgenden Tag um dreizehn Uhr ins Schaufenster treten. Antoine würde dafür sorgen, dass Cédric um diese Zeit vor der großen Fensterscheibe stand, um sie zu beobachten. Zunächst sollte Clémentine Antoines Bruder ein vorsichtiges Lächeln schenken und ihm daraufhin rasch den Rücken zudrehen, um kurz darauf wieder seinen Blick zu suchen und ihn erneut anzulächeln. Antoine war sich gewiss, allein diese Aktion würde für Cédric das pure Glück bedeuten – und ihn dazu bewegen, am Folgetag zur gleichen Zeit wieder vor dem Schaufenster zu stehen, in der Hoffnung, ein weiteres Mal die Aufmerksamkeit seiner Angebeteten zu bekommen. Bei dieser Begegnung sollte Clémentine ihm dann mit Gesten bedeuten, sie habe ihm etwas zu sagen. Dann sollte sie zu ihm raus auf die Straße kommen, auf ihn zugehen und ihn kurzerhand fragen, ob er Lust habe, sie in ein Restaurant ihrer Wahl auszuführen. Cédric würde vor Begeisterung gar nicht mehr wissen, wo ihm der Kopf stand, und garantiert sofort zusagen, ohne darüber nachzudenken, dass er nicht mehr lange zu leben hatte.

So sah es zumindest Antoines Plan vor. Cédric jedoch war zwar sterbenskrank, aber deshalb noch lange nicht naiv. Er durchschaute sofort, was vor sich ging, als Clémentine mit ihrem Vorschlag ankam. Er argwöhnte auch sogleich, wer dahintersteckte, und wurde daraufhin ziemlich wütend.

Letztlich gingen Cédric und Clémentine nie miteinander aus. Und es verstrich eine geraume Zeit, ehe Clémentine wieder etwas von Antoine hörte. Sein Bruder war schon länger verstorben, und Antoine hatte mittlerweile die Hütte saniert und den Plan, Cédrics Andenken mit dem Ort der verlorenen Herzen zu ehren, als er Clémentine eine Einladung zukommen ließ mit dem Vorschlag, Weihnachten doch im Chalet zu verbringen.

In Vogelthal angekommen, verhielt sich Clémentine recht merkwürdig. Fahrig und aufgekratzt stand sie mit ihrem Rucksack vor Antoine und suchte seine Nähe. Antoine wunderte sich über ihre eindeutigen Bemühungen, ihn zu umgarnen. Sie waren geradezu aufdringlich. Außerdem war ihm nicht entgangen, wie dünn Clémentine geworden war, seit er sie zum letzten Mal gesehen hatte. Irgendetwas an ihr wirkte unstimmig, nicht im Lot, doch er wäre nie auf die Idee gekommen, ihr Verhalten könnte etwas mit ihm zu tun haben.

Erst beim Aufstieg, als Clémentine sich im Gegensatz zu den anderen nicht ein paar Meter hinter ihm hielt, sondern tapfer neben ihm herstapfte, klärte sich die Situation. Das heißt, Clémentine klärte sie ganz direkt, indem sie Antoine gestand, wie froh sie sei, dass er damals den ersten Schritt gemacht und sie angesprochen habe. Sie sei ganz sicher, denn die Sterne hätten es ihr verraten, dass er jetzt, nach der angemessenen Trauerzeit, bereit sei, ihre Gefühle zu erwidern. Nie hätte sie sich träumen lassen, einmal dermaßen verrückt nach jemandem zu sein, der genau dasselbe fühlte wie sie. Sie beendete ihr Geständnis atemlos und mit den leidenschaftlichen Worten: »Ich liebe dich. Ich liebe dich so sehr, wie ich noch nie jemanden geliebt habe.«

»Ich bin so ein Feigling«, bemerkte Antoine kleinlaut und sah zu Yvette und mir. »Aber ich war völlig überfordert, als Clémentine derart enthusiastisch auf mich einredete. Das lag auch an der Art und Weise, wie sie mir ihre Beichte vermittelte – das Ganze hatte etwas ... Ich weiß nicht genau, wie ich es ausdrücken soll, aber sie wirkte geradezu besessen, als würde sie mich mit einem großen Netz einfangen und nie wieder loslassen wollen. Für sie bestand keinerlei Zweifel daran, dass ich sie ins Chalet eingeladen hatte, weil ich ihre Liebe erwiderte. Das war ihre Wahrheit – die einzige, die sie gelten ließ.«

Antoine wischte sich die Augen mit dem Hemdsärmel trocken. Es war ihm anzusehen, dass er sich schuldig fühlte.

»Was hätte ich denn tun sollen?«, fragte er weniger uns als sich selbst. »Ich musste sie doch zurückweisen und ihr die Wahrheit sagen, dass ich nichts für sie empfand und sie da etwas falsch interpretiert hatte. Vorsichtige Andeutungen wären nicht zu ihr durchgedrungen, so, wie sie sich hineingesteigert hatte.«

»Wie hat sie reagiert?«, fragte ich.

»Überhaupt nicht. Das war wirklich seltsam. Sie verdrängte die Abfuhr komplett und tat einfach weiterhin so, als würde ich ihre Gefühle erwidern. Hartnäckig versuchte sie, meine Hand zu nehmen und mir ihre Nähe aufzuzwingen. Mir war das wirklich unangenehm. Also blieb ich stehen, um auf die anderen zu warten.«

»Stimmt, ich erinnere mich noch«, warf Yvette ein.

»Mir war einfach nicht wohl dabei, die ganze restliche Strecke dicht neben Clémentine herzulaufen.« Antoine hielt inne und holte tief Luft. »Ich hatte ja keine Ahnung, sonst hätte ich sie doch niemals eingeladen!«

»Und wie ging es weiter?«, wollte ich von ihm wissen.

»Als wir das Chalet schließlich erreichten, bemühte ich mich, vor der Gruppe so zu tun, als sei alles in Ordnung. Ich hätte nicht weggehen dürfen, nur weil ich Zeit zum Nachdenken haben wollte. Das war fahrlässig. Nonosch hat dafür mit seinem Leben bezahlt ... Und Clémentine ... Das alles wäre nicht passiert, wenn ...«

»Das kannst du nicht wissen«, unterbrach ihn Yvette. »Du bist nicht dafür verantwortlich, dass Clémentine solche Probleme mit Zurückweisung hat. Also hör auf, dir die Schuld daran zu geben. Das hilft niemandem weiter.«

Ich pflichtete ihr bei.

8

Die Hand auf meiner Schulter lässt mich aufschrecken, holt mich rasch aus meinen Gedanken in die Gegenwart zurück. Ich wanke und mache einen vorsichtigen Schritt vom Bordstein auf die Straße. Zwischen zwei parkenden Autos drehe ich mich um.

Vor mir steht Antoine. Wie bei unserer ersten Begegnung auf dem Friedhof trägt er Jeans, eine dunkelblaue Daunenjacke und die farblich dazu passende Wollmütze tief in die Stirn gezogen. Ich sehe ihm ins Gesicht, und sein treuer Blick berührt mich sofort. Wie schon am Grab meiner Eltern umfangen mich die Strahlen seiner geheimnisvollen Aura und ziehen mich zu ihm hin.

Déjà-vu.

»Hallo, Anouk.«

Er spricht meinen Namen ganz langsam aus, als würde es ihm schwerfallen, ihn über die Lippen zu bringen. Das Herz klopft mir bis zum Hals. Ich atme immer schneller, während ich ihn anstarre. Im nächsten Moment spüre ich, wie mir die Tränen kommen. Obwohl ich mit aller Kraft versuche, sie zurückzuhalten, bin ich machtlos gegen ihr unaufhaltsames Fließen, mit dem endlich die unerträgliche Anspannung dieses langen Abends aus mir herausströmt. Ich kämpfe gegen den Impuls an, Antoine um den Hals zu fallen und mein Gesicht in seine Daunenjacke zu drücken, damit meine Tränen unbemerkt in ihrem weichen Stoff versickern. Ich möchte ihm nicht offenbaren, wie dünnhäutig ich mich fühle. Antoine soll auf keinen Fall erfahren, was für ein Sturm in mir tobt.

Er ist ein Spieler, erklingt Clémentines Stimme hell und klar in meinem Kopf. Liebe tut weh, so oder so, wendet Yvette ein und verdrängt damit Clémentines Warnung aus meinen Gedanken.

Insgeheim sehne ich mich danach, Antoines Duft einzuatmen, für einen Moment in seinen Armen Energie zu tanken und ihm zu gestehen, wie froh ich bin, dass er endlich da ist. Doch mir fehlt der Mut dazu. Außerdem ist es nur die halbe Wahrheit, denn ein Teil von mir würde am liebsten mit Fäusten auf ihn eintrommeln und ihm vorhalten, wie enttäuscht ich bin, dass er mich im Stich gelassen hat – nicht nur am heutigen Abend, sondern auch mit seiner spontanen Entscheidung, auf die Île de la Réunion zu verschwinden und sich nicht der Situation und damit mir zu stellen.

»Gehen wir ein paar Meter?«, fragt Antoine und bietet mir seinen Arm an.

Ich schaue ihm erst ins Gesicht, dann auf den gebeugten Arm, in den ich mich einfach nur einhängen müsste, und zuletzt hinauf zu meiner Wohnung. Guillaume und Clémentine stehen immer noch zusammen im hell erleuchteten Fenster, wie eingefroren in ihrer vertrauten Zweisamkeit. Ihr Anblick rührt mich ein weiteres Mal, und ich spüre, wie sich eine versöhnliche Stimmung in mir ausbreitet.

Die Stadt ist still. Stiller als sonst. Nur wenige Autos fahren auf der Straße, kaum ein Mensch ist unterwegs. Es ist schon spät am Abend, und es ist Weihnachten. Das Fest der Liebe, höre ich meine Tanten sagen, unverbesserlich wie eh und je.

Ich nicke wortlos, wende den Blick von meinem Fenster

ab und wieder Antoine zu. Langsam gehe ich an ihm vorbei. Sein Angebot, mich bei ihm einzuhaken, möchte ich nicht annehmen. Es ist nicht der richtige Moment, um sich körperlich nahe zu kommen. Zu viel Unausgesprochenes steht zwischen uns.

Antoine folgt mir, und plötzlich spüre ich, wie er seine Daunenjacke auf meine Schultern legt.

»Du erkältest dich noch«, sagt er, »in diesem dünnen Kleid und ohne Mantel.«

Ich kann seinen Duft nach frischem Holz und Seife riechen und möchte auf der Stelle vergessen, welchen Grund ich habe, vorsichtig ihm gegenüber zu sein. Doch ich belasse es bei dem Abstand, den ich zwischen uns gebracht habe.

Wir gehen im Gleichschritt, aber schweigen uns an. Fast alle Fenster in den Häusern am Straßenrand sind erleuchtet. Ihr Licht zeichnet warme Flecken auf den kalten Boden und weist uns den Weg durch die dunkle Nacht.

Wir kommen am Supermarkt vorbei, dann am Asia-Shop in der Rue Labrouste, den ich einmal in der Woche aufsuche, um Palmherzen zu kaufen.

Antoine und ich gehen immer weiter geradeaus, ohne nach links oder nach rechts zu sehen. Einträchtig setzen wir einen Schritt vor den anderen, unaufhaltsam, als hätten wir ein klares Ziel vor Augen. Ich passe mich seinem Tempo an und er sich meinem. Gemeinsam laufen wir die Straße entlang, ohne zu hinterfragen, worauf wir zusteuern.

Irgendwann nimmt Antoine meine Hand und hält sie fest in seiner. Diesmal lasse ich die Berührung zu. Ich spüre sein Herz in seinen Fingern pochen und bin mir sicher, es hat denselben Rhythmus wie meines.

»Ich habe etwas für dich«, erklärt er, während wir den Zebrastreifen zur Rue du Lieuvin überqueren. Ein Auto fährt an uns vorbei. »Joyeux Noël!«, grölt ein Halbstarker lachend aus dem heruntergelassenen Autofenster und streckt dazu einen Arm heraus, eine Flasche Champagner in der Hand, mit der er uns zuprostet. Kraftvoll wummert der Bass aus den Lautsprecherboxen bis nach draußen.

»Ich hoffe, es ist etwas Gutes«, sage ich und schaue dabei den Rücklichtern des Autos hinterher, bis es in der nächsten Seitenstraße verschwindet.

Antoine drückt zaghaft meine Hand, es ist kaum spürbar. Doch ich nehme seine Berührung wahr und drücke leicht zurück, in der Hoffnung, dies sei seine Art der Bestätigung, dass es sich tatsächlich um etwas Gutes handele.

»Es ist etwas, das dir gehört und das ...« Er zögert.

Ich drossele meine Geschwindigkeit, bleibe stehen, lasse seine Hand los und sehe ihn an.

»Ja?«, frage ich. Meine Stimme zittert, und plötzlich habe ich einen Verdacht. Vielleicht ist es das fehlende Teil, das mich vielleicht wieder zu einem vollständigen Menschen macht. Doch ich bin mir nicht sicher, ob ich dieses fehlende Teil überhaupt brauche oder will. Ob es nicht vielleicht auch anders möglich ist, mich irgendwann einmal wieder ganz zu fühlen. Immerhin bin ich auf einem guten Weg. Ich habe mein Leben besser im Griff als früher, als ich noch gar nichts von alldem wusste.

Antoine greift wieder nach meiner Hand und zieht sie zu sich hin. Er wirkt aufgeregt, fast so, als hätte er Sorge, ich könnte davonlaufen.

»Anouk«, sagt er. »Es tut mir leid. Es hätte bei den Briefen liegen sollen. Ich hatte es herausgenommen, weggelegt – und nach all dem, was vorgefallen war, verdrängt.« Antoine senkt den Kopf. »Das Foto ist mir erst vor ein paar Tagen wieder in die Hände gefallen, als ich das Haus von

Cédric ausräumte, sonst hätte ich ...« Er bricht mitten im Satz ab, und es ist deutlich zu sehen, wie schwer es ihm fällt, weiterzusprechen. Ich schließe die Augen, atme die kühle, schneidende Nachtluft tief ein.

Die Briefe, denke ich und stehe mit einem Mal wieder im Haus meiner Eltern.

9

Ich staunte, wie viel Antoines Bruder verändert hatte. Während die Diele mit ihren blaugrauen Mosaikfliesen noch aussah wie früher, waren im Wohnzimmer meiner Eltern die Tapeten durch eine moderne graue Wandfarbe ersetzt worden. Auch der Boden war neu. Statt auf knarzenden Holzplanken, die stets unter der Last meiner Schritte geächzt hatten, stand ich jetzt auf weinrotem Linoleum. Der Raum wirkte großzügiger durch die Neuerungen, aber auf eine merkwürdige Art unwirklich. Wie ein Showroom in einem Einrichtungshaus, in dem man sich zwar kurz niederlässt, aber niemals heimisch werden kann. Ich fröstelte bei dem Gedanken, dass das Leben von Antoines Bruder hier zu Ende gegangen war.

Als ich mich weiter umsah, blieb mein Blick bei den Fenstern hängen. Sie kamen mir breiter vor, und die vertrauten Sprossen fehlten. Die Fenster mussten ebenfalls ausgetauscht worden sein. Ich konnte ungestört nach draußen auf die Weinberge sehen, die unter dem vielen Schnee wie eine einzige weite, ebene Fläche ohne Abgrenzung zum Himmel wirkten.

An den Wänden standen raumhohe Regale, die bis auf vier Reihen mit Büchern komplett leer waren. Fast so, als hätte man angefangen, sie einzuräumen, es aber kurze Zeit später schon wieder aufgegeben.

In der Mitte des Raums thronte ein dunkler, massiver Tisch, übersät mit Papieren und Briefumschlägen. Antoine steuerte direkt darauf zu und machte sich hastig daran, ihn freizuräumen, indem er alles zu einem Haufen zusammenschob und in eine Blechkiste fallen ließ, die er vom Boden aufgehoben hatte.

Ich hauchte auf meine Finger. Seit wir bei Antoine angekommen waren, fühlten sie sich taub an. Noch nicht einmal das Handy hatte ich betätigen können, um Hilfe für Clémentine zu holen, so wenig hatten mir meine Finger gehorchen wollen. Letztendlich war es Antoine gewesen, der die Notrufnummer gewählt hatte.

»Hast du etwa gerade Weihnachtspost gemacht?«, fragte Yvette irritiert, als Antoine den Deckel der Blechkiste über den vielen Briefen schloss und sie hinter sich ins Regal stellte.

Antoine sah auf. »Nein«, sagte er bestimmt, »das hier« – er machte eine ausladende Geste über den inzwischen leer geräumten Tisch – »hat mit Weihnachten nichts zu tun.«

Weihnachten, dachte ich und lauschte dem Klang des Wortes nach. Was hatte ich mit diesem Tag alles verbunden? Seit dem Tod meiner Eltern vor allem eines: den Albtraum der Einsamkeit. In diesem Jahr war ich regelrecht aus Paris geflohen, um diesem Fest zu entgehen oder vielmehr der zur Schau gestellten Heimeligkeit anderer, die das Leben lebten, das ich mir immer für mich selbst gewünscht und nicht erreicht hatte. Im Grunde genommen war es das Leben meiner Eltern. Und nun befand ich mich ausgerechnet an Weihnachten in meinem ehemaligen Elternhaus, und all das, was mich die letzten Jahre frustriert hatte – das Gefühl, allein zu sein, und mein Groll darauf, was andere, vor allem Jérôme, im Gegensatz zu mir erreicht hatten –, war plötzlich bedeutungslos geworden. Untergegangen im Schnee. Weggeweht vom Sturm.

»Was sind das denn für Briefe?«, fragte ich und wunderte

mich über meine Neugierde. Die Briefe gingen mich nichts an.

Antoine sah mich eindringlich an und wand sich dabei, als müsste er eine schwerwiegende Entscheidung treffen. Ich wurde nicht schlau aus seiner Körpersprache. Offensichtlich war ich mit meiner Neugierde zu weit gegangen.

Dann aber stellte er sich aufrecht hin und sagte: »Es tut mir leid, Anouk, ich wollte dir die Briefe nicht zwischen Tür und Angel geben, und auch nicht so, in dieser Situation.«

Ich begriff nicht, was er mir mitteilen wollte. Fragend sah ich in seine grünen Augen, verlor mich für einen Moment in ihnen und schaute dann zu Yvette, in der Hoffnung, sie könnte mir erklären, was Antoine mir zu sagen versuchte. Doch Yvette hob nur die Schultern und machte ein unwissendes, zugleich sorgenvolles Gesicht, als wollte sie sich aus unserem Gespräch heraushalten, als ginge das nur mich und Antoine etwas an.

Am Rande meines Blickfelds bemerkte ich eine Krähe, die direkt vor dem Wohnzimmerfenster landete und zu uns hereinsah, den Kopf leicht zur Seite geneigt. Ich fragte mich, ob es die gleiche Krähe war, die ich auch bei meiner Ankunft auf dem Friedhof gesehen hatte. Ob ihr erneutes Auftauchen bedeutete, dass ich dieses Mal unbedingt auf sie hören und diesen Ort schnellstmöglich verlassen sollte. Als ich zu ihr guckte, drehte sie sich um und hinterließ mit ihren Füßen kleine, tannenzweigähnliche Abdrücke in dem jungfräulichen Schnee, der die Landschaft fast zum Verschwinden brachte. Für einen Moment kam ich mir vor wie eine Schauspielerin in einem Stummfilm. Das Schwarz der Krähe, das Weiß um sie herum. Dazu kein Geräusch. Die Welt hinter der Fensterscheibe versank in der gedämpften

Stille des Schnees, der, von meinem ehemaligen Elternhaus aus betrachtet, plötzlich nichts Bedrohliches mehr hatte. Ganz im Gegenteil, von hier wirkte das Naturschauspiel so harmlos wie eine unbemalte Leinwand. Selbst der Sturm schien sich allmählich zu legen.

»Ich habe die Kiste mit den Briefen im Chalet gefunden, als es noch eine Hütte war«, hörte ich Antoine sagen. »Sie war unter den Holzplanken versteckt, in dem Zimmer, das du dort bezogen hast.«

Ich nickte, während ich weiter die Krähe verfolgte und die Fußspuren, die sie im Schnee hinterließ.

»Es war reiner Zufall«, fuhr Antoine fort. »Wäre ich nur eine Stunde später zur Baustelle gekommen, hätten die Handwerker die Kiste samt Inhalt womöglich einfach entsorgt oder über sie drüberparkettiert.«

Da löste ich meinen Blick von dem dunklen, lautlosen Vogel und richtete ihn auf Antoine. »Was willst du mir denn eigentlich sagen?« Meine Stimme glich einem Hauchen, als müsste ich mich ihrer erst einmal vergewissern.

»Du wirst es verstehen, wenn du die Briefe gelesen hast«, sagte Antoine, nahm die Blechkiste aus dem Regal und hielt sie mir hin.

Ich war unfähig, ihm die Kiste abzunehmen. Ich wollte nichts aufgezwängt bekommen, das mir Unbehagen bereitete. Ich verstand auch nicht, was hier gerade vor sich ging, während es doch um Clémentine und die anderen gehen sollte, die oben im Chalet dringend Hilfe benötigten.

Als könnte Antoine meine Gedanken lesen, erklärte er: »Der Notarzt ist bereits auf dem Weg ins Chalet. Mehr können wir im Moment nicht tun.« Dann hob er die Blechkiste leicht an – eine Aufforderung an mich, sie endlich zu nehmen.

»Wieso willst du unbedingt, dass ich diese Briefe bekomme?«, fragte ich.
»Weil sie für dich sind.«
»Und wie kommst du darauf?«
»Ich habe sie gelesen, und ich habe sie so verstanden.«
Ich starrte auf die Kiste in seiner Hand. Der Deckel hatte Beulen abgekriegt. Man konnte erkennen, dass ein paar Buchstaben in ihn eingestochen waren, vermutlich mit einer dicken Nadel oder einem Nagel. Es dauerte eine Weile, bis ich sie entziffert hatte. Schließlich las ich: Für Ines.
Das verwirrte mich noch mehr. Was sollte das alles? Weshalb hielt mir Antoine eine Blechkiste hin, die offenbar einer Inès gehörte und die er mir eigentlich gar nicht hatte geben wollen, wenn Yvette und ich nicht bei ihm aufgetaucht wären?
Schließlich nahm ich die Kiste an mich und besah sie mir genauer. Den Namen musste jemand eingestanzt haben, der wenig Übung darin oder kein Talent für so etwas besaß. Das N war leicht schräg gesetzt worden, und die anderen Buchstaben fielen nach rechts unten ab.
»Bin ich deshalb hier?«, fragte ich aus einer Ahnung heraus und deutete mit dem Kinn auf den gravierten Deckel. »Hast du mich deshalb gesucht und ins Chalet eingeladen?«
Antoine nickte betont langsam und bedächtig. Und Yvette, als sei seine Antwort ein Signal, sich endlich einzuschalten, trat neben mich, legte beschützend einen Arm um meine Schultern.

10

Ich zog mich auf den Dachboden zurück. Mein altes Kinderzimmer hatte Antoines Bruder nicht verändert. Es war noch genauso, wie ich es verlassen hatte. Lediglich ein paar Möbel waren dazugekommen, die offensichtlich ausrangiert worden waren und unter dem Dach Platz gefunden hatten. Sie waren verhüllt von Spannbettlaken, gepudert mit Staub. Ich befand mich in einem Zimmer voller Gespenster. Die Geister vergangener Zeiten, dachte ich.

Eiskalt war es hier oben. Unten bei den anderen hatte ich es für eine gute Idee gehalten, mich an den Ort zurückzuziehen, an dem ich mich immer wohlgefühlt hatte. Auf keinen Fall wollte ich die Briefe im Wohnzimmer lesen, vor Antoine und Yvette. Ich wollte es allein und vor allem unbeobachtet tun. Doch jetzt, da ich in meinem früheren Zimmer stand, wollte ich nur noch weg von hier.

Ein leises Klopfen holte mich aus meinen Fluchtgedanken. Als ich mich umdrehte, sah ich in Yvettes gutmütiges Gesicht. Sie stand im Türrahmen und schickte mir mit ihrem mütterlichen Lächeln eine Portion Geborgenheit, die zu fühlen ich an diesem eiskalten Ort nicht für möglich gehalten hätte.

»Ich dachte mir, du kannst bestimmt eine dicke Decke und ein Kissen zum Draufsitzen gebrauchen«, begann sie. »Und gegen einen heißen Tee hast du garantiert auch nichts einzuwenden, nicht wahr?« Sie ging auf mich zu, stellte das Tablett mit der Kanne vor mir ab. Der Duft von Gewürztee drang in meine Nase.

»Vergiss nicht«, sagte Yvette, ehe sie sich umdrehte und wieder im Treppenhaus verschwand, »du bist nicht allein, selbst dann nicht, wenn du es denkst. Ich bin für dich da, wenn du mich brauchst. Du musst es mir nur sagen.«

Ich machte es mir genau an der Stelle unter dem Dachfenster bequem, wo ich als Kind oft gesessen und ein Buch nach dem anderen gelesen hatte. Bevor ich die Blechkiste öffnete, goss ich mir eine Tasse von dem heißen, würzigen Tee ein.

Genauso hatte ich es als Kind oft getan – mich zum Lesen installiert. Der Platz unter dem Dachfenster hatte mir dabei stets besonders behagt. Hier konnte ich zwischen den Kapiteln den Kopf in den Nacken legen und die Sternbilder beobachten, deren Namen mir die allwöchentliche Himmelskunde mit meinem Vater nach und nach vermittelt hatte.

Diesmal legte ich den Kopf nicht in den Nacken. Mehr als eine dicke Schicht Schnee auf dem Dachfenster wäre ohnehin nicht zu sehen gewesen, und so vermied ich es, Erinnerungen nachzuhängen, die mich nur traurig gestimmt hätten. Stattdessen fuhr ich mit dem Zeigefinger dem in die Kiste eingestanzten Namen nach.

Ich kannte keine Inès. Sosehr ich meine Erinnerungen auch bemühte, mir fiel keine einzige Situation ein, in der meine Eltern oder auch meine Tanten diesen Namen in meiner Gegenwart erwähnt hätten. Unweigerlich musste ich an die Schwarz-Weiß-Fotografie denken, die im Chalet einen Platz an der Wand gefunden hatte und auf der die Fertigstellung der Hütte im Jahr 1940 festgehalten worden war. Es war ein Zeitdokument, das die Entwicklung dieses besonderen Ortes belegte, was vermutlich für Antoine der Grund gewesen war, dieses Bild aufzubewahren und in der Heukammer aufzuhängen.

Ansonsten hatte es in meiner Familie kaum Fotos gegeben. Meine Vorfahren waren überwiegend Bauern gewesen, Winzer – zu arm, um über die Mittel zu verfügen, die Gegenwart für immer einzufrieren.

Ich rief mir das Gesicht meiner Mutter auf diesem Bild in Erinnerung. Vier Jahre war sie damals alt gewesen und hatte mit ihrem kindlichen Lächeln das ansonsten recht dunkle Foto erhellt, auf dem auch meine Großeltern abgebildet waren. Ich wusste kaum etwas über sie, nur dass sie Morganne und Étienne hießen und dem Krebs ebenso erlegen waren wie Antoines Bruder. Aber eine Inès? Nein, jemanden mit diesem Namen hatte es in meiner Familie nicht gegeben, da war ich mir sicher. Ich würde trotzdem meine Tanten fragen, sobald ich wieder in Paris wäre.

Noch einmal fuhr ich mit dem Zeigefinger über die Gravur, diesmal sprach ich den Namen laut aus: Inès. Ich mochte seinen offenen, freundlichen Klang.

Vorsichtig hob ich den Deckel an. Als ich den ersten der Briefumschläge zur Hand nahm, sah ich, dass jeder einzelne mit Bleistift in der oberen rechten Ecke nummeriert worden war. Ich zählte die Briefe durch – es waren zehn an der Zahl. Dann öffnete ich die Nummer eins und fing an zu lesen:

Auf der Hütte, 10. September 1976
Mein liebes Kind,
ich weiß nicht, wie Du heißen wirst, wenn Du diese Zeilen liest. Ich weiß nicht, wie Du aussehen wirst. Ich weiß nicht, wie Deine Stimme klingen wird. Ich weiß nichts. Nicht einmal, ob Du diese Zeilen überhaupt je lesen wirst. Ich weiß nur, dass ich Dich liebe, mehr, als ich irgendjemanden je geliebt habe, und mehr, als ich je selbst geliebt worden bin.

Ich musste den Brief beiseitelegen. Mein Herz zwang mich dazu, so sehr raste und stolperte es. Eine Hitzewelle breitete sich über mich aus. Das Atmen fiel mir schwer. Ich verspürte das Bedürfnis, aufzustehen, meinen Pullover auszuziehen. Vor allem benötigte ich frische Luft!

Ich musste all meine Kraft aufbringen, um das Dachfenster aufzustemmen. Als es mir endlich gelang, krachte das Eis, das sich wie ein Kältekranz um die Öffnung des Fensters gebildet hatte. Schnee rieselte ins Zimmer und auf mich herab. Der kalte Wind wehte hinterher, fegte mir ins Gesicht und kühlte meine Haut, ohne mir damit auch nur ein wenig von der inneren Hitze zu nehmen, die in mir brodelte.

Ich versuchte, mich zu beruhigen, indem ich ein- und ausatmete und mich darauf konzentrierte, meine innere Balance zu finden. Da zog es mich mit einem Mal, wie von fremder Hand geleitet, vom Fenster weg und zu den Briefen hin.

Ich ging in die Knie, nahm den ersten erneut zur Hand und roch an seinem Papier – der Duft von Erde; dunkle, vom Regen getränkte Erde.

Ich drückte den Bogen fest gegen meine Brust, schloss die Augen und spürte, wie sich mein Herzschlag verlangsamte, bis er sich allmählich in seinen üblichen Rhythmus einpendelte. Dann las ich weiter.

Wort für Wort. Zeile für Zeile. Brief für Brief. Ohne auch nur für eine einzige Sekunde innezuhalten.

11

An jenem Weihnachtsabend in Vogelthal wäre es mir lieber gewesen, Antoine hätte mich nie kontaktiert und ich hätte nie von der Existenz dieser Briefe erfahren. Meine gesamte Kindheit über wäre es mir nicht im Traum eingefallen, ich könnte womöglich nicht die Tochter meiner Eltern sein. Doch auf dem Dachboden brauchte ich nicht lange, um zu begreifen, dass das Mädchen Inès, das diese Frau in der Hütte am 20. Oktober 1976 geboren hatte – an meinem Geburtstag –, niemand anderes war als ich.
Ich war Inès.
Ich bin sie.

Oft genug in meinem Leben hatte sich schon ein Abgrund unter mir aufgetan und mich schonungslos in seine dunkle Tiefe blicken lassen, in die ich zu fallen drohte. Doch jedes Mal hatte ich mich irgendwo festhalten können oder war ungefragt von jemandem festgehalten worden. Viele Male hatten mich Camille und Ludivine vor dem Absturz gerettet, auch wenn ich das ihnen gegenüber niemals zugegeben hätte. Eine Zeit lang war es auch Jérôme gewesen, der mich aufgefangen hatte, sobald das dunkle Loch unter meinen Füßen aufklaffte, jäh und oft ohne Vorwarnung. Doch dieses Mal gab es keinen Halt und kein Halten mehr. Ich fiel und fiel und fiel.

Das Nächste, woran ich mich erinnere, ist Antoine, der vor mir stand und mich besorgt anschaute.
Ich lag auf dem kalten Boden. Meine Beine waren ange-

winkelt und erhöht auf einem Hocker platziert worden, obendrauf lag die Wolldecke, die mir Yvette gebracht hatte, und formte ein kleines Zelt.

Das Kissen, auf dem ich gesessen hatte, war nun unter meinem Kopf. Trotz der kühlen Luft roch ich den Staub und spürte die weiche Federfüllung in meinem Nacken. An der schrägen Zimmerdecke über mir brannte Licht und blendete mich mit seinem hellen Schein.

Antoine nahm meine Hand, warm und doch rau.

»Du hast sie gelesen?«, fragte er direkt, ohne mir zu sagen, wie lange ich weggetreten war oder wann er mich gefunden hatte, und deutete mit seinem Kinn in Richtung der Blechkiste.

Ich versuchte zu nicken, doch mein Körper wollte mir nicht gehorchen. Eine unglaubliche Schwere drückte mich zu Boden und ließ nicht zu, dass ich den Kopf auch nur einen Zentimeter bewegte.

»Denkst du das, was ich denke?«, wollte Antoine wissen.

Ich sah ihn an und fragte mich, wer dieser Mann war, der meine Hand hielt, als würde er sie nie wieder loslassen wollen. Was wollte er jetzt hören? Was bildete er sich eigentlich ein, sich so in mein Leben einzumischen? Was hatte er mit seiner Einladung ins Chalet bezweckt? Mich darüber aufzuklären, dass meine Eltern nicht meine Eltern waren? Dass ich mein ganzes Leben lang von ihnen angelogen worden war? Ja, dass ich nicht die war, für die ich mich hielt?

Während sich mein Körper taub anfühlte und ich außerstande war, mich zu bewegen, kam zusätzlich zu all den unbeantworteten Fragen, die ich mir stellte, eine ungeheure Wut in mir auf. Und dieses ganze überwältigende Gefühlschaos richtete sich gegen Antoine. Er war der Überbringer der Briefe gewesen. Er hatte mein ganzes Leben durcheinandergebracht, ja, mehr noch, infrage gestellt. In diesem Moment konnte ich nicht anders, als ihm alle Schuld für mein haltloses Fallen zu geben.

»Ich weiß nicht, was du denkst, Antoine«, erwiderte ich mit so viel Schärfe in der Stimme, wie ich aufzubringen vermochte angesichts der Tatsache, dass ich mich unglaublich müde und ausgelaugt fühlte. »Ich möchte es auch nicht wissen. Es interessiert mich nicht. Du hast nicht das Recht, dich in mein Leben oder das von irgendjemandem einzumischen. Du zerstörst dabei nur. Ja, genau das machst du. Erst das Leben von Clémentine, und wer weiß, wahrscheinlich hast du auch das von deinem Bruder zerstört. Und nun ist meines dran ... Was glaubst du eigentlich, wer du bist?«

Antoine ließ meine Hand los und trat einen Schritt zurück.

»Es tut mir leid, Anouk«, flüsterte er, und ich hörte, wie sehr ihn meine Worte getroffen hatten. Doch das war mir in diesem Moment egal. Ich war wütend, verletzt und fühlte mich nackt und schutzlos vor ihm.

»Was hätte ich tun sollen?«, fuhr er fort, während er um Fassung rang. »Mich nicht darum scheren, für wen die Briefe sind? Sie einfach wegschmeißen oder wieder vergraben? Vielleicht glaubst du es mir nicht, aber ich habe lange darüber nachgedacht, was das Richtige ist. Letztendlich habe ich mich dafür entschieden, dich zu kontaktieren. Und das aus einem einzigen Grund: Ich denke, jeder hat ein Recht darauf, zu erfahren, woher man kommt und wer man ist.«

Er hatte kaum das letzte Wort ausgesprochen, da sagte ich aufgebracht: »Und wer bin ich? Sag es mir! Wer bin ich? Etwa Anouk? Oder lieber Inès? Oder irgendjemand ganz anderes? Hast du es denn herausgefunden?«

Antoine ging in die Knie, sein Kinn zitterte. Er wollte mich umarmen, doch ich wies ihn zurück. Ich war noch nicht fertig mit ihm. »Kannst du mir sagen, wer meine leibliche Mutter ist? Ob mein Vater mein Vater ist? Wer diese Frau ist, die mich auf die Welt gebracht hat? Und wo ist sie eigentlich? Wo, verdammt noch mal, ist sie?« Heiße Tränen liefen über mein Gesicht.

Antoine streckte die Hand nach mir aus, versuchte, meine Tränen wegzuwischen. Ich drehte den Kopf von ihm weg. Er wartete, bis ich ihn wieder ansah, dann sagte er ruhig: »Ich weiß es nicht, aber wenn du möchtest, helfe ich dir, die Antworten auf deine Fragen zu finden. Ich wollte dich nicht verletzen. Ich wollte nur das Richtige tun.«

Wenn alles zusammenbricht und nichts mehr bleibt, das dich aufrecht hält, dann hilft es, den Schmerz herauszuschreien, der dich aufzufressen droht. Das hatte Ludivine einmal zu mir gesagt, und Camille hatte dabei kräftig genickt.

Und so stemmte ich meinen Oberkörper hoch, öffnete den Mund und schrie so laut, bis mir die Stimme schließlich versagte und nur noch ein beißendes Kratzen in meiner Kehle an den Ausbruch erinnerte.

12

Ich fahre mit der freien Hand über meine Kehle und spüre der schmerzlichen Erinnerung nach, dann sehe ich Antoine so tief in die Augen. Ein Lächeln huscht über mein Gesicht und breitet sich im nächsten Moment über das von Antoine aus.

Es fängt an zu graupeln. Kleine, feste, harte Körner rieseln auf uns herab, streifen unsere Haut und bleiben auf unseren Schultern liegen.

»Anouk«, flüstert Antoine. Nach wie vor hält er meine Hand in seiner. Jetzt zieht er sie zu sich heran, fast bis zu den Lippen, und küsst sie sanft. In meinem Bauch breitet sich eine angenehme Wärme aus, die mich ein wenig beruhigt, obgleich meine Knie immer noch zittern und ich den Eindruck habe, der Boden unter mir ist ins Wanken geraten.

»Ich möchte nicht die gleichen Fehler machen wie damals. Auf keinen Fall möchte ich dich noch einmal enttäuschen oder verletzen. Aber das Foto gehört zu den Briefen, also gehört es dir.«

»Hast du es dabei?«, frage ich und spüre, dass ich wirklich bereit bin, es mir anzusehen.

Antoine nickt, zieht mich unter das Vordach eines Hauseingangs, greift dann in die Jackentasche und holt einen Umschlag heraus, den er aufklappt, um mir das Bild zu reichen. Es ist halb so groß wie eine Postkarte und an den Rändern leicht verknittert.

Ich nehme es ihm aus der Hand, schaue es aufmerksam an. Obwohl das Foto schwarz-weiß ist und die Straßenlaternen nicht genug Licht geben, um jedes Detail deutlich hervorstehen zu lassen, erkenne ich einen Säugling. Im ersten Moment denke ich, dass ich es bin. Das Baby auf dem Foto sieht mir ähnlich. Zumindest hat es viele äußerliche Gemeinsamkeiten mit dem Säugling auf den Bildern in meinem Fotoalbum, unter denen meine Mutter in ihrer kindlich anmutenden Schreibschrift stets festgehalten hatte, was ihr relevant erschien – das Datum, mein Gewicht oder mein neuester Lernfortschritt.

Fasziniert betrachte ich das Foto noch einmal ganz genau – und begreife endlich: Es ist das fehlende Puzzlestück, jenes letzte Teil, das eine ganze Welt für mich bedeutet, nach dem ich mich aber nie zu fragen getraut habe, weil es bedeutet hätte, noch tiefer in meiner Vergangenheit und der meiner Familie zu graben.

Sofort kommen mir die Zeilen aus dem Brief in den Sinn. Ich kenne jede einzelne auswendig, wie ich auch jeden Fleck auf dem Papier und jede Unsicherheit in der Schrift vor Augen habe. Ja, ich bin sogar davon überzeugt, dass ich die Schrift der Frau, die mich gebar, perfekt nachahmen könnte, so sehr habe ich jedes Detail aus diesen Briefen verinnerlicht.

Es gibt nur ein Foto von mir, das ich immer bei mir trage, jeden Tag. Ich lege es Dir in diesen Brief. Meine Mutter ist darauf zu sehen. Auch mein Vater. Ich stelle mir vor, dass sie damals glücklich waren. Aber um ehrlich zu sein, ich weiß es nicht. Ich habe sie nie zusammen glücklich gesehen. Ich habe keine Ahnung, wie es ihnen erging, als sie mich zum ersten Mal in den Armen hielten. In den Augen meiner Mutter auf dem Foto erkenne ich jene Freude und jenes Glück, die ich verspüre, seit Du in mir heranwächst.

Ich ziehe das Foto noch etwas näher zu mir heran und blicke zu der jungen Frau, die den Säugling in den Armen hält. Ich erkenne sofort, dass sie mir ähnlich ist. Vor allem ist es die Art, wie sie schaut, die mir bekannt vorkommt. Mein Blick wandert weiter zu dem Mann, der neben ihr steht und ebenfalls auf den Säugling herabsieht. Auch er kommt mir vertraut vor. Es liegt an seinen Gesichtszügen, in denen ich meine eigene Mimik erkenne, wenn ich mich sehr über etwas freue.

Ein Eiskorn landet auf dem Papier. Vorsichtig wische ich es ab.

»Deine leibliche Mutter als Säugling«, bemerkt Antoine, während ich das Bild fest an meine Brust drücke. »Und deine Großeltern. Es steht auch ein Datum drauf. Dreh es um!«, fordert er mich auf.

Ich tue, was Antoine mir sagt, und lese die sieben zart geschwungenen Ziffern auf der Rückseite laut vor: 12. 5. 1959.

»Ja«, bestätige ich, »das Baby auf dem Foto ist meine Mutter. Sie hat in einem ihrer Briefe geschrieben, dass sie am 12. Mai 1959 in Straßburg geboren wurde und dass sie nur ein Foto von sich besitzt. Dieses hier!«

»Ich weiß«, sagt Antoine.

»Lass uns gehen!«, sage ich zu ihm. »Du wirst dich noch erkälten ohne Jacke.« Doch Antoine macht keine Anstalten, umzukehren. Er steht da und rührt sich nicht von der Stelle, greift nur wieder nach meiner Hand und zieht mich ganz nah zu sich heran. »Anouk«, sagt er und schaut mir direkt ins Gesicht.

»Ja?«

»Danke.«

»Wofür?«

»Dafür, dass es dich gibt. Dafür, dass du mir verzeihst. Dafür, dass ich dir dieses Foto geben konnte, ohne dass du mich wieder aus deinem Leben fortjagst.«

Ich schenke ihm ein Lächeln und biete ihm meinen Arm zum Unterhaken an, wie er es zuvor bei mir versucht hat.

Auf dem Rückweg verlieren wir wieder kein Wort, als hätten wir vereinbart, gemeinsam zu schweigen. Doch dieses Mal steht unsere Sprachlosigkeit nicht zwischen uns, im Gegenteil, sie verbindet uns.

Erst als wir wieder vor meiner Haustür angekommen sind, sagt Antoine: »Vielleicht können wir mit diesem Foto herausfinden, wer deine leibliche Mutter ist und wo sie lebt.«

Ich schüttele den Kopf, meinem ersten Impuls folgend. »Nein«, antworte ich. »Ich bin noch nicht so weit. Und ich weiß nicht, ob ich es jemals sein werde.«

Antoine nickt. Und ich drücke endlich mein Gesicht an seine Schulter und nässe sie mit Tränen der Freude und Erleichterung – und auch der Trauer.

13

Ich hatte meine Tanten zu Inès befragt. Es war das erste Wort, das über meine Lippen kam, nachdem ich aus Vogelthal zurückgekehrt war und die beiden bei mir zu Hause auf dem Sofa saßen. Ich konnte ihnen die Vorfreude ansehen, mich endlich auszuquetschen und jedes Detail darüber in Erfahrung zu bringen, wie es mir auf meiner angeblichen Single-Reise ergangen war.

Doch noch ehe sie die Gelegenheit zu ihrer ersten Frage hatten, sagte ich einfach nur laut und deutlich: »Inès.«

Ludivine und Camille zogen daraufhin die Augenbrauen hoch, simultan, wie ich es von ihnen kannte. Aber in ihrem Blick – und darauf hatte ich natürlich besonders geachtet – war kein Funke aufgeblitzt, der darauf hingewiesen hätte, dass ihnen der Name etwas sagte.

Ich wiederholte ihn noch zweimal, einfach so, ohne Erklärung, dafür mit jeweils langer Pause dazwischen, um dem kurzen Wort Nachdruck zu verleihen.

»Inès.«

»Inès.«

Ludivine reagierte als Erste darauf: »Willst du uns damit etwa sagen, dass du vom Unwetter am Rouge Gazon so stark durchgepustet wurdest, dass du das Ufer gewechselt hast?«, fragte sie halb im Scherz, halb im Ernst. »Oder was hat das mit diesem Namen auf sich, den du ständig wiederholst, als hättest du einen Sprung in der Platte? Wobei Letzteres eigentlich nichts Neues ist.«

Ich brauchte eine Weile, bis ich verstand, was sie eigentlich meinte.

Dann erst machte es klick, und ich musste laut loslachen – zum einen aus Erleichterung, aber auch weil es typisch für Ludivine war, kein Blatt vor den Mund zu nehmen, sondern direkt zu sagen, was sie dachte, ohne irgendein Gespür für Diplomatie.

»Nein«, antwortete ich. »Ich habe nicht das Ufer gewechselt, aber ich glaube …«, ich zögerte, »… ich glaube, ich habe mich dort zum ersten Mal gefunden.«

Ich weiß noch, wie sehr ich mich über meine Worte wunderte, denn richtig bewusst sollte es mir erst Monate später werden – Monate, die ich damit verbrachte, mein Leben, vor allem aber meine Einstellung zum Leben grundsätzlich zu ändern.

Meine Tanten sahen sich an, blickten zu mir, dann wieder zur jeweils anderen.

»Sag bloß«, fuhr Ludivine fort, »du hast endlich eingesehen, dass deine Die-ganze-Welt-hat-sich-gegen-mich-verschworen-Haltung vollkommen destruktiv ist und dich in deinem Leben keinen Meter weiterbringt?«

»Ludivine!«, ermahnte Camille ihre Zwillingsschwester. Sie waren wirklich wie Yin und Yang, so perfekt ergänzten sie sich im entscheidenden Moment.

»Was denn? Ist doch wahr. Du denkst auch nicht anders darüber, Camille!«

»Ja, aber im Gegensatz zu dir spreche ich es vor Anouk nicht laut aus. Das macht den Unterschied.«

»Es ist schon in Ordnung«, unterbrach ich sie. Und dann: »Darf ich euch etwas fragen?«

Ich nahm einen Schluck Kaffee und etwas vom Kuchen, während ich aus den Augenwinkeln beobachtete, wie meine Tanten erneut die Brauen hochzogen und mich argwöhnisch musterten.

»Erinnert ihr euch noch an meine Geburt? Ich meine, eigentlich müsstet ihr sie doch mitbekommen haben.« Ludivine überlegte kurz, dann schüttelte sie den Kopf. »Nein. Daran habe ich keine richtige Erinnerung. Die Zeit, als du geboren wurdest, traf ziemlich genau mit dem Tod unseres Vaters und dann unserer Mutter zusammen. Und wir waren noch Kinder. Manchmal denke ich, dass ich sehr vieles von damals vergessen habe, weil es anders nicht zu ertragen gewesen wäre. Und trotzdem wünschte ich mir, ich hätte mehr Bilder aus dieser Zeit bewahren können. Wenn ich zurückdenke, ist da oft nur so ein Gefühl. Aber ich finde kein konkretes Bild dazu.«

»Ja«, setzte Camille die Ausführungen ihrer Schwester fort, »bei mir ist es ein bisschen anders. Ich habe vor allem immer wieder diese sinnlose Szene im Kopf, wie ich mit Ludivine draußen im Hof stehe und es regnet. Langsam füllt sich die braune Pfütze vor mir mit Wasser, und ich frage mich, wieso sich ausgerechnet dort eine Pfütze gebildet hat und nicht woanders. Es gibt Momente, da ärgere ich mich über diese banale Erinnerung, die so unwichtig ist. Aber es ist diejenige, die immer wiederkehrt, wenn ich an diese Zeit zurückdenke.«

»Wie kommst du eigentlich darauf?«, wollte Ludivine von mir wissen.

»Nur so«, wiegelte ich ab, weil ich noch nicht bereit war, ihnen von Antoine und den Briefen zu erzählen. Erst wollte ich noch mehr in Erfahrung bringen, wobei ich bereits zu diesem Zeitpunkt fast sicher war, dass meine Tanten nicht die Spur einer Ahnung davon hatten, wo ich wirklich herstammte.

»Aber es gibt natürlich auch Erinnerungen an dich«, sagte Camille da plötzlich.

»Welche denn?«, fragte ich aufgeregt.

»Ich erinnere mich daran, dass du unglaublich süß aussahst, als wir dich endlich zu Hause begrüßen durften. Deine Mutter hatte dich ja oben in der alten Hütte bekommen, sie hatte sich nicht davon abhalten lassen, trotz vieler Bedenken wegen der Abgeschiedenheit. Was hätte sie bloß gemacht, wenn es Komplikationen gegeben hätte? Ich mag gar nicht daran denken.«

Ludivine nickte und zog dabei ein besorgtes Gesicht.

»Ja«, sagte ich. »Die Hütte meiner Eltern ist mit Leben und Tod gleichermaßen verbunden.«

Wieder nickte Ludivine.

»Ich erinnere mich auch«, fuhr Camille fort, »dass wir oft mit dir spazieren gegangen sind. Du warst unsere kleine lebendige Puppe, unser Trost. Mit dir konnten wir in eine andere Welt abtauchen, die besser war als die, die wir zu dieser Zeit erlebten. Eine freudigere Ablenkung als dich hätten wir uns nicht wünschen können. Im Nachhinein glaube ich, dass Ludivine und ich« – Camille sah ihre Schwester an – »unsere Traurigkeit bei dir ablegen, ja, sogar für eine Weile vergessen konnten. Du hast neues Leben bedeutet – und wir haben all unsere negativen Gefühle in Liebe und Zuneigung zu dir umgewandelt. Es ist wirklich tragisch, dass uns allen dreien das Gleiche passiert ist, nur zu unterschiedlichen Zeiten.«

Ich musste schlucken, so deutlich spürte ich den Kloß in meinem Hals. Tatsächlich hatte ich noch nie ernsthaft darüber nachgedacht, dass meinen Tanten das gleiche Leid widerfahren war wie mir, und das auch noch, als sie viel jünger gewesen waren als ich beim Tod meiner Eltern. Es erschütterte mich, dass ich erst jetzt, da ich mit ihnen zusammensaß, darüber nachdachte, und das auch nur, weil sie mich darauf hingewiesen hatten.

Camille senkte den Kopf, und mich überkam eine große Scham. Jahrelang waren meine Tanten für mich da gewesen und hatten hinter mir gestanden, wenn es mir nicht gut ging. Ich dagegen hatte mir in der ganzen Zeit kein einziges Mal Gedanken darüber gemacht, wie sie sich fühlten. Wie oft hatten sie mich mit ihrer Anwesenheit, ihren Fragen und ihren guten Ratschlägen genervt? Wie oft hatte ich ihnen deutlich gezeigt, dass ich ihre Hilfe nicht wollte, sie dann aber doch in Anspruch genommen? Was war ich in meinem egozentrischen Weltbild gefangen gewesen!

Ludivine klatschte in die Hände. »Aber jetzt erzähl doch mal! Wie war es in der alten Heimat? Hast du einen gut gebauten Single kennengelernt?« Sie zwinkerte mir verschwörerisch zu.

Ich lächelte sie an. »Bevor ich euch von ihm berichte ... habe ich noch eine Frage: Habt ihr die Schwangerschaft meiner Mutter eigentlich mitbekommen? Ich meine, wie war sie so mit mir im Bauch?«

Camille musterte mich nachdenklich, dann sagte sie: »Ich glaube, so langsam muss ich Ludivine recht geben. Das Unwetter auf dem Rouge Gazon hat dich in der Tat etwas zu arg durchgepustet. Was ist los mit dir, Anouk, dass dich das auf einmal so brennend interessiert?«

Ich hob die Schultern und machte ein unschuldiges Gesicht.

Camille und Ludivine überlegten. Sie taten es auf die gleiche Weise, den Kopf zur Seite geneigt, die Augen halb geschlossen. Dann sagte Camille: »Es tut mir leid, aber ich kann mich nicht erinnern. Das einzige Bild, das mir in den Sinn kommt ...«

»... bist du«, beendete Ludivine den Satz ihrer Schwester, »eingewickelt in ein Tuch. Du liegst in den Armen deiner stolzen Mutter, und wir dürfen dich zum ersten Mal sehen ...«

»... und berühren ...«

Ich nickte und lächelte. Und dann sprachen wir nicht weiter über vergangene Zeiten, sondern aßen Kuchen und tranken Kaffee. Meine Tanten hielten sich mit neugierigen Fragen zu meinem Aufenthalt am Rouge Gazon zurück. Ich hatte den Eindruck, unser Gespräch hatte etwas ausgelöst – oder gelöst. Es war schwer zu sagen. Aber es war deutlich zu spüren, dass es da diese noch nie da gewesene Harmonie zwischen uns gab, die von Ebenbürtigkeit getragen war.

Als meine Tanten gingen, drückte ich sie so lange und fest, wie ich es noch nie getan hatte.

14

Antoine und ich betreten meine Wohnung. Im Flur brennt das kleine Licht an der Wand. Es ist ruhig. Allein der Essensduft, der noch in der Luft liegt, weist darauf hin, dass hier vor Kurzem gefeiert wurde.

Während ich die Schuhe ausziehe, bleibt Antoine im Türrahmen stehen. Ich habe keine Ahnung, worauf er wartet, aber ich lasse ihm die Zeit, die er braucht. Aus eigener Erfahrung weiß ich, wie gut es tut, sich nicht bedrängt zu fühlen.

Langsam schleiche ich zur Wohnzimmertür und spähe in den Raum. Die Lichterkette im Fenster gibt gerade so viel Helligkeit, dass ich Clémentine sehen kann. Sie liegt auf dem Sofa, eingehüllt in meine Kuscheldecke. Das kurze Haar ist ihr in die Stirn gefallen, und wieder einmal stelle ich fest, dass ihr Gesicht im Schlaf dem eines Engels gleicht.

Auf dem Boden vor ihr liegt Guillaume. Er hat sich ein paar Sofakissen unter den Rücken gestopft und sich mit der zweiten Decke zugedeckt. Neben ihm, auf einem Tablett, steht das Soufflenheimer Puppenservice. Guillaume hat es ausgepackt und zu einem Herz arrangiert. Ich sehe ihn vor mir mit seinen vor Freude funkelnden Augen, wie er jedes einzelne Teil in die Hand nimmt und begutachtet, wie er es voller Stolz Clémentine zeigt, deren zarte Finger über die Keramik fahren.

Ich lächle, als ich leise die Tür schließe und einen Blick zu Antoine werfe. Er steht nach wie vor im Rahmen der Eingangstür, einerseits wie verloren, zugleich aber spürbar in all seiner Präsenz.

Dann gehe ich in die Küche, schalte das Licht an. Yvette und Romarin sitzen am Boden, die Rücken an die laufende Spülmaschine gelehnt, die Köpfe zueinander geneigt. Sie sind eingenickt. Vor ihnen jeweils ein halb volles Glas Rotwein. Romarin öffnet als Erster die Augen, sieht mich schlaftrunken an. Ich dimme das Licht, damit es ihn nicht blendet und Yvette nicht weckt. Alles ist aufgeräumt, steht an seinem Platz. Selbst die Arbeitsplatte ist sauber abgewischt. Der Lappen hängt ordentlich über dem Spülhahn. Yvette, denke ich und muss schmunzeln. Selbst an so einem Abend konnte sie nicht fünfe gerade sein lassen.

Romarin liest meinen Gedanken, flüstert mir zu, es sei das allererste Mal gewesen, dass es ihm Freude bereitet hätte, den Abwasch zu machen. Da öffnet auch Yvette die Augen. Ich kann ihr ansehen, dass sie für einen Moment nicht weiß, wo sie sich befindet.

Romarin nimmt sogleich ihre Hand in seine, küsst sie wie ein Gentleman und dreht sie dann langsam um, sodass er auf ihre Handinnenfläche schauen kann. Behutsam fährt er mit dem Zeigefinger ihre Lebenslinie entlang, sagt, als wäre ich gar nicht da, als gäbe es nur ihn und sie, dass er an der Art, wie ihre Schicksalslinie auf den Venusring treffe, eindeutig erkennen könne, dass es an der Zeit sei, die Party an einem anderen Ort weiterzuführen. Yvette lacht verlegen, sieht erst Romarin an, dann mich, dann wieder Romarin, der sich nun erhebt und geradewegs an mir vorbeigeht, während Yvette am Boden sitzen bleibt und noch einmal ihre Handinnenflächen inspiziert, als würde dort tatsächlich etwas geschrieben stehen.

Romarin wartet indessen an der Garderobe auf sie. Er nimmt ihren Mantel vom Haken und hält ihn ihr in dem schmalen, lang gezogenen Flur hin. Ich kann Hoffnung und Verunsicherung in Yvettes Blick erkennen, während sie aufsteht und ebenfalls an mir vorbeigeht, als stünde ich nicht dort und könnte sie sehen.

Hand in Hand zwängen sich die beiden schließlich an Antoine vorbei, hinaus aus meiner Wohnung, hinaus in die mondhelle Nacht.

Antoine schließt die Tür hinter ihnen, geht auf mich zu. Wie schon auf der Straße legt er eine Hand auf meine Schulter. »Was denkst du?«, fragt er.

Ich sehe ihn an, überlege. »Ich denke, für Romarin und Yvette wird endlich ein Traum wahr«, sage ich schließlich und genieße die Freude, die in meiner Antwort steckt. Da umfasst Antoine meinen Nacken und zieht mich zu sich heran, so nah, dass sich unsere Lippen fast berühren. Ich spüre seine Wärme, seinen Atem und wie sich unsere Füße vom Boden abheben und wir zusammen in der Luft schweben, losgelöst von den Fesseln unserer jeweiligen Vergangenheit, ganz leicht und frei, angekommen in der Gegenwart.

15

Ich erwache früh am Morgen, nachdem ich vielleicht zwei, maximal drei Stunden geschlafen habe. Trotzdem fühle ich mich ausgeruht, wie neugeboren.

Antoine liegt neben mir. Die Hände hat er wie zum Gebet über der Bettdecke gefaltet. Ich beuge mich über ihn und zeichne mit der Hand seine Stirn, seine Wangen, seine Lippen nach, ohne ihn zu berühren. Ich beobachte, wie sich sein Brustkorb hebt und senkt. Wie seine Träume seine geschlossenen Lider bewegen.

Dass man die Träumer wieder ruft, geht mir plötzlich durch den Kopf. Es ist der letzte Satz eines Refrains, den Gilbert Bécaud auf der CD singt, die mir Romarin geschenkt hat, um mich zu trösten und wohl auch, um seine Liebe zu mir zu bekunden.

Wieder streiche ich über Antoines Gesicht, ohne ihn zu berühren. Es ist kühl im Schlafzimmer. Ein grauer, fahler Lichtstreifen dringt durch die Vorhänge und teilt den Boden in zwei Hälften. Behutsam ziehe ich die Decke zu Antoines Schultern hoch. Dann umschlinge ich meine Knie, lege das Kinn darauf ab und genieße es einen Moment lang, ihn im Schlaf betrachten zu dürfen. Ich denke daran, wie schwer es ihm gefallen ist, alles stehen und liegen zu lassen, was er sich nach der Trennung von seiner Frau und dem Tod seines Bruders mühsam aufgebaut hatte: den Hof mit den Weinbergen, das Chalet und damit die Idee, einen Ort der verlorenen Herzen zu schaffen. Ich denke auch an die Worte aus seinem ersten Brief von der Île de la Réunion:

Ich bin aus meinem Leben geflohen, um ein neues zu beginnen. Aber es will mir nicht gelingen. Ich habe geglaubt, ich könnte mein altes Leben im Elsass lassen, doch es ist mit mir gekommen. Und jetzt brodelt es wie ein aktiver Vulkan unter der tropischen Sonne, und ich fürchte, irgendwann wird es explodieren und mir um die Ohren fliegen.

Das war der Anfang des Briefes gewesen, den ich zitternd vor Aufregung aus dem Briefkasten gezogen und noch im Treppenhaus stehend gelesen hatte.

Zugleich war es der Beginn meiner inneren Wende gewesen. Antoines Briefe öffneten mir nach und nach die Augen, und ich fing endlich an, mich um mein eigenes Päckchen zu kümmern, das ich schon seit Jahren mit mir herumtrug. Ich schnallte es ab, öffnete es und holte nach und nach alles heraus, was sich darin befand. Es ist nicht etwa so, dass ich dies bewusst und mit Vorsatz tat, und es geschah keineswegs so sortiert, wie es rückblickend klingen mag. Insgesamt war es ein langer und auch schmerzlicher Prozess. Aber ein sehr wichtiger, um dorthin zu gelangen, wo ich jetzt stehe.

Nachdem ich Antoines ersten Brief gelesen hatte, war ich innerlich derart aufgewühlt, dass ich nicht wusste, wohin mit mir. Es ärgerte mich, dass er sich offensichtlich seinen Kummer und seine Schuldgefühle von der Seele schrieb, um sie per Luftpost quer über den Indischen Ozean und das Mittelmeer bis nach Paris zu schicken und bei mir abzuladen. Was sollte ich damit anfangen? Ich war schon genug mit mir beschäftigt. Ich wollte nicht auch noch mit seinen Problemen zu tun haben.

Erbost ging ich in der Wohnung auf und ab und schrie meinen Ärger heraus. Irgendwann beschloss ich, meine

Laufschuhe anzuziehen, die ich erst aus dem hintersten Eck wühlen und abstauben musste. Dann lief ich los. Ohne Ziel.

Mit jedem Meter, den ich zurücklegte, verringerte sich der Druck hinter meiner Stirn. Ich lief gegen die Schwere an, die mich niederzuwälzen schien, und die Bewegung half. Von da an sollte sie Teil meines Lebens werden.

Monate vergingen. Als mich dann der zweite Brief von Antoine erreichte, stellte ich fest, dass kein Ärger mehr in mir war. Im Gegenteil, insgeheim hatte ich darauf gehofft, er würde mir wieder schreiben. Mit zitternden Händen stand ich vor meinem Briefkasten und konnte es kaum erwarten zu lesen, was Antoine mir mitteilen wollte.

Vieles von dem, was er mir gegenüber schonungslos und ehrlich formulierte – wie es ihm erging, wie er mit sich haderte und versuchte, in seinem Alltag klarzukommen –, glich dem, womit ich Tag für Tag zu kämpfen hatte. Es war, als durchlebte Antoine meine Gedanken.

Seine Briefe waren heilsam für mich. Sie spiegelten mir, wie selbstbezogen und verschlossen ich gegenüber meinem Umfeld gewesen war, und im Nachhinein bereute ich es, ihm in meinem ehemaligen Zimmer auf dem Dachboden die kalte Schulter gezeigt zu haben, nur weil er mich mit einer neuen Vergangenheit konfrontiert hatte.

Ziemlich lange antwortete ich Antoine nicht. Nur er schrieb, und ich las. Erst nach fast einem Jahr – Weihnachten stand wieder vor der Tür – griff ich zum Stift. Es wurde ein sehr langer Brief, der von meinen Gefühlen, meinen Wünschen, meinen Zweifeln und von meinen Ängsten handelte, die es mir lange unmöglich gemacht hatten, aus meinem Schneckenhaus zu kriechen, und davon, wer ich glaubte zu sein und gewesen zu sein. Und ich stellte ihm die Fragen, die ich mir selbst oft stellte, aber nicht beantworten konnte: weshalb mir meine Eltern nie etwas gesagt hatten; wer diese Frau war, die mich geboren hatte; wo sie war; ob sie überhaupt noch lebte; ob mein Vater mein biologischer Vater war. Trotz all dieser ungeklärten Fragen, die mir keine Ruhe ließen, war ich bereit, Frieden zu schließen. Mit meiner Vergangenheit und mit dem Chalet, das immer wieder eine Rolle spielte. Es war der Ort, an dem diejenige gelebt und gelitten hatte, die mich geboren hatte; der Ort, an dem meine Eltern gestorben waren; der Ort, an dem wir Clémentine gerettet hatten; der Ort, an dem ich Jérôme endlich losgelassen und mich neu verliebt hatte, ohne es mir einzugestehen; der Ort, der so viel Leid und Freude in sich vereinte, dass er aus meinem Leben nicht mehr wegzudenken war.

Ich wiege mich im Takt meiner inneren Stimme, die mit Gilbert Bécaud im Duett singt: Die Einsamkeit, die gibt es nicht. Du denkst, mein Kind, ich leide sehr. Du glaubst, für mich wird es zu schwer. Doch Menschen gibt es fern und nah, die ich bisher nie richtig sah.

Da öffnet Antoine die Augen. Unsere Blicke treffen sich, und ich verliere mich sofort in dem Grün seiner Iris, als tauchte ich in wohltemperiertes Wasser, bis alles um mich herum still wird und mich die Schönheit der Unterwasserwelt vollständig umfängt.

Antoine und ich sehen uns an. Wir schweben gemeinsam, lassen uns treiben, und ich wünschte, dieser Moment würde nie vorbeigehen. Ich wünschte, die Wärme, die sein Blick mir gibt, würde meine Angst vor der Kälte in der Welt für immer vertreiben.

Ich kann nicht sagen, wie lange wir nur mit unseren Augen miteinander sprechen. Aber es ist lange genug, um Antoine in mein Herz schauen zu lassen und ihm meine sehnlichsten Träume zu offenbaren – zum ersten Mal ohne die Befürchtung, zu viel von mir preiszugeben, zum ersten Mal ohne die dicke Schutzschicht, in die ich mich sonst hülle. Und zum ersten Mal, ohne meine Träume auf andere zu projizieren. Diesmal ist es unsere Zukunft, die vor meinem inneren Auge aufsteigt:

Ich sehe Antoine und mich auf dem Hof meiner Kindheit stehen und auf die Weinberge blicken, die wir bewirtschaften. Ich sehe uns Trauben ernten und erlesene elsässische Weine keltern. Ich sehe uns übers Land fahren, sogar weit über die Grenzen Frankreichs hinaus, und unsere Erzeugnisse bewerben, so wie es einst mein Vater getan hat. Ich sehe uns im Garten arbeiten, Salbei und Minze pflücken, während die Sonne uns den Rücken wärmt. Ich sehe uns lange Spaziergänge machen, begleitet von zwei Airedale Terriern, die wir von einer unserer Reisen mitgebracht haben. Ich sehe uns das Haus renovieren, Stück für Stück in aller Ruhe, und mitten im Hof einen Baum pflanzen. Ich sehe uns im Winter am Kamin sitzen und dem Flammenspiel zusehen. Ich sehe uns zum Chalet wandern, wo wir gelegentlich Gäste bewirten, wenn es sich ergibt und wir Muße und Lust dazu haben. Ich sehe, wie wir uns auf der Lichtung lieben, während im Tal nach und nach die Lichter ausgehen. Ich sehe Kinder in unserem Hof Pétanque spielen. Es sind nicht unsere, sondern die meiner Nichten, die uns besuchen kommen, sooft es ihnen möglich ist. Der Anblick der Kinder schmerzt mich nicht. Nein, ich freue mich über ihre Anwesenheit, die Vogelthal mit Leben füllt.

Als ich Antoine am Ende meiner langen, wortlosen Erzählung anblinzle, nickt er mir zu und sagt: »Ja, Anouk, genau so werden wir es machen, genau so wird es sein.«

Ich beuge mich zu ihm hinüber, und wir küssen uns. Und auf einmal bin ich mir sicher: Bei Antoine kann ich ganz ich selbst sein. Mehr noch: Bei Antoine bin ich ich selbst. Und glücklich.

Danksagung

Mein großer Dank gilt meinen Kindern, die sich während des Lockdowns so oft so wunderbar mit sich selbst beschäftigten und mir damit die Möglichkeit gaben, weiter an meinem Roman zu schreiben.

Meinem Mann sei gedankt für seinen unerschütterlichen Glauben in meine Fähigkeiten.

Meiner Agentin danke ich für ihren steten Rückhalt, der eine unverzichtbare Unterstützung für mich ist.

Meinem Verlag, allen voran meiner Lektorin, danke ich für das Vertrauen, das mir geschenkt wird, und die angenehme Zusammenarbeit.

Bei meiner Freundin bedanke ich mich für ihre wertvolle Kritik am Manuskript, für ihr Interesse an meinem Tun und ihre Zeit.

Und zu guter Letzt danke ich all meinen Leserinnen und Lesern für ihre wohlwollenden, aufmunternden Stimmen, die mir die Kraft geben, weiterzumachen und immer wieder neu zu beginnen.

Das Schlaflied auf Seite 142 stammt aus:
»*Chansons Populaires d'Alsace*«, Jean-Baptiste Weckerlin 1883, G.-P. Maisoneuve & Larose, 1967, reédition »Chansons Populaires d'Alsace«.

»ich brauche nichts mehr ich brauche niemanden mehr. Nur diesen einen unersetzbaren Menschen dessen Hand. Ich meine dessen Hand mir die Welt erklärt ich meine sobald ich nach der Hand dieses Menschen (taste)........«
Friederike Mayröcker, cahier, Suhrkamp Verlag, S. 13

Ein zauberhafter Roman über die Liebe, was sie mit uns anstellt und wie wir sie finden

CLAIRE STIHLÉ

Wie uns die Liebe fand

Roman

Bois-de-Val am Fuß des Sonnenbergs im Elsass: Madame Nanon, 92 Jahre alt und von allen liebevoll Madame Nan genannt, hat so manches erlebt in dem kleinen Dorf mit der guten Luft. Frankreich, Deutschland, Frankreich – schon immer war ihre Region Spielball politischer Interessen und Machtansprüche. Dann kehrt endlich Ruhe ein – bis Madame Nans älteste Tochter Marie eine Erfindung macht, die der Familie nicht nur Ansehen und Geld, sondern den Dorfbewohnern auch jede Menge Liebestaumel beschert. Das Glück scheint perfekt zu sein, gäbe es da nicht die Geschichte mit Monsieur Boberschram, Madame Nans Nachbarn, in den sie sich verliebt, ohne zu wissen, dass sie eine gemeinsame Vergangenheit haben, die alles andere als verbindet.

Zwei Frauen, zwei Leben, eine Fotografie

KATHARINA FUCHS

Lebenssekunden

Roman

Kassel 1956: Von klein auf schwärmt Angelika Stein für Fotografie. Dann muss sie miterleben, wie ihre beste Freundin bei der Detonation eines Blindgängers zu Tode kommt. Ein Foto des Unglücks in der Zeitung verstört sie zutiefst – und weckt in ihr den Wunsch, es anders zu machen: mit Bildern, die den Betrachter berühren, ohne Gefühle zu verletzen. Als eine der ersten Fotojournalistinnen in Westberlin gerät sie in eine raue Männerdomäne.

In Ostberlin wird die hochtalentierte junge Kunstturnerin Christine Magold darauf gedrillt, die DDR bei den Olympischen Spielen zu vertreten. Doch ist das wirklich das Leben, das sie führen will? 1961 wird für beide Frauen ein Schicksalsjahr werden ...